오른쪽에서 두 번째 여름

MIGI KARA NIBANNME NO NATU

ⓒUmeno Kobuki 2022

First published in Japan in 2022 by KADOKAWA CORPORATION, Tokyo.

Korean translation rights arranged with KADOKAWA CORPORATION,

Tokyo through Danny Hong Agency.

오른쪽에서
두 번째
여름

우메노 고부키 지음
채지연 옮김

일러두기

1. 본문 괄호 안의 설명은 옮긴이 주입니다.
2. 본문 중 책 제목은 《 》, 애니메이션 제목은 〈 〉로 표기했습니다.
3. 외래어는 국립국어원의 외래어 표기법을 따랐으나 일반적으로 통용되는 경우에는 관용에 따라 표기했습니다.
4. 등장인물 중 '야부치 코마리'는 '야부치 고마리'로 표기해야 하나, 애칭인 '야부코'로 불리는 인물이므로 발음에 가깝게 표기했습니다.

어른이 되고 싶지 않아
I never want to grow up

눈부신 녹청색 하늘이 눈에 강렬히 스며든 여름이었다.

하얀 소나기구름과 사방에서 쏟아지는 매미 소리. 라무네병에 든 유리구슬에는 밝게 웃는 네 얼굴이 비치고 있었다.

2004년. 우리가 막 열 살을 맞이하던 해였다. 그리고 그날은 너의 열 번째 생일날.

여름 방학이 한창이던 가운데 맞이한 네 생일을 학교에서 축하할 수는 없었기에 반 아이들을 불러 모아 '우리만 아는 비밀 기지'에서 파티를 열기로 했었다.

'낮 열두 시, 네버랜드에 집합!'

네버랜드. 우리는 비밀 기지라고 불렀던 깊은 산속의 빈집에 그렇게 이름을 붙였다.

그 산속 오두막집이 '아이들만 들어갈 수 있는 우리만의 비밀 기지'였으니까. 그래서 동화《피터 팬》에 등장하는 '아이들만 갈 수 있는 별, 네버랜드'의 이름을 딴 것이다.

그날, 우리는 아직 아이였다.

어른 같은 건 되고 싶지 않았다.

아이인 채로 네 손을 잡고, 아이들만 갈 수 있는 비밀의 별에 발을 들였다.

하지만 그날……, 차가운 라무네병을 가득 채운 탄산 거품처럼 톡톡 터지며 투명하게 빛났던 여름날. 달콤한 라무네병은 땅에 떨어져 요란한 소리를 내며 산산이 부서졌다.

병의 잔해는 요정의 가루.

네버랜드는 아이들의 별.

그때 어른이 되지 못한 너만이 지금도 여전히 '오른쪽에서 두 번째'로 빛나는 그 별에 갇혀 있다.

제1장

네버랜드에 있는 너에게

제1화

썩은 녹청색

살인적인 더위다.

아침부터 직사광선이 작열하는 가운데, 온몸에 땀을 줄줄 흘린 나는 제멋대로 자란 검은 머리카락을 흐트러뜨린 채로 숨을 헐떡이며 미간을 타고 흐르는 땀방울을 손등으로 훔쳤다.

무릎에 손을 대고 허리를 굽힌 내 등 뒤에서는 "야, 간다! 넌 왜 그렇게 근성이 없냐!" 하고 낄낄대며 야유하는 소리가 들려왔다.

남몰래 혀를 찬 나는 고개를 번쩍 들었다.

"야, 간다 기리! 너 또 쉬고 있지? 가뜩이나 출석률이 낮아서 학점도 아슬아슬한 녀석이, 여름 방학 보충 수업 정도는 제대로 해라! 자, 얼른 한 바퀴 더 뛰어!"

"아, 거참 시끄럽네……."

나는 일부러 확성기를 이용해 내 이름을 불러대며 혼내는 체육 선생에게 학을 떼면서도 무거운 다리를 질질 끌고 다시 교정을 달리기 시작했다.

2012년 여름.

원래라면 여름 방학. 집에서 빈둥거리고 있어야 할 7월 말.

하지만 나는 1학기에 체육 수업을 너무 많이 빠져서 '보충 수업'이라는 지옥 같은 형을 집행받는 중이었다.

해가 갈수록 기온이 점점 더 위협적으로 상승하는 무더위 속 사막 한가운데처럼 아지랑이가 피어오르는 교정을 지금 이렇게 무작정 달리고 있다.

나를 제외한 녀석들은 툭하면 복장 규정을 위반해 낯이 익은 날라리들로, 센 척하는 게 멋있는 줄 아는 그야말로 허세에 찌든 놈들이다. 단순히 출석 일수가 모자란 게 아니라, 등교도 거부하고 친구 하나 없는 외톨이에다 음침하기까지 한 나는 그런 녀석들에게 재미를 선사하기 딱 좋은 먹잇감이 되어 있었다.

"이봐, 간기리(일본어로 '캔 따개'라는 뜻). 방에 틀어박혀서 게임만 하느라 꼼짝도 하지 않지? 좀 더 열심히 뛰어 봐!"

"음침한 녀석, 힘내라. 너만 열 바퀴 더 뛰어!"

"간기리, 거기서 넘어지면 웃기겠는데? 지금이야, 얼른!"

"으하하!"

이놈이나 저놈이나 시끄럽기는. 나는 소음이나 다를 바 없는 쓰레기들의 말을 흘려들으며 땀범벅이 된 얼굴을 찌푸렸다.

'간기리'는 간다 기리의 줄임말로, 등교 거부 조짐을 보이는 나를 놀릴 때 쓰레기들이 부르는 별명이다. 예전의 나라면 그렇게 불리자마자 당장 한 대 치려고 덤벼들었겠지만, 이제는 그럴 기운도 나지 않는다.

근성도, 감정도, 인생도.

나라는 인간의 모든 것이 썩어 버렸다.

'……누가 쓰레기인 건지.'

폐가 아프고, 다리가 납처럼 무거워지는 가운데, 나는 너무나 푸른 하늘을 올려다보지 않으려 줄곧 땅만 내려다보고 남은 바퀴를 모두 달렸다.

"수고했어, 기리 짱(일본의 애칭 중 하나)! 이거 마셔!"

완전히 뻗은 내가 보충 수업을 마치고 출입문에 다다랐을 때, 한 여자아이가 여름에 어울리는 레몬 무늬의 시폰 원피스를 펄럭이며 상냥히 말을 걸어왔다.

평소와는 다른 낯선 사복 차림을 한 여자아이는 아름다운 검은 머리를 귀 뒤로 넘기며 내게 스포츠 음료를 건넸다. 나는 실눈을 뜨고 여자아이를 응시했다.

"……마리나, 일부러 학교에 와서 내 보충 수업이 끝나길 기다린 거야? 시간이 남아도나 보네."

"응! 기리 짱이 체력이 부족해서 도중에 쓰러지면 마리나가 돌봐줘야 하지 않을까 싶어서……."

"안 쓰러져, 딱히."

휴, 하고 한숨을 내쉰 나는 마리나가 건넨 스포츠 음료를 받아 가방에 넣었다.

여자아이의 이름은 하세가와 마리나.

초등학교 시절부터 알고 지낸 동급생으로, 어릴 적부터 지금까지 여전히 나를 챙겨주는 친구다. 마리나는 점이 난 입술의 입꼬리를 살짝 들어 올리며 환하게 웃더니 내 짐을 집어 들었다.

"기리 짱, 피곤하지? 짐은 마리나가 집까지 들어줄게!"

"뭐? 됐어, 나 혼자 갈 거야. 그보다 너, 다른 볼일이 있는 거 아니야?"

"응? 없는데?"

"뭐? 그럼 왜 그렇게 꾸미고 나온거야?"

"어? 그야 저기, 기리 짱을 만날 수 있을 것 같아서……."

마리나는 시선을 슬쩍 피하더니 부끄러워하며 볼을 붉혔다. 나는 미간을 찌푸리고 "뭔 소리야" 하며 고개를 갸웃거리다가 신발을 갈아 신고 출입문을 나섰다.

건물 그늘에서 나오자마자 내리쬐는 직사광선에 얼굴을 찌푸린 나는 요란한 매미 소리를 헤치며 걸었다. 마리나는 당연하다는 듯 내 옆에서 나란히 걸으며 뭐가 그렇게 기분이 좋은지 방긋방긋 웃었다.

"기리 짱, 보충 수업은 괜찮았어? 다른 애들이 괴롭히지는 않았어? 개들이 혹시 이상한 짓 하지는 않았어?"

"딱히."

"보충 수업 대상자 말이야, 기도나 우류처럼 초등학교 때부터 좀 불량했던 애들뿐이잖아. 가까이하지 않는 편이 좋아. 마리나도 아까 기도가 말을 걸어와서 얼마나 무서웠는데."

"그런 바보 녀석들에게는 전혀 관심 없어."

마리나가 던지는 화제의 싹부터 잘라버린 나는 담담히 앞을 보고 걸었다. 화단에 심어진 샐비어꽃이 푸른 잎을 흔드는 은행나무 가로수 아래에서 우리를 바라보고 있었다.

"기리 짱은 왜 그렇게 늘 쌀쌀맞게 굴어? 걱정돼서 기껏 찾아와 주었더니만."

"와달라고 부탁한 적도 없고, 걱정할 필요도 없어. 괜한 참견이야."

"에이, 하지만 기도랑 우류는 예전부터 워낙 짓궂었잖아. 안 그래? 걱정된단 말이야. 기리 짱은 체력이 없어서 괜히 협박을 당하거나 두들겨 맞고 울 것 같다고."

"……."

"왜, 기억 안 나? 기도는 얼굴에 상처가 있어서 다들 무서워했잖아. 악당 보스처럼 부하들도 데리고 다니고. 초등학교 때도 어찌나 심술궂던지, 매일 다른 사람 신발장에 모래를 넣고는 나중에 당한 사람의 반응을 보며 즐거워하기나 하고……."

"마리나."

나는 끈질기게 대화를 이어 나가려 하는 마리나의 목소리를 거센 어조로 강하게 끊어내고 샐비어꽃의 빨간색에 양쪽 시야를 가로막힌 채로 걸음을 멈추었다.

"……초등학교 때 이야기는 하지 마."

뎅, 뎅. 어디선가 귓가에 들려오는 풍경 소리가 바람을 타고 둘 사이를 스쳐 지나갔다.

마리나는 이제껏 얼굴에 띠고 있던 미소를 지우고, 입을 다물었다. 하지만 잠시 아무 말이 없다가 이내 숨을 깊이 들이마시고는 다시 입을 열었다.

"……기리 짱, 혹시 또 떠올린 거야?"

"……."

"초등학교 때, 아마네 짱이 죽은 일 말이야."

아마네. 그 이름을 들은 순간, 나는 한층 더 날카롭게 마리나를 노려보았다. 하지만 마리나는 조금도 물러서지 않고 계속 말을 이었다.

"딱 지금처럼 여름 방학 때였지. 아마네 짱이 죽은 거. 초등학교 4학년 때였던가……. 이제 곧 기일이네."

"……."

"그날부터 다들 이상해져서는 뿔뿔이 흩어져 버렸어. 정말 슬픈 사건이었다는 건 알아. 마리나도 아직 아마네 짱을 떠올릴 때면 괴로워. 하지만…… 우리도 올해로 열여덟 살이야. 이제 슬슬 어른이 되어 앞으로 나아가야지, 기리 짱……."

"……그만해……."

"가장 많이 변한 건 기리 짱이야. 옛날에는 우리의 리더 같은 존재였는데, 이제는 학교도 나오지 않고 다른 아이들과 거리를 두며 점점 더 혼자가 되어서는……. 네가 자꾸 그러면 아마네 짱도 틀림없이 걱정할……."

"그만하라고! 네가 뭘 알아!"

버럭 소리를 질러버린 나는 마리나에게서 내 짐을 거칠게 빼앗 들고 달리기 시작했다. "기리 짱!" 하고 등 뒤에서 외치는 마리나의 목소리를 무시한 채 집을 향해 미친 듯이 달렸다.

뜨겁게 내리쬐는 햇볕에 아스팔트에 박힌 미세한 입자가 반짝였다. 빈약한 체력으로 언덕길을 뛰어 올라간 나는 숨을 헐떡이며 다시 얼굴에 맺히기 시작한 땀을 한 손으로 훔쳤다.

머리 위에는 얄미울 정도로 눈부신 녹청색 하늘이 떠 있었다. 하지만 내 눈에는 탁하게 비친 지 오래다. 우직할 정도로 푸르게 비치지 않는 여름 하늘은 마치 나를 책망하는 듯했다.

"어른 같은 건 되고 싶지 않다고……."

한심한 중얼거림이 새어 나온 나는 제멋대로 뻗친 긴 앞머리를 움켜쥔 채 그 자리에 털썩 주저앉았다.

팔 년 전.

잊을 수 없는 초등학교 4학년 여름 방학.

시골 산속에서 자란 나의 모교는 전교생이 오십 명도 되지 않는 작은 초등학교였다. 당연히 반도 한 학년에 한 반밖에 없었고, 우리 반 학생은 나를 포함한 일곱 명이 전부였다.

그중에 한 명이 내 첫사랑, 가노에 아마네였다.

"기리 짱! 오늘 애들이랑 내 생일 파티를 열어줄 거라며? 진짜야?!"

8월 10일 아침, 아마네가 타고난 연한 밤색 머리카락을 양 갈래로 묶은 채 우리 집에 쳐들어왔다.

리더 기질이 있었던 당시의 나는 반 아이들을 불러 모아 아마네에게 몰래 생일 파티를 열어 주려고 했다.

하지만 누가 말을 흘린 건지 깜짝 놀라게 해주려던 생일 파티

계획은 시작도 하기 전에 들통나고 말았다.

"아, 누가 말한 거야! 내가 말하지 말라고 했는데!"

"후후, 기도가 가르쳐 줬지!"

"뭐?! 기도 자식……. 오늘 생일 파티에 오지 못한다고 괜히 훼방이나 놓고 말이야!"

"후후, 하지만 기분 좋은걸. 친구들을 모두 네버랜드로 초대한 거지? 다들 좋아할 거야!"

해맑게 웃은 아마네는 우리의 비밀 기지, 일명 '네버랜드'에 반 아이들을 초대한 사실에 기뻐했다. 깜짝 놀라게 하려던 계획은 실패했지만, 아마네가 기뻐하는 모습을 보자 나는 마음이 놓였다. 준비해 둔 초대장도 무사히 아마네에게 건넸다.

"자, 아마네. 낮 열두 시, 네버랜드에 집합!"

"예썰! 정말 기대됩니다!"

장난스럽게 웃은 아마네와 뻐기듯이 말하면서도 쑥스러워했던 나.

그날, 나는 그저 내가 좋아하는 소녀가 기뻐하는 표정을 보고 싶은 마음에 너에게 생일 파티 초대장을 건넸던 거야.

그날 하늘은 참 파랬어.

한없이 맑던 여름 하늘.

그랬기에 그토록 기뻐하며 미소를 짓던 아마네가 그날 저녁에 어이없게 세상을 떠나버릴 줄은, 그 누구도 상상하지 못했다.

"으음······."

맴맴. 매미의 울음소리가 귓가에 유난히 가깝게 들리는 가운데, 나는 서서히 감고 있던 눈을 떴다. 내 흐릿한 시야에 흔들리는 나뭇잎 사이로 반짝이는 햇살과 함께 누군가의 얼굴이 흐릿하게 비치고 있었다.

코끝에 살며시 스며드는 샴푸 향기.

누구인지 고민한 순간, 가장 먼저 떠오른 사람은 조금 전에 남겨두고 왔던 마리나였다. 뒤통수에 부드러운 감촉이 느껴지는 걸 보니 아무래도 내가 마리나의 무릎을 베고 있는 듯했다.

그런 내 상황을 분석하자마자 눈앞의 인물이 불시에 나를 내려다봤다.

"아, 일어나셨어요?"

"······?!"

그런데 귓가에 들린 음성은 낯선 여자의 목소리였다. 갑자기 불안감에 사로잡혀 한순간 패닉 상태에 빠진 나는 튕기듯이 그 자리에서 벌떡 일어났다.

하지만 다급한 마음에 붙잡을 곳도 확인하지 못한 내 손은 이제껏 누워 있던 벤치를 벗어나 허공을 허우적댔다.

"으, 으악?!"

"꺅!"

나는 요란한 소리를 내며 바닥에 떨어졌다.

근처에서 땅을 쪼아대던 멧비둘기가 날아가는 날갯짓 소리를 들으며 나는 미간을 찌푸린 채 "아야……" 하고 신음을 흘렸다.

그러자 낯선 여자는 내 앞에 쭈그려 앉더니 나를 향해 손을 뻗었다.

"괘, 괜찮으세요? 기리 씨?"

"어? 으응, 괜찮……."

……응? 어라?

지금 내 이름을 부르지 않았나?

눈을 몇 번 깜박이던 나는 나도 모르게 그대로 굳어 버리고 말았다. 정면에 있는 낯선 여자를 다시 자세히 바라보니 연한 밤색 머리카락을 양 갈래로 묶은 소녀가 해맑은 표정을 짓고 있었다. 아마 나보다 어리겠지만 소녀의 표정은 어딘지 모르게 어른스러웠고, 그런 소녀의 시선에 꿰뚫린 내 심장은 갑자기 덜컥 내려앉았다.

게다가 그 모습이 생전의 아마네의 모습과 한순간 겹쳐 보여서 나는 숨을 멈춘 채로 고개를 가로저었다.

"왜 그러세요? 아직 속이 울렁거려요? 조금 전에 도로 한복판에서 의식이 몽롱해졌나 봐요, 기리 씨. 말을 걸었더니 이쪽으로 와서 쓰러지셔서 물을 마시게 했는데 그대로 제 무릎을 베고 잠들어 버리셨어요."

"뭐……? 내, 내가 먼저 네 무릎을 베고 잤다는 거야?!"

"네……. 솔직히 처음에는 변태인가 싶었어요."

"아, 미안……, 미안해……."

나는 내가 저지른 뜻밖의 행동을 맹렬히 반성하며 낯선 소녀에게 힘없이 사과했다.

내가 대체 무슨 짓을 한 거야. 더위를 먹어서 머리가 어떻게 된 건가.

매미가 시끄럽게 울어대는 소리가 귓가에 쏟아지자 나는 그제야 냉정을 되찾기 시작했다. 나는 나뭇가지 사이로 비치는 햇살 아래에서 이쪽을 바라보고 있는 소녀를 향해 조심스럽게 입을 열었다.

"그보다 너, 어떻게 내 이름을 알고……."

"네? 아……, 미안해요. 제가 놀라게 했나 보네요. 저는 기리 씨 소꿉친구의 여동생이에요."

"……여동생?"

다시 소녀에게 시선을 돌린 나는 자신을 '내 소꿉친구의 여동생'이라 소개한 소녀를 의심스럽게 쳐다봤다. 소꿉친구들의 가족에 대해서는 거의 다 알고 있는데, 이런 여동생을 둔 녀석이 있던가.

입고 있는 교복에는 옆 마을 사립 중학교의 휘장이 박혀 있었다. 그렇다면 중학생이라는 건데, 그럼 나와 나이가 최소 세 살 이상 차이 난다는 소리다.

하지만 역시 누구의 여동생인지 짐작이 가지 않았다.

"……미안. 누구 동생인지 전혀 모르겠어. 내가 지금은 초등학생 시절 녀석들과 거의 만나질 않아서……."

"후후, 모르는 게 당연해요. 이렇게 직접 만난 적이 없거든요. 어릴 적에 언니에게 기리 씨의 이야기를 자주 들어서 저만 일방적으로 알고 있는 것뿐이에요."

"어? 언니라니……."

"……전 가노에 아마네의 동생이에요."

─가노에 아마네.

그 이름이 내 귓가에 파고든 순간, 숨이 턱 하고 막혀 버렸다.

마치 뿌리를 내리듯 고막 안쪽까지 메아리치며 몇 번이나 반복되는 그 이름.

가노에 아마네. 가노에 아마네.

마치 저주의 주문처럼 내 몸속 깊은 곳까지 나무뿌리가 둘러진다.

'기리 짱' 하고 방울 소리처럼 까르르 웃던 그 얼굴이 지금도 끊길길 정도로 선명하게 뇌리에 박혀 있다가 검은 연기를 지글지글 내뿜으며 내 척수 신경을 태우기 시작했다.

갑자기 온몸에서 식은땀이 솟아났다.

그렇게나 덥다고 질색했던 기온조차도 느끼지 못할 만큼 몸이 차갑게 식고, 서서히 핏기가 사라지는 것을 알 수 있었다.

이제는 위액까지 올라오려 하기에 더는 견디지 못한 나는 짐을 들고 자리에서 일어나 등을 돌렸다.

"……미안. 그만 갈게."

"네?"

"그럼 이만."

"아니, 저기……, 자, 잠깐만요! 왜 그렇게 갑자기……!"

"됐으니까 따라오지 마! 그 녀석의 동생과 할 이야기 같은 건 없으니까!"

감정을 억누르지 못해 나도 모르게 버럭 소리를 지르고 말았지만, 그래도 나는 고개를 돌리지 않은 채 계속 걸음을 옮겼다.

어서 이 자리를 피해야 한다고 생각했다. 이 이상은 내 몸이 견디지 못한다는 것을 본능적으로 감지할 수 있었다.

땀이 난 피부에 벌겋게 두드러기가 올라왔다.

숨 쉬는 방법조차 알 수 없었다.

하지만 소녀는 부탁이니 나를 내버려 두라는 나의 오만한 바람을 결코 용납하지 않았다.

"우리 언니는 팔 년 전에 죽었어요."

시끄러운 매미 울음소리 사이로 들린 그 목소리는 갈수록 날카로워지며 내 걸음을 붙잡았다. 창백해진 채로 걸음을 멈춘 내 등 뒤로 뚜벅뚜벅 아스팔트를 밟는 로퍼 소리가 가까워졌다.

"열 살 생일에 동네 아이들이 어른들 몰래 '비밀 기지'라 이름 붙인 그 산속 오두막집 근처에서…… 언니는 죽었어요. 사인은 산비탈에서 미끄러져 떨어지는 바람에 머리를 심하게 부딪힌 채로 강에 떨어진 것."

"……윽."

"간다 기리 씨, 물론 알고 있겠지요? 왜냐하면 당신은……, 그때 함께 있었으니까요."

쿵쾅, 쿵쾅, 쿵쾅.

요란하게 울어대는 매미 소리조차 귀에 들어오지 않을 만큼 내 심장이 세차게 뛰며 가슴을 때렸다.

—'기리 짱.'

그렇게 날 부르는 가노에 아마네의 저주는 이제껏 헐다 못해 썩어버린 나를 여전히 좀먹으려 하는 걸까.

"……간다 기리."

풀네임을 불린 순간 관자놀이를 타고 흘러내린 땀방울이 아스팔트에 뚝 떨어지자 소녀는 마침내 내 저주의 핵심을 찔렀다.

"당신이 언니를 죽였나요?"

맴맴, 맴맴, 맴맴.

매미 소리가 뒤늦게 내 고막을 두드리고, 나는 포기에 가까운 허무함을 안은 채로 손에 들고 있던 짐을 땅바닥에 떨어뜨렸다.

당신이, 언니를, 죽였나요?

어린 시절의 아마네를 빼닮은 목소리가 내 지울 수 없는 죄를 끄집어내며 머릿속을 두드렸다.

나는 마치 사로잡힌 사람처럼 한 발짝도 떼지 못하고 그 자리에 멈춰선 채, 바싹 마른 목을 움직여 소리를 냈다.

"……응."

솔직히 털어놓고 고개를 든 내 머리 위에서 이쪽을 내려다보고 있는 여름 하늘.

그 하늘이 실제로 어떤 색을 띠고 있는지 이제는 기억조차 나지 않는다.

"그래, 나야……."

"내가……."

—아마네를 죽였다.

팔 년 전 여름 이후로 탁한 색밖에 비치지 않게 되어버린 내 시야 속.

초록빛을 띠고 있지만 칙칙한, 너무나 눈부셨던 녹청색의 썩어버린 하늘이 내 눈에 따갑게 스며들 뿐이었다.

제2화

빨간 금붕어는 바람에 노래한다

찰랑, 또르르. 칼피스(1919년에 개발된 무균 음료로 원액은 물이나 우유에 희석해 마신다) 원액이 달콤한 사이다 거품에 녹고, 얼음은 딸그락딸그락 소리를 내며 긴 빨대로 휘저어졌다.

잠시 후 완성된 칼피스 소다가 조심스럽게 컵 받침 위에 놓이더니 "드세요" 하며 나를 향해 내밀어졌다.

뎅, 뎅. 툇마루를 지나는 바람이 빨간 금붕어가 그려진 풍경을 흔들고 있었다.

모기향 연기와 낡은 다다미 냄새가 코끝을 스치는 가운데, 나는 방석 위에 무릎을 꿇고 앉은 채로 내게 건네진 칼피스를 받아 들었다.

"……잘 마실게."

"기리 씨, 선풍기만으로는 덥지 않으세요? 에어컨을 틀까요?"

"아니……."

"하지만 아까 더위를 먹어서 죽을 뻔했잖아요. 무리하지 않아도 돼요."

어차피 죽을 뻔한 거, 아까 그냥 콱 죽어 버렸으면 좋았을 텐데.

나는 잠시 그런 생각을 하다가 "아니, 정말 괜찮으니까 신경 쓰지 마" 하고 작게 대답했다.

소녀는 팔 년 전에 죽은 가노에 아마네의 동생 유키네라고 했다. 나이는 올해로 열네 살. 옆 마을의 사립 중학교에 다니는 중학교 2학년생.

팔 년 전, 아마네가 죽고 나서 가노에 일가가 옆 마을로 이사한 사실은 알고 있었다.

지금은 여름 방학을 이용해 이 동네에 사는 할머니네 집에 온 모양인데, 나는 어째서인지 지금 그 할머니네 집에 초대받아 와 있었다.

"칼피스, 진하지는 않아요? 좀 더 연한 게 좋으면 말씀하세요."

"……아아, ……응."

솔직히 가족들 앞에 끌려 나와 뭇매를 맞을 줄 알았기에 이렇게 평범하게 손님 대접을 받는 이 상황이 당혹스러웠다.

목적을 알지 못하는 긴장감과 어색함 탓에 칼피스의 맛 따위는 전혀 느낄 수 없었다.

"아, 기리 씨. 편하게 다리 풀고 앉아도 괜찮아요"라는 유키네의 말을 들을 때까지 내가 줄곧 무릎을 꿇고 있었다는 사실조차 알아차리지 못했을 정도였다.

나는 머뭇거리다 다리를 풀며 입을 열었다.

"어, 저기, 유키네……씨."

"그냥 편하게 불러도 돼요. 제가 네 살이나 어린걸요."

"어……, 그럼, 저……, 유키네."

나는 이름을 다시 고쳐 부르며 불안하게 시선을 이리저리 돌렸다. 타인과의 교류에 익숙하지 않은 나 자신이 싫어졌다. 상대가 나보다 어린데도 유키네가 여성스러운 분위기를 풍겨서 그런지 긴장되어 도무지 차분히 있을 수가 없었다. 머리를 귀 뒤로 넘기는 단순한 동작조차 똑바로 바라보지 못했고, 유키네에게 향했던 시선은 서서히 아래로 향하다 결국 다다미로 떨어지고 말았다.

"……왜 날 여기에 데려온 거야?"

궁금한 점이 산더미처럼 많았지만, 일단 목적을 밝혀야 할 것 같아 무난한 질문을 던졌다. 그러자 유키네는 칼피스를 한 모금 마시며 미소를 지었다. 그런 당연한 행동조차 자꾸 의식하고 만다. 아, 이래서야 오히려 내가 중학생 같지 않은가.

"왜긴요. 기리 씨와 이야기를 해보고 싶었으니까요."

"……너, 알고 있는 거 맞아? 나는 네 언니를 죽인 장본인이라고."

"알아요. 하지만 악의가 있어서 언니를 죽인 건 절대 아닐 거예요. 게다가 후회하고 있지요? 팔 년 전의 일을."

그 당당한 말투에 나는 입을 꾹 다물었다. 유키네는 양 갈래로 묶은 긴 머리를 선풍기 바람에 휘날리면서 구부정한 자세로 있던 내 앞으로 센베이가 담긴 바구니를 밀며 말을 이었다.

"말해주실 수 있나요, 기리 씨? 팔 년 전에 무슨 일이 있었는지."

그 물음에 나는 무릎에 올려 둔 주먹을 꽉 쥐었다. 마치 몸속에 구더기가 기어다니는 것처럼 소름이 돋았고, 알 수 없는 긴장감이 꿈틀거리는 상황에서 모든 것을 체념한 나는 떨릴 듯한 목소리를 쥐어짰다.

"나는 어릴 적에 천식을 앓아서 자주 병원에 입원했어."

"천식이요?"

"극도의 긴장과 불안을 느끼거나 먼지가 많은 곳에 가면 과호흡 증세를 보이거나 기침이 멈추질 않아. 그래서 초등학교 때는 항상 약을 가지고 다녔어. 하지만 생일 파티를 열었던 그날은 들떠서 그랬는지……, 약을 챙기지 않은 채로 집을 나서고 말았어."

팔 년 전.

2004년 8월 10일, 오전 11시.

"저기~ 기리 짱. 약 먹지 않아도 괜찮아~?"

생일 파티 당일, 색종이로 만든 고리로 벽을 장식하고 있던 나는 마리나의 말을 듣고서야 천식약을 집에 두고 왔다는 사실을 알아차렸다. 나는 늘 밥 먹기 전에 가루약을 먹었기에 평소처럼 약을 먹지 않는 나를 이상하게 생각한 마리나가 물어본 것이었다.

"으앗, 어떡해! 약 챙기는 걸 깜빡했어……."

"뭐? 괜찮아? 마리나한테 휴대 전화가 있으니까 너희 엄마에게 연락해서 가져다 달라고 할까~?"

"바보야, 그랬다가는 우리 엄마한테 비밀 기지를 들킬 거 아니야! 여기는 어린이만을 위한 곳이니까 어른한테는 연락 금지야! 하루 정도는 약을 먹지 않아도 괜찮아."

"에이~ 그러다 천식 증상이 나타나면 어떡해? 또 입원하는 거 아니야? 그건 싫은데……."

풀이 죽어 어깨를 축 늘어뜨린 마리나는 불안하다는 듯이 나를 보며 걱정했다. 하지만 나는 "괜찮다니까!" 하고 가볍게 넘기며 부모님에게 연락하는 것을 막았다.

"만약 천식 증상이 나타나도 물을 많이 마시고 쉬면 괜찮아진다니까. 걱정하지 마."

"그러면 다행이지만……."

"야, 기리! 큰일 났어! 야부코가 다쳤어!"

그런데 바로 그때.

당시 나와 가장 친했던 못치가 달려와 나와 마리나의 대화를 끊어 놓았다.

아들만 넷인 사 형제 중 장남으로, 정말 좋은 녀석이었던 못치. 못치는 주변 사람들을 잘 챙겨서 모두에게 형이나 오빠 같은 존재였다.

그런 녀석이 요란을 떨며 황급히 데려온 아이가 빨간 뿔테 안경을 낀 조용한 여자아이, 야부코였다.

"뭐, 다쳤다고? 야부코, 괜찮아?"

"하나도 안 괜찮아, 피가 얼마나 많이 났는데! 야부코, 내 말이 맞지? 아프겠다! 정말 심하게 다쳤다고!"

"어, 어어……. 저기, 그게, 그러니까……."

난리를 치는 못치 옆에서 귀까지 빨개진 야부코는 작은 목소리로 무언가 말을 하려고 애쓰고 있었다.

내성적이고 수줍음이 많은 야부코는 누군가와 이야기할 때, 이렇게 말문이 막혀버릴 때가 많아서 대화를 시작하는 데에 시간이 걸렸다.

야부코가 말을 꺼내기를 기다리고 있는데 갑자기 등 뒤에서 "풋" 하고 짧은 웃음소리가 새어 나왔다. 나와 못치는 동시에 고개를 들어 그쪽으로 시선을 돌렸다.

"뭘 심하게 다쳤다는 거야. 종이에 손가락을 살짝 베인 것뿐인데, 유난 떨긴. 오빠인 척 굴지 마. 바보같이."

"뭐?! 우류, 지금 뭐라고 했어?"

"우아, 시골 원숭이가 화났다! 어이쿠, 무서워라."

대화에 불쑥 끼어드는가 싶더니 실실거리며 우리에게서 멀어진 단정한 용모의 미소년, 우류 치아키.

초등학교 3학년 때 도시에서 전학 온 학생으로, 우리를 '촌놈'이라고 깔보며 무시하는, 도무지 마음에 들지 않는 녀석이었다. 마치 뜬구름처럼 종잡을 수 없는 행동을 하지를 않나, 대체 무슨 생각을 하는 건지 알 수가 없었다.

그런 성격 때문에 전학을 오자마자 '악당 보스'이자 우리 반의 폭군이었던 기도와도 크게 싸우고, 못치와 마리나에게도 말을 함부로 해서 화나게 하는 등 고작 하루라는 짧은 시간에 이 좁은 커뮤니티 사람들에게 미움을 사서 고립되는 전설을 만들고 말았다.

하지만 정작 본인은 무슨 생각을 하는 건지, 우리와 어울릴 생각도 없으면서 아마네의 생일 파티에 어슬렁어슬렁 나타난 것이었다.

"야, 기리! 왜 저런 녀석까지 부른 거야! 준비를 돕지도 않으면서 사람 열받게 하고, 오히려 방해만 된다고! 저 녀석은 대체 왜 온 거야!"

"나도 설마 진짜로 올 줄은 몰랐다고……. 뭐, 지겨워지면 집에 가겠지. 다른 사람도 아니고 우류인데."

"어, 어어, 저기, 저……, 그게……."

"앗, 우리끼리 이야기해서 미안해, 야부코. 다친 데는 괜찮아?"

"어엇?! 어, 어어……, 응! 저, 괘, 괜찮아……."

나는 잔뜩 화가 난 못치를 진정시키고, 얼굴이 새빨개져서 우물쭈물 대답하는 야부코의 말도 받아 주었다.

당시의 나는 소위 '모두의 리더'였다.

늘 반의 중심에 있었고, 무언가를 할 때는 대부분 먼저 말을 꺼냈으며, 항상 누군가와 함께 행동했다. 친구들을 불러 모으거나 누군가를 돕는 일, 주의를 환기하는 일도 당연히 내가 해야 한다고 생각했고, 아이들도 그런 나를 인정했다. 그야말로 자타가 공인하는 리더였던 셈이다.

생일 파티 초대장도 모두의 리더로서 같은 반 학생인 여섯 명 전원에게 공평하게 건넸다.

하지만 다들 무서워하던 폭군 기도는 생일 파티에 참석하지 못했고, 우류는 파티 장소에 모습을 드러내기는 했지만 중간에 갑자기 사라졌다가 다시 나타나는 등 멋대로 굴었기 때문에 생일 파티에 실질적으로 참석한 사람은 나, 마리나, 못치, 야부코, 그리고 제시간에 나타난 아마네까지 모두 다섯 명이었다.

"다들 뭐해? 오늘의 주인공이 등장했다고!"

"앗, 아마네도 왔구나! 자, 그럼 이제 생일 파티를 시작하자!"

밝고 쾌활한 아마네의 등장으로 우리의 파티 준비도 끝이 났다.

그리하여 예정대로 낮 열두 시가 되었다.

근처 구멍가게에서 사온 과자에다 미지근해진 라무네를 한 손에 들고, 네버랜드에 모인 아이들끼리 건배하며 인사를 나누었다.

"⋯⋯그때까지는 평범한 생일 파티였네요."

내 이야기를 묵묵히 듣고 있던 유키네가 이렇게 중얼거리더니 얼음이 녹아 연해지기 시작한 칼피스를 빨대로 휘휘 저었다. 나도 칼피스에 든 얼음을 다시 한번 소리 내어 젓고는 다시 입을 열었다.

"그런 다음 아마네에게 준비한 선물을 건네거나 게임을 하고, 과자를 다 먹었을 때쯤 벌레를 잡으러 가기도 했어. 그것도 질렸을 때는 마리나가 가져온 휴대 전화로 사진을 찍기도 하면서⋯⋯, 그렇게 저녁때까지 놀았어."

"그랬군요. 그런데 그 당시에는 휴대 전화가 있는 초등학생이 드물지 않았어요?"

"마리나네 집은 부자여서 없는 게 없었어. ⋯⋯아마네가 죽게 된 원인도 그 휴대 전화가 발단이었지."

조금 더 목소리를 낮추어 말하자 유키네가 눈을 가늘게 떴다.

"발단이라면?" 하고 상체를 앞으로 내미는 유키네를 향해 나는 말을 이어 나갔다.

"신나서 정신없이 놀다가 통금 시간을 넘겨버린 바람에 마리나네 부모님이 마리나를 데리러 왔거든. 어린이용 휴대 전화라 방범용 GPS 같은 것이 설정되어 있었는지 딸의 위치 정보가 산속으로 표시된 것을 보고 화들짝 놀라서 마리나를 찾으러 온 거야."

"아……, 그럴 만하네요."

"철부지였던 나는 우리의 비밀 기지를 어른들에게 들켰다는 사실에 화가 나서 그만 마리나에게 뭐라고 하고 말았어. 울고 있는 마리나를 다른 아이들이 달래는 동안, 머쓱해진 나는 뛰쳐나가 산속으로 도망쳤어. ……그런 나를 쫓아온 사람이 네 언니인 아마네였지."

눈을 천천히 깜박인 나는 두 번 다시 떠올리고 싶지 않았던 그날의 기억을 떠올렸다.

마리나를 울리고 분위기가 가라앉은 그 자리를 피해 도망쳐 버린 바보 같은 나를.

그리고 그런 나를 데리러 온 바보 같은 아마네를…….

"기리 짱!"

저녁 여섯 시가 지났는데도 여전히 환한 여름 하늘 아래, 아마네가 나를 쫓아왔다. 삐쳐서 무시하는 내 손을 잡고, 아마네는 상냥한 말로 나를 달래려 했다.

"기리 짱, 더 깊이 들어가면 위험해. 마리나 짱의 엄마가 이곳은 작은 산이지만 어두워지면 길이 보이지 않아 조난될 수 있다고 했어. 멧돼지가 나올 수도 있으니까 그만 사람들이 있는 곳으로 돌아가자. 응?"

"⋯⋯됐어. 난 혼자 걸어갈래."

"이봐, 기리 대원! 아마네 대장의 명령이다. 철수 명령에 따르도록! 그만 기지로 돌아가는 거다!"

"시끄러워, 나 좀 내버려 둬!"

나는 슈퍼히어로 영화 속 주인공처럼 나를 타이르는 아마네에게 거친 말을 내뱉고 풀장용 비닐백을 든 아마네의 손을 뿌리쳤다. 그러고는 곧바로 작게 웅얼거렸다.

"마리나 탓이 아니었는데 마리나에게 화를 내버려서⋯⋯ 얼굴을 어떻게 봐야 할지 모르겠단 말이야."

힘없이 속삭인 나는 아마네를 등진 채 다시 걷기 시작했다.

초등학교 4학년. 나이로 치면 열 살. 한창 장난을 심하게 칠 나이였던 나는 마리나에게 솔직하게 사과할 용기가 없어서 반바지 주머니에 손을 찔러 넣은 채로 산길을 내려갔다.

하지만 아마네는 도망치려는 나를 다시 붙잡고 놓아주지 않았다.

"그러면 안 돼. 돌아가자, 기리 짱."

"이거 놔⋯⋯."

"싫어."

"놓으라고! 나 같은 건 그냥 내버려 두라고! 내가 산에서 조난 되든 말든 네가 무슨 상관이야!"

"상관있어, 좋아하니까!"

내 말이 끝나기가 무섭게 아마네가 말을 받아쳤다.

맴맴, 맴맴, 맴맴⋯⋯. 그때까지 거의 신경도 쓰이지 않았던 익숙한 매미 울음소리가 갑자기 귓속에 메아리치기 시작했다.

그 순간 세상의 움직임이 잠시 멈추는 듯했다.

하지만 그때 그 자리에는 마치 이 세상에 나와 아마네 단둘만이 존재하는 게 아닌가 싶은 착각이 들 법한 여름이 분명히 존재했다.

아마네가 들고 있는 투명한 비닐백이 둘만의 공간에서 나뭇가지 사이로 비치는 햇살을 반사하고 있었다.

얼마쯤 있다가 간신히 "뭐⋯⋯?"라고 내뱉은 나에게 아마네는 마치 딸기 시럽을 뿌린 빙수처럼 얼굴을 붉게 물들이고는 긴장된 표정으로 내 손을 꼭 잡았다.

"아마네⋯⋯? 지, 지금⋯⋯ 좋아한다고 했어?"

"⋯⋯응, 그랬어."

나는 아마네의 솔직한 대답에 나도 모르게 콜록, 하고 기침을 했다. 두근, 두근, 두근. 심장이 세차게 뛰면서 당혹스러움과 흥분이 동시에 나를 덮쳐왔다.

뭐야, 그럼 서로 좋아하는 거잖아. 그런 환희가 가슴을 가득 채우는 동시에 폐 안쪽도 묘한 소리를 냈다. 하지만 온갖 생각이 교차하는 와중에도 일단 나 또한 아마네를 좋아한다는 사실을 전해야겠다는 생각이 든 나는, 내 몸에 생긴 이변을 알아차리지 못한 채 입을 열었다.

"켁, 나, 나, 도……, 켁, 콜록, 콜록. 나도, 아마네를……, 켁."

"……기리 짱?"

"콜록, 아마, 네, 콜록, 콜록!"

"잠깐……, 기리 짱! 괜찮아?!"

숨이 콱 막히고 나서야 몸에 생긴 이변을 알아차린 나는 몇 번이나 콜록대다 땅바닥에 무릎을 꿇었다. 숨을 제대로 쉴 수가 없어서 산소를 어떻게 들이마셔야 하는지조차 알 수 없었다.

괴로워. 큰일인데. 이러다 죽겠어.

그런 생각을 하다가 그제야 천식약을 깜박하고 먹지 않았다는 사실을 떠올린 나. 핏기가 한순간에 가시자 나는 바닥에 놓인 흙을 움켜쥐었다.

"커헉……, 콜록! 콜록, 콜록!"

"기, 기리 짱! 정신 차려! 어떡하지, 발작이……, 물을 마셔야 하는데! 하지만 비밀 기지까지 돌아갔다가는 기리 짱이……."

"커헉, 콜록, 아마, 네……."

그 후로 오랜 시간이 지나도 발작이 멈추지 않자 드디어 고통이 한계에 달했는지 나는 결국 그 자리에서 쓰러지고 말았다. 의식이 몽롱한 와중에도 마치 비명을 지르듯 내 이름을 불러대는 아마네의 목소리가 귓가에 들렸다.

서서히 좁아지는 시야. 고통스럽게 끊어져 가는 호흡. 나는 그것들이 끊어지지 않도록 어떻게든 현실에 매달려 보려 했지만, 산소를 들이마시지 못한 몸은 갈수록 무거워졌고 남아 있던 희미한 의식마저 빼앗아 갔다.

그런 와중에도 바보 같은 나는 조금 전에 들은 고백만을 떠올리고 있었다. '좋아한다'고 고백했던 너의 말만.

지금 죽으면 안 돼.

나도 좋아한다고, 우리가 서로 좋아했다는 사실을 전해야만 해.

제대로 고백해야 하는데…….

그런 생각을 하며 고개를 든 순간, 조금 전까지 곁에 있던 아마네가 어디에도 보이지 않았다. 시끄럽던 매미 울음소리도, 이름 모를 새의 지저귐도, 이제는 아무것도 들리지 않았다.

'기리 짱.'

나를 부르는 네 목소리가 뇌리에 희미하게 울려 퍼진 것을 끝으로 나는 무거워진 눈꺼풀을 내려놓았다.

"그리고 다음 날 눈을 떴을 때, 나는 병원 침대에 누워 있었어."

기나긴 추억을 되돌아본 나는 유키네에게 힘없이 말했다. 바닥을 드러낸 칼피스 소다 잔에 남은 얼음을 휘휘 저으며 유키네는 내 말에 귀를 기울였다.

"내가 눈을 떴을 때, 아마네는 이미 죽고 없었어. 내가 쓰러진 장소에서 불과 몇 미터밖에 떨어지지 않은 가파른 산비탈에서 떨어져서 거의 즉사한 모양이야."

"……."

"산비탈 밑에는 얕은 강이 있었어. 그 녀석은 천식 발작으로 쓰러진 내게 물을 주려다가 발이 미끄러져서…… 산비탈에서 떨어진 거야."

"그래서 당신이 우리 언니를 죽였다고 말한 건가요?"

"……그래. 그 녀석은 나 때문에 죽었어. 내가 죽인 거나 마찬가지야……."

유키네의 얼굴을 볼 수가 없어서 나는 거의 입을 대지 않은 칼피스의 수면을 바라봤다. 얼음이 녹으면서 희석되어 층이 분리된 수면에 완전히 썩어버린 내 얼굴이 비치고 있었다.

그때 천식약을 먹는 것을 깜박하지 않았더라면.

그때 내가 혼자서 산속에 들어가지 않았더라면.

그때 생일 파티 같은 것을 하지 않았더라면.

그렇게 몇 번을 후회했던가. 나는 지난 팔 년 동안 아마네를 죽인 죄를 끌어안은 채 살아왔다.

동급생들의 얼굴을 차마 볼 수가 없어서, 푸른 여름 하늘이 두려워져서, 사는 게 싫어져서, 하지만 죽어서 저세상에 가도 아마네를 마주할 용기조차 없어서.

나는 그렇게 썩어버린 시체처럼 헛되이 지나가는 하루하루를 아무것도 하지 않은 채 그저 살아갈 수밖에 없었다.

"이게 내가 그날에 대해 알고 있는 전부야. 더는 아는 게 없어."

나는 조용히 말을 마치고 말라붙은 목에 칼피스를 한 모금 흘려보냈다. 묽어진 칼피스가 식도를 타고 내려가는 느낌은 났지만, 갈증이 해소될 기미는 전혀 없었다.

유키네는 턱을 살짝 당기더니 "그렇군요. 어떻게 된 경위인지는 대충 알겠어요" 하고 냉정하게 대답했다.

"이제 됐어? 그만 돌아갈게."

나는 말을 꺼내며 자리에서 일어났다.

하지만 유키네는 "아니, 아직이에요"라며 내 질문을 일축했다.

유키네는 빈 잔을 컵 받침째 옆으로 치우더니 낮은 테이블에 팔꿈치를 괴고는 상체를 쑥 내밀었다.

아마네의 생김새가 남아 있는 그 얼굴을 직시한 순간 숨이 막혀 버린 나를 아랑곳하지 않고 유키네가 말을 이었다.

"기리 씨. 타임 리프라는 걸 알고 있나요?"

"뭐라고?"

"영화 같은 데 종종 나오잖아요, 타임 리프. 시간을 되돌리는 거 말이에요. 그걸 할 수 있는 방법이 있는데, 혹시 관심 없어요?"

유키네는 진지한 표정으로 물었지만, 나는 표정 관리를 하지 못하고 얼굴을 노골적으로 찌푸리고 말았다.

'이 녀석이 뜬금없이 무슨 소리를 하는 거야' 하고 의심하는 나 따위는 아랑곳하지 않은 채 유키네는 강렬한 눈빛으로 나를 바라보며 말했다.

"후회하고 있지요? 그럼 타임 리프 해 보자고요, 기리 씨."

"……뭐?"

"할 수 있다니까요, 타임 리프. 내가 당신을 과거로 데려가 줄게요. 당신이 후회했던 일을 털어낼 수도 있고, 당신의 인생도 의미 있게 바꿀 수 있어요. 그리고 무엇보다……."

―언니를 되살릴 수도 있다고요.

뎅, 뎅.

흔들리는 풍경 속에서 헤엄치던 빨간 금붕어가 마치 얼빠진 소리를 낸 내 등을 떠밀듯이 여름 바람을 맞으며 노래하고 있었다.

제3화

과거에 타다 남은 불똥

타임 리프.

유키네의 수상쩍은 이야기를 믿은 것은 아니었다.

고작 중학교 2학년의 입에서 나온 말이니 적당히 흘려들으면 될 일이었다.

그렇게 생각했지만, 한 치의 흔들림도 없는 그 눈빛에 꿰뚫려 버리자 어째서인지 꾸지람을 들은 어린애처럼 자꾸만 떳떳하지 못한 기분이 들어서 아무 대꾸도 하지 못했다. '그냥 뿌리치고 돌아가 버리면 될 것을……' 하며 스스로를 한심하게 여기면서도 이렇게 유키네의 뒤를 쫓아가고 있었다.

줄곧 땅만 쳐다보고 있던 탓에 낡은 담장 그림자에 몸을 숨기고 있던 도마뱀과 눈이 마주치자 도마뱀이 파랗게 빛나는 꼬리를 뒤집었다. 나무 사이로 사라지는 그 녀석을 눈으로 좇고 있는데 유키네가 갑자기 자갈길 안쪽을 손으로 가리키며 말했다.

"여기, 옛날에는 구멍가게가 있던 자리지요? 예전에 언니한테 들은 적이 있어요."

유키네의 손끝이 가리킨 곳은 자갈길 한쪽 구석에 자리한 공터였다. 유키네의 말대로 어릴 적에는 이곳에 허름한 구멍가게가 있었다.

유키네는 지금은 헐린 구멍가게의 옛터를 아련한 눈길로 바라보며 지나쳤다.

그러고는 안쪽에 난 좁은 길에서 거침없이 방향을 틀어서 포장이 되지 않은 논두렁길로 접어들었다. 유키네가 고른 길은 마치 어릴 적 발자취를 따라가듯 온통 옛 추억이 떠오르는 길뿐이어서 나는 슬슬 목적지를 살피기 시작했다.

"······어이, 설마 너 거기에 가려는 거야?"

"어디를 말하는 거예요?"

"시치미 떼지 마. 비밀 기지, 네버랜드 말이야."

예리하게 지적하자 유키네는 "맞아요"라며 태연히 고개를 끄덕였다. 노골적으로 싫은 표정을 지었지만, 유키네는 "돌아가지 마세요" 하고 미리 선수를 치더니 내 손을 붙잡았다.

"어엇······, 야!"

"후후, 여중생과 이렇게 손을 잡고 걸을 기회는 흔치 않다고요. 안 그래요? 당황하는 걸 보니 여자 친구를 사귀어 본 적이 한 번도 없는 거 아니에요?"

"시, 시끄러워! 사람을 놀리기나 하고!"

"하지만 의외네요. 더 질색할 줄 알았는데 뿌리치지도 않고. 내가…… 언니를 닮아서 그런가?"

마치 모든 것을 꿰뚫어 보는 듯한 말투로 미소 짓는 그 얼굴을 보자 나는 그만 말문이 막혀 버렸다.

눈부신 햇살 아래 부드럽게 흔들리는 양 갈래의 밤색 머리카락. 그 모습을 보자 그날의 아마네가 떠올라 나는 시선을 다른 곳으로 돌리고 말았다.

"딱히 그런 건……."

그런데 내가 쉰 목소리로 말을 이어 나가려던 그때, 시야에 낯익은 자전거 두 대가 들어왔다.

등골이 서늘해진 나는 걸음을 멈추고 유키네의 손을 꽉 잡고 끌어당겼다.

"잠깐 기다려!"

"엄마야! 왜, 왜 그래요. 갑자기……."

"지금은 더 가지 않는 게 좋겠어."

내가 다급히 말하자 유키네는 의아한 표정을 지었다. 하지만 경계를 강화한 내 귓가에 금세 '그 녀석들'의 목소리가 들려왔다.

무의식적으로 혀를 찬 나는 유키네의 손을 붙잡고 나무가 울창하게 우거진 잡목림으로 끌고 갔다.

"어?! 자, 잠깐만요! 그렇게 깊이 들어갔다가는 뱀이나 벌레가 나올지도 모른……."

"조용히 해. 저 녀석들에게 들켰다가는 더 골치 아파진다고!"

"읍?!"

나는 당황한 유키네의 입을 손으로 막은 채, 등 뒤에서 잡아끌고 초목이 우거진 잡목림에 몸을 숨겼다. 버둥거리는 유키네를 꽉 잡고 제발 조용히 하라고 신신당부하며 나도 조용히 숨을 죽였다.

인구가 적은 시골 마을에서는 자동차나 자전거를 보기만 해도 누구 소유인지 알 수 있다. 이윽고 그 자리에 두 명의 발소리가 가까워졌다.

"너 이 자식! 아까부터 사람을 계속 무시하는데, 그러지 좀 말라고!"

흙을 저벅저벅 밟는 소리가 들리더니 갑자기 터져 나온 남자의 고함에 유키네가 놀라 어깨를 움츠렸다. 나는 숨을 죽인 채, 나무 사이로 몰래 그 모습을 지켜봤다.

껄렁한 교복 차림에 못마땅한 표정으로 걷고 있는 녀석은 호랑이 같은 지그재그 무늬의 헤어 스크래치를 넣은 투블록 머리가 특징인 사내…… 아니, 폭군인 기도 레오다. 이름이 사자자리를 뜻하는 레오(Leo)인데도 호피 무늬 스크래치를 넣은 건 단순히 공부를 못해서 단어의 뜻을 오해한 결과인 듯하지만, 보복이 두려워 누구도 지적하지 못한다는 소문이 있다.

예나 지금이나 변함없이 '악의 보스' 자리에 군림하는 기도는 무관심한 표정으로 가만히 걷고 있는 또 다른 사내 우류 치아키를 노려보고 있었다.

"너, 이 자식. 계속 무시하냐, 어?! 이 새끼가, 자꾸 그러면 한 대 친다!"

"흐암~ 졸려……."

"뭘 하품이나 하고 있어! 나 무시하냐고!"

모두가 두려워하는 폭군 기도의 고함을 들은 척도 하지 않고 크게 하품까지 한 우류는 애쉬 브라운으로 염색한 미디엄 머쉬룸컷 머리를 나른한 듯 긁적이며 기도의 공격을 보란 듯이 받아쳤다.

대체 무슨 생각을 하는지 알 수 없는 우류의 뜬구름처럼 종잡을 수 없는 성격은 여전해 보였다. 우류는 거침없는 말투로 적을 쉽게 만들어서인지 반에서도 고립되어 있었다.

나는 그런 두 사람의 모습을 시야에 담으며 인상을 찌푸렸다.

'쯧. 역시 아까 그 자전거는 이 녀석들 것이었나. 이런 곳에서 대체 뭘 하고 있던 거야? 이 앞에는 비밀 기지인 네버랜드밖에 없는

데…….'

내가 그렇게 의아해하고 있는 동안, 녀석들은 어느새 세워둔 자전거 앞으로 돌아왔다. 무시로만 일관하던 우류가 자물쇠에 열쇠를 꽂은 순간, 참다못한 기도가 우류의 멱살을 잡았다.

초등학교 3학년, 우류가 전학 온 날부터 두 녀석은 사이가 좋지 못했다. 이러다 진짜 싸움이 날 수도 있겠다 싶어 걱정하던 그때, 줄곧 기도를 무시해 왔던 우류가 드디어 귀찮다는 듯이 입을 열었다.

"하아……, 언제까지 자꾸만 귀찮게 시비를 걸 생각이야. 그만 좀 해라. 네가 시골의 작은 산에서 대장 노릇이나 하며 만족하는 원숭이 두목이냐. 이제 진짜 상대해 주기도 지친다."

"뭐, 이 새끼야! 사람을 그렇게 깔보지 좀 말라고. 그 쓸데없이 곱상하게 생긴 얼굴을 얻어터져 봐야 정신을 차리지, 어?"

"크큭, 뭐냐 그 촌스러운 협박은? 호랑이와 사자의 차이도 모르는 새끼 원숭이 같은 양아치 놈이. 여자한테 인기 없다고 너무 비뚤어지지 말아라."

"이 새끼가!"

열받은 기도에게 멱살을 더 세게 움켜잡힌 우류. 역시나 녀석은 부드럽게 돌려 말하는 법을 모르는 모양이다.

일촉즉발의 긴장감이 감돌았지만, 우류는 겁먹은 기색 없이 피식거리기만 할 뿐, 초조한 기색조차 보이지 않았다. 기도는 그 여유만

만한 태도가 마음에 들지 않았는지 불복할 기세로 양미간을 찌푸리더니, 갑자기 조소 섞인 표정으로 입꼬리를 들어 올렸다.

"……하. 꽤 여유가 넘치시나 본데, 괜찮겠어?"

"하? 뭐가?"

"난 다 알고 있다고. 네 녀석이 감추고 있는 비밀."

쿵.

기도의 말에 그동안 여유로운 미소를 띠고 있던 우류의 표정이 굳어졌다. 살짝 동요한 우류의 반응을 본 기도는 득의양양한 미소를 지었고, 몰래 귀를 기울이고 있던 나는 양미간을 찌푸렸다.

'우류가 감추고 있는 비밀이라니? 뭘 말하는 거지?'

무슨 말을 하는 건지 이해가 가지 않았다. 조용히 귀를 기울이고 있자 얼굴에서 웃음기가 사라진 우류가 차가운 눈빛으로 기도를 바라봤다. 반면 기도는 재미있다는 듯이 키득거리며 쥐고 있던 먹살을 더욱 바싹 잡아당기고는 우류를 향해 고개를 내밀었다.

"크큭, 초등학생 때부터 네놈의 행동이 어딘지 모르게 수상하다 싶었어. 내 생각이 맞는다면 이제껏 동급생 전체를 잘도 속여 왔다고 봐야지. 안 그래? 참 대단해."

"……"

"누구하고도 얽히지 않으려고 일부러 반감을 살 만한 말을 하며 사람들을 멀리했던 것도 다 '그 일'을 숨기기 위해서였지? 다행히 아무도 네 비밀을 눈치채지 못한 모양이지만, 내 눈은 못 속여."

"……너, 어디까지 알고 있는 거야?"

유류가 어떤 정보를 가지고 있는 듯한 기도를 낮은 목소리로 슬쩍 떠보았다.

그러자 기도는 여전히 입꼬리를 올린 채로 우류의 귓가에 입을 대고 무언가 속삭였다.

"……."

무슨 말을 했는지 내게는 들리지 않았다. 하지만 기도가 무슨 말을 하자마자 우류의 눈빛이 돌변했다는 사실만큼은 확실히 알 수 있었다.

그 순간, 우류가 곧바로 기도의 목을 움켜잡았다.

쿵!

험악한 표정으로 기도의 등을 거대한 나무에 밀어붙이고 분노에 찬 표정으로 목을 조르는 우류. 이제껏 한 번도 본 적 없는 우류의 낯선 표정과 예상치 못한 전개에 숨이 막혀버린 나는 곧바로 유키네의 눈을 손으로 가렸다.

'폭군'이라는 칭호를 지닌 기도조차 그 기세에 압도되어 버렸는지 크게 떠진 눈에 짙은 초조함이 아른거렸다.

"커, 헉……!"

"야, 기도. 네가 원숭이들 사이에서 두목 행세를 하는 건 상관없지만 말이야, 해도 될 말과 안 될 말 정도는 가려서 할 줄 알아야지. 안 그러냐? 넌 인상이 더럽고 괜히 꽥꽥대기나 하지 실제로는 약해 빠졌잖아."

"으⋯⋯윽, 으⋯⋯!"

"내 말 듣고 있냐, 이 원숭이 자식아. 내가 머리 나쁜 애새끼도 알아들을 수 있게 차근차근 설명해 줘? ⋯⋯그러니까 무슨 일이 있어도 '그 녀석' 일로 경솔하게 나를 위협하려 들지 말란 말이야. 내 약점을 쥐고 우위에 서려는 그런 안일한 생각은 하지도 말라고."

완전히 형세가 역전된 두 사람. 폭군은 어떻게 행동할지 전혀 예측할 수 없는 우류에게 목이 졸린 채로 서서히 핏기를 잃어가고 있었다.

살기를 드러낸 우류는 기도의 목을 더 힘껏 조르더니 차가운 눈빛으로 경고했다.

"여기서 더 끼어들면 진짜 죽여버릴 줄 알아. 그 말은 두 번 다시 꺼내지 마. 그냥 얌전히 있으라고."

시리도록 차갑고 낮은 목소리로 경고한 우류는 조르고 있던 기도의 목을 풀어주고 마치 아무 일도 없었다는 듯 자전거에 올라탔다.

그대로 산을 내려가 버린 우류. 멀어지는 뒷모습을 분하게 노려보며 콜록대던 기도는 이를 부드득 갈더니 자전거에 올라탔다.

"⋯⋯저 자식, 사람을 무시해도 유분수지! 너 거기 안 서!"

무시무시한 표정으로 고함을 친 기도는 아직 괴로운 듯 콜록대며 우류를 따라 내려갔다.

그들의 대화 전체를 파악하지는 못했지만, 한바탕 소동이 벌어졌던 산에는 이제 당연하다는 듯이 사방에서 매미 소리가 울려 퍼졌다.

'뭐였지, 방금은…….'

나와 유키네는 조심스럽게 원래 있던 길로 돌아와 서로 눈을 마주쳤다.

"……조금 전에 있던 분들은 기리 씨와 아는 사이인가요? 다툰 것 같은데."

"뭐, 알긴 하지. 저 녀석들도 나랑 아마네와 동급생이었어. 왜 다투었는지는 잘 모르겠지만."

나는 솔직히 말하고는 우류와 기도의 대화 내용을 다시 떠올렸다.

─우류의 비밀을 알고 있다.

그렇게 말한 기도가 무어라 귓속말을 하자 평소에 좀처럼 감정을 드러내지 않던 우류가 폭발했다.

애초에 무엇보다 이곳에 저 둘이 있었다는 사실 자체가 기묘했다. 이 위에서 내려온 것을 보면 비밀 기지인 네버랜드에 있었을 가능성이 크다. 하지만…… 대체 무슨 목적으로? 그 빈집이 아직도 쓰이고 있는 건가?

갖가지 의문과 억측이 머릿속에 난무하는 동안, 곁에서 잠자코 있던 유키네가 잠시 뜸을 들이다 입을 열었다.

"저 두 사람은 언니가 죽은 날, 그 생일 파티에 참석했었나요?"

그 물음에 나는 고개를 들고 잠시 기억을 되짚다 이내 대답했다.

"머리에 호피 무늬로 스크래치를 넣은 녀석은 기도라고 하는데, 그 녀석은 생일 파티에 오지 않았어. 아마 할머니 무덤에 성묘하러 가야 한다고 했던 것 같은데."

"같이 있던 그 미남은요?"

"우류는 일단 오기는 했는데……, 우리와 잘 어울리지 못하고 혼자 어슬렁거리다가 갑자기 중간에 없어지기도 하고, 제대로 참여하지 않았어. 그 녀석과 친한 사람도 없었는데 뭐 하러 왔는지 잘 모르겠더라고……."

"흠……, 좀 수상하네요. 그 우류 씨라는 분. 언니와 친하지도 않았는데 생일 파티에 참석하다니, 다른 목적이 있었던 게 아닐까요? 예를 들어…… 언니를 죽이려고 참석했다든가."

유키네는 마치 서스펜스 드라마에 등장하는 형사처럼 턱을 괸 채 억측을 쏟아냈다. 나는 눈살을 찌푸리며 "갑자기 무슨 소릴 하는 거야"하며 낮은 목소리로 물었다.

하지만 유키네는 싸늘한 표정으로 고개를 들더니 담담히 대답했다.

"저 둘 중 한 명이 언니를 죽였을 가능성도 있다는 말이에요."

"뭐? 이제 와서 무슨 소릴 하는 거야?! 아마네는 나 때문에 죽었어! 나를 구하려다 산비탈에서……."

"하지만 언니가 실제로 죽는 순간을 목격한 건 아니지요? 기리씨는."

확신에 찬 눈빛으로 나를 바라보는 유키네의 모습에 나는 할 말을 잃었다.

유키네의 말대로 나는 실제로 아마네가 죽는 순간을 보지 못했다.

팔 년 전, 천식 발작으로 정신을 잃은 내가 다시 눈을 떴을 때, 아마네는 이미 사망한 상태였다.

의식을 잃기 직전에 아마네가 내 눈앞에서 사라졌기에 나는 당연히 나 때문에 아마네가 죽었다고 생각했지만……, 다시 기억을 떠올려 보니 그 당시에 무언가가 강으로 떨어지는 소리도, 비명 같은 것도 듣지 못했다.

'아니, 하지만 나는 의식이 몽롱한 상태였고…… 그 녀석이 비명이 질렀을 무렵에는 이미 의식을 잃었던 게 아닐까?'

쿵, 쿵. 불길한 고동 소리가 내 심장을 두드리기 시작했다.

"전 당신에게 언니가 죽었을 당시의 이야기를 듣고 확신했어요. 언니를 죽인 건 역시 당신이 아닌 다른 누군가가 한 짓이라는 것을요."

"무, 무슨 소리를 하는 거야! 물론 난 아마네가 죽는 순간을 보진 못했어! 하지만 그건 어떻게 생각해도 나 때문에 일어난 '사고'였다고!"

"글쎄요. 정황상 불운의 사고처럼 보이겠지요. 실제로 언니의 죽음은 사고사로 처리되었으니까요. 하지만…… 기리 씨. 제 말을 들어 보세요. 이건 가족에게 들은 정보인데요……."

유키네는 내 주장을 일단 인정하더니 검은 눈동자로 나를 빤히 바라봤다. 찌는 듯한 더위 속에서 식은땀이 주르륵 흘러내렸다. 유키네는 조금 예리한 눈빛으로 말을 이었다.

"언니가 죽은 그날, 당신이 쓰러져 있던 자리 곁에 물이 담긴 비닐백이 떨어져 있었다고 해요. 그 비닐백은 언니의 것이었어요."

"……뭐?"

축축하고 기분 나쁜 땀이 등줄기를 타고 흐르며 내 옷을 적셨다.

비닐백. 그러고 보니 아마네가 그 당시에 그런 가방을 가지고 다닌 기억이 났다. 하지만 거기에 '물이 담겨 있었다는 것'은 확실히 이상했다.

위화감에 도달한 내 의혹을 확신으로 바꿔 주려는 듯 유키네가 다시 말을 이어갔다.

"당신이 기억하기로는 의식을 잃기 직전까지 언니가 물을 가지고 있지 않았지요? 하지만 나중에 발견된 당신 곁에는 물이 담긴 비닐백이 남아 있었다……. 이게 무엇을 의미하는지 알겠어요?"

"아마네가…… 물을 떠서 가져왔다는 거야……?"

"맞아요. 언니는 그때 산비탈 아래에 있는 강에서 물을 한 번 떠서 당신 곁으로 무사히 돌아왔던 거예요. 하지만 언니는 결국 산비탈에서 떨어져 죽고 말았어요. 이상하지 않아요?"

꿉꿉하고 불쾌한 바람에 흔들리는 나무들. 드러나기 시작한 수상한 과거의 잔불.

작은 불똥이 탁탁 튀며 내 곁에 있는 잡목림을 뒤흔들고 있었다.

아마네는 나를 구하려고 산비탈을 내려갔다. 하지만 한 번은 무사히 돌아왔다. 그런데 산비탈에서 떨어져 죽고 말았다……

'잠깐……. 내가……, 지금까지 터무니없는 착각을 하며 살아온 게 아닐까?'

소름이 돋아 아무 말도 하지 못하고 있는 내 눈앞에서 유키네의 밤색 머리카락이 바람에 나부꼈다.

"언니를 죽인 건 당신이 아니에요. 그리고 아마 사고사도 아닐 거예요."

유키네는 진지한 표정으로 시선을 떨구더니 양미간을 찌푸렸다. 그러고는 명확히 말했다.

"언니는 다른 사람에게 떠밀려 죽었을 가능성이 커요. 그날……, 네버랜드에 있던 누군가에게."

과거에 타다 남은 잔불의 작은 불똥이 드디어 내 죄까지 삼키고
는 검은 연기를 내뿜으며 번지기 시작했다.

제4화

오른쪽에서 두 번째 여름

충격적인 사실에 아직 마음이 따라가질 못했다.

여전히 사방에서 쏟아지는 매미 울음소리. 나의 죄를 규탄하는 것처럼 여겨졌던 그 소리조차도 지금은 어쩐지 무미건조하게 느껴졌다. 우리는 머리 위에서 하염없이 울어대는 매미 소리를 들으며 아무 말 없이 가파른 언덕길을 올라갔다.

얼마 지나지 않아 나와 유키네는 드디어 비밀 기지인 네버랜드에 도착했다.

아직도 그 낡은 빈집이 남아 있을지 확실치 않았고, 설령 남아 있다고 해도 틀림없이 황폐해져 있으리라 생각했지만, 예상과는 달리 8년 만에 방문한 기지는 그 당시의 원형을 잘 보존하고 있었다.

"여기야, 네버랜드……."

"어때요, 기리 씨? 오랜만에 찾아온 비밀 기지가."

"생각만큼 황폐해지지 않았는데. 오히려 8년 전보다 더 깔끔해졌어."

나는 이렇게 중얼거리며 베인 흔적이 남아 있는 주변의 풀을 바라보았다. 여기까지 올라오는 길에 난 잡초는 아무도 관리하지 않은 듯 제멋대로 자라 있었다. 하지만 비밀 기지 주변만은 확실히 사람이 손을 댄 듯 풀이 베어져 있었다.

'누군가 와서 청소를 하나? 설마 아까 우류와 기도가 한 짓인가?'

잠시 그런 생각이 뇌리를 스쳤지만, 나는 이내 고개를 가로저었다.

'아니, 그럴 리가 없지……. 그 녀석들은 말끔했는걸.'

만약 그 녀석들이 풀을 베었다면 옷이나 손이 흙으로 더러워졌어야 한다. 하지만 전혀 그렇지 않았으므로 이곳을 관리한 사람은 그 둘이 아닐 것이다. 이곳에는 수도나 전기가 들어오지 않기 때문에 깨끗이 씻을 수도 없다.

나는 빈집에 다가가 녹슨 창문 사이로 안을 들여다보았다. 내부에는 테이블 대신 플라스틱 맥주 상자가 놓여 있었고, 빗자루나 솥, 삽 같은 도구 외에 체육 창고에서나 볼 법한 매트 같은 것이 깔려 있었다. 두 평 남짓한 작은 방이라 그것만으로도 공간이 거의 꽉 찼다.

유키네도 안을 들여다보더니 "흠……" 하고 손으로 턱을 매만졌다.

"누가 사는 걸까요?"

"전기도 가스도 나오지 않는 이런 곳에 누가 살겠어?"

"아니면 누군가가 여기를 러브호텔 대용으로 사용하고 있는지도 모르지요."

"러, 뭐……?!"

나는 태연한 유키네의 말에 당황한 기색을 숨기지 못했다. 이러다 경험이 없다는 사실을 들킬지도 모른다는 불안감이 커진 나는 "그, 그럴지도……"라며 어색하게 대답하고는 서둘러 화제를 전환했다.

"그런데 유키네. 왜 나를 여기로 데려온 거야?"

"네? 그야 당연히 기리 씨를 타임 리프 시키기 위해서지요."

"뭐? 타임 리프라니……. 진심으로 그런 소리를 하는 거야?"

"어머, 믿기지 않으세요? 지금부터 진짜 네버랜드로 갈 수 있다니까 그러네."

당연하다는 듯이 말하는 유키네. 나는 한숨을 쉬고 제멋대로 뻗친 검은 머리를 긁적이며 눈살을 찌푸렸다.

"애초에 그런 일이 실제로 가능하면 네가 직접 과거로 돌아가면 되는 거 아니야? 굳이 나한테 부탁할 이유가 없잖아."

"무슨 소리예요? 이유야 당연히 있지요. 전 당신보다 네 살이나 어리다고요. 팔 년 전에 제가 몇 살이었을 것 같아요?"

단번에 반박을 당한 나는 "윽……" 하며 말문이 막혔다.

듣고 보니 팔 년 전, 나와 친구들은 열 살이었다. 그러니 우리보다 네 살이나 어린 유키네는 그 당시 여섯 살이었다는 뜻이다.

아직 초등학교에도 들어가지 못한 어린 유키네가 혼자서 이런 산길을 올라올 수 있을 리가 없었다.

"……그렇군. 그래서 나한테 부탁한 건가?"

"이해해 주신 듯하니 다행이네요."

유키네는 피식 웃더니 양 갈래로 묶었던 머리카락을 풀었다. 그러고는 별 장식이 달린 머리끈을 손에 쥔 채로 다시 입을 열었다.

"기리 씨, 혹시 동화 속에 등장하는 '네버랜드'의 정확한 위치를 아시나요?"

갑작스러운 질문. 나는 잠시 시선을 돌렸지만, 이내 기억을 더듬어 대답했다.

"알아. '오른쪽에서 두 번째 별'일걸."

"후후, 맞아요. 잘 알고 계시네요. 기리 씨도 피터 팬을 좋아하시나요?"

"아니……. 예전에 아마네가 가르쳐 줬어. 그 녀석이 피터 팬 이야기를 자주 했거든. 이 비밀 기지에 '네버랜드'라는 이름을 붙인 사람도 아마네였어."

나는 살며시 미소를 지으며 중얼거렸다.

오른쪽에서 두 번째 별. 동화 《피터 팬》에서 네버랜드가 있다고 알려진 곳이다.

아마네는 옛날부터 피터 팬 이야기를 자주 했다. 책도 읽고 영화도 종종 본다고 말했던 것 같다.

유키네는 한동안 아무 말이 없더니 잠시 후 내 손을 살며시 잡고는 아까 머리에서 풀었던 머리끈을 내 손목에 끼웠다.

"……이건?"

"기리 씨, 혹시 알고 계세요? 피터 팬은 자신의 그림자를 쫓다가 창문을 통해 웬디의 집에 침입해요."

"어……."

"그 후에 팅커벨이 요정의 가루를 뿌려서 마법을 걸지요. 하늘을 날게 된 그들은 창밖으로 나와 오른쪽에서 두 번째로 반짝이는 별, 네버랜드로 향해요."

유키네는 그렇게 말하며 비밀 기지의 녹슨 창문을 열었다. 잠기지 않은 창문은 쉽게 열렸고, 미지근한 바람이 실내로 흘러 들어갔다.

"당신은 피터, 언니는 웬디. 그리고 저는 당신에게 마법을 걸 팅커벨이에요."

"내가, 피터……?"

"그래요, 피터. 당신이 그 별에 남겨진 웬디를 구해야 해요."

팅커벨이 되어버린 유키네는 즐거운 듯 활짝 웃으며 열린 창가

쪽으로 나를 밀쳤다. 한순간 숨이 멎은 나는 유키네의 눈동자에 꿰뚫리고 말았다.

스르륵. 아까 손목에 끼워진 머리끈의 별 장식이 흔들렸다.

"걱정하지 말아요. 하늘을 나는 데에 필요한 요정의 가루는 이미 뿌려 두었으니까요."

"유키……."

툭.

그 순간, 가슴팍을 강하게 떠밀려 몸이 기울었다. 시야가 순식간에 반전되면서 몸이 허공에 붕 뜨는 느낌이 들어 등줄기에 소름이 돋았다.

기울어진 몸이 창틀 너머 비밀 기지 안으로 떨어지기 시작했다.

'앗, 이러다 머리를 부딪히겠어!'

위험을 느낀 나는 이어질 충격에 대비해 눈을 질끈 감았……지만, 그 직후.

귓가에 유키네의 목소리가 아닌, 어린 목소리가 들려왔다.

"저기~ 기리 짱. 약 먹지 않아도 괜찮아~?"

"……어?"

어디선가 들어본 듯한 나른한 목소리. 익숙한 듯하면서도 어딘지 모르게 옛 기억을 떠올리게 하는 그 목소리.

조심스럽게 눈을 떠보니 이쪽을 바라보고 있는 마리나의 모습이 눈앞에 들어왔다. 하지만 평소보다 키도 작고 겉모습도 어려져 있었다.

"어, 어엇?! 마, 마리나?! 네가 왜 여기…… 아니, 그보다 어쩐지 키가 줄어든 것 같은데?!"

"으응? 기리 짱, 무슨 소릴 하는 거야? 마리나는 키가 큰 편이라고. 140센티미터인걸."

"크다니……, 고작 140센티미터면서?!"

"후후, 뭐야. 기리 짱, 지금 발판 위에 올라가 있다고 나보다 큰 척을 하려는 거야? 그러는 넌 아직 135센티미터잖아."

마리나가 키득거리며 천진난만하게 웃었다. 마리나의 말대로 나는 어째서인지 플라스틱 맥주 상자 위에 올라간 채, 색종이로 만든 고리 장식을 손에 들고 있었다.

상황이 이해되지 않아 눈동자를 이리저리 굴리는 내게 마리나가 "있잖아, 그보다 천식약은 먹지 않아도 괜찮은 거야?" 하고 다시 물었다.

"처, 천식약이라니? 무슨 소릴 하는 거야……, 천식약은 이미 몇 년째 먹지 않고 있는데……."

"에이, 무슨 말을 하는 거야. 또 깜박하고 집에 두고 왔지? 기다려 봐. 마리나가 가져다줄게."

"뭐? 저기, 마리······."

"야, 기리! 큰일 났어! 야부코가 다쳤어!"

그 순간, 갑자기 다가온 발소리가 나와 마리나의 대화를 가로막았다. 화들짝 놀라 고개를 돌린 내 시야에 들어온 것은 놀랍게도 몇 년 동안 얼굴 한 번 본 적 없는 못치와 야부코였다.

'헉, 못치?! 그리고 야부코까지?!'

키가 큰 못치와 빨간 뿔테 안경을 낀 채로 창피한 듯 고개를 푹 숙인 야부코.

못치는 어딘지 모르게 기시감이 드는 그 광경에 당혹스러워하는 나를 보고 더 크게 소리를 질렀다.

"기리, 어떡하지? 피가 얼마나 많이 났는데! 야부코, 내 말이 맞지? 아프겠다! 정말 심하게 다쳤다고!"

"어, 어어······. 저기, 그게, 그러니까······."

"······윽."

마음속에 알 수 없는 감정이 스멀스멀 올라왔고, 내 뇌리에는 한 가지 가능성이 떠오르기 시작했다.

―알고 있다. 나는 이 대화를, 들은 적이 있다.

내 천식 증상을 걱정하는 마리나. 살짝 베인 상처에 호들갑을 떠는 못치. 말을 더듬어 자신의 의견을 잘 표현하지 못하는 야부코. 내 기억이 맞는다면 잠시 후 그 녀석이······.

"풋. 뭘 심하게 다쳤다는 거야. 종이에 손가락을 살짝 베인 것뿐인데, 유난 떨긴. 오빠인 척 굴지 마. 바보같이."

얼마 지나지 않아 예상대로 끼어든 비웃는 목소리. 열 살치고는 꽤 성숙한 분위기를 풍기는 그 목소리는 역시 내 기억과 토씨 하나 틀리지 않은 대사를 늘어놓았다.

양미간을 찌푸린 못치의 시선 끝에 우류가 서 있었다. 그 때, 나는 거의 확신했다.

─반복되고 있다. 과거와 똑같은 대화가.

"뭐?! 우류, 지금 뭐라고 했어?!"

"우아, 시골 원숭이가 화났다! 어이쿠, 무서워라."

"야, 기리! 왜 저런 녀석까지 부른 거야! 준비를 돕지도 않으면서 열받게 하고, 오히려 방해만 된다고! 저 녀석은 대체 왜 온 거야!"

"……."

"……어? 기리? 왜 그래?"

멍. 아무런 반응도 보이지 않는 나를 주위에 있던 아이들이 이상하다는 듯이 바라보고 있었다. 빈정거리며 잠시 자리를 뜨려 했던 우류마저 의아한 표정으로 멈춰 서서 나를 응시하고 있었다.

반면에 나는 조용히 눈앞에 펼쳐진 상황을 파악하기 시작했다.

─'걱정하지 말아요. 하늘을 나는 데에 필요한 요정의 가루는 이미 뿌려 두었으니까요.'

냉정을 되찾기 시작하자 유키네가 창문 너머로 나를 밀치며 했던 말이 머릿속에 떠올랐다. "설마……" 하고 작게 중얼거린 나는 곧바로 고개를 들고 맥주 상자에서 내려왔다.

"어, 잠깐, 기리……."

"마리나! 휴대 전화 가지고 있지?!"

"어? 으, 응……."

"잠깐 줘 봐!"

초조한 마음에 큰소리를 내버린 나는 내 약을 가지러 갈 준비를 하던 마리나에게서 어린이용 휴대 전화를 반강제로 빼앗았다.

곧바로 연 휴대 전화에 표시된 날짜와 시각은…… 2004년 8월 10일, 오전 11시 3분.

"……거짓말……이지?"

그것은 바로 팔 년 전, 아마네의 생일과 똑같은 날짜였다.

의혹이 명확한 확신으로 바뀌자 관자놀이에 맺힌 땀방울이 피부를 타고 주르륵 흘러내렸다.

이제는 거의 연락하지 않는 동급생.

과거의 날짜.

예전과 똑같은 대화.

아, 역시 난…….

'내가 정말…… 타임 리프를 해버린 건가?!'

창틀을 넘은 피터 팬. 뇌리에서 웃고 있는 팅커벨.

장난꾸러기 요정이 건 마법에 걸려 오른쪽에서 두 번째로 반짝이는 여름 속에 들어온 내가 창밖으로 올려다본 하늘은 여전히 얄미울 정도로 푸르렀다.

제5화

별 장식의 인도

'낮 열두 시, 네버랜드에 집합!'

그날 아침, 내가 아마네에게 말한 약속 시각은 열두 시였다.

지금 시각은 오전 11시 반. 약속한 정오까지 30분도 채 남지 않은 지금, 나는 너무 떨려서 차분히 있을 수가 없었다.

만날 수 있을까, 아마네를.

그날 분명히 죽었던 아마네를 이제 곧 만날 수 있는 걸까.

나는 그런 기대에 가슴이 뛰면서도 한편으로는 또 다른 불안 요소가 마음 한구석에 자꾸만 맴돌아서 표정이 일그러졌다.

이 자리에 있는 사람 가운데 누군가가 아마네를 죽인 범인일지도 모른다……, 그런 생각하고 싶지도 않은 의혹이 나를 갉아먹었다.

"야, 기리. 괜찮아? 어쩐지 평소와 분위기가 좀 다른 것 같다?"

심각한 표정으로 골똘히 생각에 잠겨 있던 나는 갑자기 들려온 못치의 말에 퍼뜩 정신을 차렸다. 서둘러 입꼬리를 들어 올리며 "어? 그런……가?"라고 어색하게 대답하자 못치는 점점 더 수상하다는 듯한 표정을 지었다.

"역시 뭔가 이상해. 정말 괜찮은 거 맞아? 열이라도 있는 거 아니야? 우리 할아버지가 여름 감기는 오래간댔어. 조심하지 않으면……."

"가, 감기 걸린 거 아니야. 괜찮아……."

"글쎄다. 넌 가끔 보면 괜히 고집부리며 무리할 때가 있어서 말이야."

못치는 어깨를 으쓱이더니 내 곁에 앉았다.

일명 '못치'라 불리는 모치즈키 사쿠라는 그 당시 나와 가장 오래 알고 지낸 친구였다.

못치와 나는 우연히 같은 산부인과에서 같은 날에 태어났다. 한 시간 차이로 태어난 우리는 어린이집, 초등학교, 중학교까지 모두 같은 곳을 다녔다. 하지만 아마네가 죽은 뒤로 서먹서먹해지는 바람에 중학생 때는 제대로 얼굴을 보고 대화를 나눈 기억이 없다.

그런 옛 친구와 팔 년 만에 한 대화가 고작 이런 것이었다.

아니, 솔직히 무슨 말을 해야 할지 몰랐다. 이 당시 우리의 공통된 화제가 무엇이었는지 기억날 리도 없었고, 애초에 못치와 대화를 나눌 때 내가 어떤 표정을 지었는지도 모르겠다.

나는 남몰래 머리를 감싸 쥐며 아무 말 없이 생각에 잠겼다. 그러자 못치가 "야, 기리" 하고 히죽거리며 내 어깨를 감쌌다.

"뭘 그렇게 고민해? 절친인 나한테까지 감출 일이야? 어쭈, 이제 다 컸다 이거지?"

"뭐?! 그게 아니라⋯⋯."

"뭔가 고민이 있나 본데, 나한테까지 계속 숨길 수 있을 줄 알았어? 넌 우류처럼 잘 숨기지 못해서 다 티가 난다고."

"⋯⋯어? 우류?"

나는 못치가 웃으며 농담처럼 꺼낸 말에 움찔했다. 그와 동시에 '현재의 우류와 기도'가 산길에서 다투며 나누었던 알 수 없는 대화가 떠올랐다.

'난 다 알고 있다고. 네 녀석이 감추고 있는 비밀.'

기분 나쁘게 웃으며 기도가 꺼낸 한 마디에 격분했던 우류의 모습을 떠올린 나는 눈살을 찌푸리며 못치에게 다시 물었다.

"있잖아, 너, 우류가 감추고 있는 비밀이 뭔지 알아?"

내가 조금 낮은 목소리로 묻자 못치는 "아, 어떡하지⋯⋯. 아무에게도 말하지 말라고 했는데⋯⋯" 하며 어색한 표정을 지었다.

자상한 못치는 이 무렵에 다른 사람의 고민을 자주 들어주고는 했다. 다만⋯⋯ 그런 것치고는 입이 가벼웠지만. 나는 슬쩍 떠보기만 해도 못치가 쉽게 정보를 흘릴 것이라는 사실을 알고 있었다.

못치는 주위를 두리번거리며 근처에 우류가 없다는 사실을 확인하고는 "다른 사람한테는 절대로 말하지 마. 알았지?" 하며 목소리를 낮추었다. 나는 숨을 죽인 채 못치의 말에 귀를 기울였다.

"우류 말이야, 작년 봄에 전학 왔잖아. 그게 실은……."

"응."

"부모님이 이혼하셨기 때문이래!"

"……뭐?"

"게다가, 우류네 엄마는 매춘부래! 진짜 엄청난 비밀이지?!"

"……."

'뭐야. 비밀이라는 게 *그거였어?*'

무언가 정보를 얻을 수 있을지 모른다고 기대했던 나는 못치의 말을 듣자마자 차갑게 식어버려 어깨가 축 처졌다.

과거로 돌아왔지만 나는 실제로 이 녀석들보다 여덟 살이 많다. 그동안 좁은 이 동네에 계속 살았으니 우류가 부모님의 이혼으로 전학을 오게 되었다는 사실 정도는 이미 알고 있었다.

우류네 어머니가 야간 업소에서 일한다는 사실도 팔 년 뒤에는 워낙 유명한 이야기였다. 다만 실제로는 그저 평범한 술집 여주인일 뿐, 못치의 말처럼 성매매와 관련된 일을 하는 것은 아니었다.

어차피 상대는 열 살짜리 소년이다.

술장사와 성매매업의 차이도 제대로 알지 못할 나이인 그들에게 '엄청난 비밀'이란 고작 그런 것이었다.

'그렇지, 이 녀석들은 지금 초등학교 4학년이지⋯⋯. 이런 녀석들에게서 제대로 된 정보를 얻기는 어려우려나.'

남몰래 한숨을 쉰 나는 "그것참 엄청난 비밀이네⋯⋯"라며 적당히 맞장구를 쳤다.

역시 우류가 감추고 있는 무언가를 파헤치기란 쉽지 않아 보였다. 실제로 팔 년 동안이나 자신의 비밀을 꽁꽁 감춘 사실을 생각해 볼 때 스스로 입을 열 리도 없고⋯⋯. 골똘히 생각에 잠겨 있던 나는 문득 우류의 모습이 보이지 않는다는 사실을 깨달았다.

"어라? 우류는?"

"응? 그러고 보니 보이질 않네. 마리나를 따라간 거 아닐까? 과자를 좀 더 사 오겠다면서 내려갔거든."

"그 둘이 친했던가?"

"야, 우류랑 친한 애가 누가 있겠냐. 마리나도 우류가 전학 온 첫날부터 내숭쟁이라고 해서 펑펑 울었잖아. 그러니 싫겠지."

"아, 맞다. 그런 일이 있었지⋯⋯."

울고불고 난리를 쳤던 마리나의 모습이 생각난 나는 어색한 미소를 지었다. 내가 다시 "야부코는 어디 갔어?"라고 묻자 못치가 턱짓으로 밖을 가리켰다.

"야부코는 아까 밖에서 개미 행렬을 보면서 그림을 그리고 있었어."

"아, 그 녀석 그림을 잘 그렸었지. 고등학교도 미술 관련 학교로 갔었나."

"뭐? 고등학교?"

"어, 아니, 그게 아니라! 고, 고등학생 때 미술을 전공하면 좋지 않을까 싶어서!"

무심코 현재의 야부코에 대한 정보를 흘려버린 나는 곧바로 말을 정정하며 상황을 무마하려 했다. 못치는 수상하다는 듯이 고개를 갸웃거렸지만, 크게 신경 쓰이지는 않았는지 "그래. 야부코가 그림을 잘 그리기는 하니까"라며 내 말에 동의했다.

'큰일 날 뻔했네. 별생각 없이 말해 버렸어. 저 녀석이 워낙 말도 잘하고 남의 이야기도 잘 들어주다 보니 나도 모르게 말이 술술 나와 버리잖아. 팔 년만인데……'

이러다 타임 리프를 한 사실마저 털어놓게 되지 않을까 걱정된 나는 황급히 자리에서 일어났다. "잠깐 야부코의 그림 좀 구경하고 올게"라고 말하며 못치와의 거리를 자연스레 벌리자 못치가 나를 보며 "응"이라고 대답했다.

……하지만 야부코와는 더더욱 할 말이 없었다.

애초에 야부코는 누군가와 대화를 나누는 것 자체를 어려워했다.

야부코가 우류에 대한 정보를 알 리가 없을 텐데, 라는 생각이 들어서 나는 한숨을 내쉬며 낡은 문을 열어젖혔다.

그 때, 하필이면 그 앞을 지나려던 누군가가 문과 부딪히고 말았다.

쿵.

"윽······."

"앗, 미안! 괜찮······아?"

나는 곧장 사과하려고 입을 열었지만, 그 앞에는 이제껏 어딘가로 사라졌던 우류가 있었다. 내가 눈을 크게 뜬 채로 굳어 버리자 우류도 놀란 듯 눈을 크게 뜨더니 이내 무언가 초조한 사람처럼 얼굴을 찌푸렸다.

그러고는 작은 상자 같은 것을 자신의 민소매 후드 주머니에 숨겼다.

"너······ 지금 뭔가 숨기지 않았어?"

"······뭐? 뭐래. 숨기긴 뭘 숨겨."

"아니, 숨겼잖아. 다 봤어. 상자 같은 거 말이야."

"잘못 본 거 아니야?"

캐물었지만 우류는 한사코 시치미를 떼려 했다. 자세히 보니 우류의 이마에는 땀방울이 살짝 맺혀 있었고, 호흡도 조금 흐트러진 듯한 모습이었다.

점점 더 의심스러워진 나는 그 자리를 피하려던 우류의 팔을 붙잡았다.

"······뭐 하는 거야? 이거 놔."

"우류, 왜 그렇게 땀을 흘려? 꽤 지쳐 보인다."

"여름이니까 당연히 땀이 나지. 조금 더운 것뿐이니까 신경 쓰지 마."

"더운 것뿐인데 그렇게 숨차한다고? 혹시 뛰기라도 했냐? 아니······, 지금까지 어디 있다가 왔어?"

"뭐? 갑자기 뭐야. 내가 그걸 왜 너한테 말해야 하는데?"

우류가 나를 노려보며 노골적으로 적의를 표출하더니 내게 붙잡힌 팔을 뿌리쳤다. 하지만 그 팔을 내가 다시 붙잡자 우류는 초조한 감정을 숨기지 않고 드러냈다.

"거참 집요하네! 왜 그러는 건데!"

"······뭘 감추고 있는 거야."

"뭐?!"

"네가 죽이려는 거야? 아마네를."

나는 변성기도 오지 않은 어린 목소리를 최대한 낮게 깔며 여름 햇살 아래에서 우류의 눈동자를 빤히 노려봤다.

하지만 우류는 납득이 가지 않는다는 듯한 표정으로 "아마네? 왜 여기서 가노에의 이름이 튀어나오는 건데?"라며 고개를 갸웃거렸다.

"난 가노에 같은 애한테는 관심 없거든. 걔는 그냥 슈퍼히어로로 물에 빠져 있는 오타쿠잖아. ……뭐야. 너 설마 허구한 날 나무를 타면서 하며 슈퍼히어로 흉내나 내는 그런 왈가닥을 좋아하는 거냐? 취향 참 특이하네."

"뭐?! 그런 점이 귀여운 거라고!"

"우아, 진짜야? 대박인데? 나중에 모치즈키한테 다 말해야지. 촌구석 전체에 소문이 나겠어, 네가 누굴 좋아하는지."

"시끄러워! 그건 상관없으니까 아까 감춘 물건이나 내놔 봐. 내놓지 않으면 강제로라도……."

"저, 저어, 저어기!"

결국 참다못한 내가 우류의 먹살을 잡으려던 그때, 갑자기 다른 목소리가 끼어들었다. 우류와 동시에 고개를 돌리자 야부코가 치맛자락을 꽉 움켜쥔 채 떨면서 붉게 물든 얼굴로 우리를 쳐다보고 있었다.

그 순간 우류가 나를 들이받았다.

"우앗!"

"쳇, 구린 녀석 같으니라고! 평생 거기 주저앉아 있어!"

"뭐라는 거야, 이 새끼가!"

혀를 차며 자리를 뜨려는 우류를 향해 이를 간 나는 우류의 뒤를 쫓기 위해 다리에 힘을 주었다. 하지만 곧바로 달려온 야부코가 내 몸을 꽉 붙잡는 바람에 그대로 발이 묶이고 말았다.

"어, 어어?! 잠깐. 야부코, 뭐 하는 거야?!"

"하, 하, 하지 마! 싸, 싸우면 안 돼!"

"싸우는 거 아니야! 그냥 좀 우류에게 물어볼 게 있어서 그래!"

"나, 나, 나 때문이야! 우, 우류가, 나, 나 때문에, 흑…… . 우류는 잘못이 없어…… . 그, 그러니까, 뭐라고 하, 하지, 마……."

나를 단단히 붙잡은 야부코는 빨간 안경 너머로 눈물을 글썽이며 흐느끼듯 부탁했다.

야부코. 본명은 야부치 코마리로, 성과 이름의 앞 글자를 따서 '야부코'라고 불렸다.

긴장하면 말을 더듬을 때가 많아 다른 사람과 대화를 나누는 것을 극도로 꺼려했다. 그래서 늘 교실에서 그림을 그리던 조용한 아이였던 것으로 기억한다.

그런 야부코였기에 이렇게 울면서 적극적으로 무언가를 부탁하는 일은 몹시 드물었다. 몸은 초등학교 4학년이어도 정신은 어엿한 고등학교 3학년인 나는 눈앞에서 어린 여자아이를 울리고 만 지금의 상황에 표정 관리가 제대로 되지 않았다.

"흐, 호윽, 흐아아앙!"

"으, 으앗! 미, 미안해, 야부코! 내가 잘못했어! 앞으로 우류와 싸우지 않을게……!"

"으아앙!"

"야, 왜 그래? 무슨 일이야?!"

야부코의 울음소리가 빈집 안에까지 들렸는지, 과보호 기질이 있는 못치가 밖으로 황급히 뛰쳐나왔다.

못치는 상황을 살피더니 "기리가 야부코를 괴롭혔구나! 그러면 안 되지!"라며 야유하기 시작했다. 나는 "괴롭힌 거 아니야!"라며 반론을 제기했지만, 나에게서 야부코를 떼어놓은 못치는 들은 척도 하지 않고 야부코의 머리를 살살 쓰다듬었다.

"아이고, 괜찮아. 기리 녀석이 울렸어? 무서웠겠네, 야부코."

"흑, 흐윽, 으……, 미안……."

"야, 잠깐만! 내가 울린 게 아니라…… 어?"

그 순간 문득 내 시선이 울고 있는 야부코의 손가락에 꽂혔다.

눈에 들어온 것은 귀여운 고양이 그림이 들어간 분홍색 반창고였다. 작게 흐느끼는 야부코의 가느다란 손가락에 반창고가 반듯하게 감겨 있었다.

'어? 누가 저런 반창고를 가지고 있었지?'

나는 나도 모르게 양미간을 찌푸리며 야부코의 손가락을 뚫어지게 쳐다봤다. 아마 저 손가락은 몇십 분 전에 야부코가 다친 손가락일 것이다. 그것은 충분히 짐작이 갔지만, 그 손가락을 누가 치료해 주었는지는 알 수 없었다.

마리나도, 못치도, 야부코 본인도 반창고를 가지고 있지 않았는데.

그 때, 민소매 후드 주머니에 상자 같은 것을 숨겼던 우류의 얼굴이 뇌리를 스치고 지나갔다.

'……어?'

뜻밖의 가능성이 떠올랐지만, 나는 이내 고개를 가로저었다.

야부코의 손가락을 치료해 준 사람이 어쩌면 우류일 수도 있다……. 아니, 아니야. 그럴 리 없지. 나는 그런 일만큼은 결코 없으리라 생각했다.

하지만 만약 그렇다면 우류가 보인 수상한 행동들이 이해된다.

"설마 우류가 진짜 야부코를……?"

"어? 우류가 야부코와 뭐라고?"

나 혼자 중얼거린 말에 못치가 반응을 보이는 듯했지만, 나는 대꾸할 생각도 하지 못한 채 계속 생각에 잠겼다.

내가 연 문에 부딪히기 전까지 한동안 우류의 모습이 보이지 않은 것도.

우류의 이마에 땀방울 맺혀 있던 것도.

호흡이 흐트러져 있던 것도.

다친 야부코를 위해 황급히 산을 내려가 반창고를 사 왔기 때문이라면?

"아니, 그럴 리가……. 만약 그렇다 해도 왜 우류가 야부코를 위해 그렇게까지?"

"야, 그러니까 우류와 야부코가 뭐 어쨌는데? 응?"

"얘들아! 기리 짱!"

"!"

의심이 깊어지던 순간, 그 자리에 마리나의 목소리가 울려 퍼졌다. 마리나는 아동용 브랜드의 로고가 박힌 쇼핑백 몇 개를 든 채로 완만한 경사를 올라오고 있었다.

"이것 봐! 과자를 잔뜩 사 왔어~!"

"우아, 진짜 많이도 샀네! 혼자 들고 오기 힘들지 않았어?"

"괜찮았어! 운전기사 아저씨가 차로 데려다줬거든."

"오, 역시 부자는 다르네……."

그 말에 마리나는 생긋 미소를 지었다. 이 시절이나 현재나 나와 관계가 크게 변하지 않은 것은 마리나가 유일했다.

생각해 보면 아마네가 죽고 나서 빈껍데기처럼 변해버린 나를 여전히 곁에서 지켜봐 주었던 유일한 친구는 이 녀석밖에 없었던 것 같다.

그런 마리나가 과자가 가득 담긴 쇼핑백을 땅바닥에 내려놓으며 "그리고 있잖아……" 하고 말을 이어 나갔다.

"이것도 필요할 것 같아서 가지러 다녀왔어!"

"……!"

마리나가 웃으며 건넨 것은 내가 깜박하고 집에 두고 온 천식 가루약이었다. 약을 가지러 우리 집까지 다녀와 준 모양이었다.

내가 깜짝 놀라자 마리나는 시선을 피하며 "머, 멋대로 이 근처까지 어른을 데려와서 미안해……"라며 조심스럽게 사과했다.

미안해하는 마리나의 얼굴을 본 나는 그제야 과거의 기억이 떠올랐다.

'그래, 원래 과거에서는 마리나가 천식약을 가져오려고 우리 부모님에게 연락하려 했던 것을 내가 거절했지……. 이번에는 그러지 않아서 이렇게 천식약을 얻게 된 건가.'

수수께끼가 풀리자 나는 나를 위해 일부러 약을 챙겨와 준 마리나를 바라봤다. 왠지 모르게 미안해하는 표정이었다. 평소에 내가 '어린이들만 아는 비밀 기지'를 어른들에게 들키지 않으려 애썼기에 혹시 어른에게 비밀 기지 위치를 들켰을지 모른다는 점이 신경 쓰여 사과했을 것이다.

하지만 지금의 나는 그때보다 훨씬 어른이 되었다. 나는 어색하게 구는 마리나에게 웃으며 "괜찮아"라고 말한 뒤, 마리나가 건넨 천식약을 받아들었다.

"일부러 우리 집까지 약을 가지러 가줘서 고마워, 마리나."

"화, 화내지 않을 거야? 어쩌면 다른 어른에게 비밀 기지를 들켰을지도 모르는데?"

"화내지 않을 거야. 괜찮아. 그보다 통금 시간 전에 알람이 울리게 설정해 놔. 통금 시간을 지키지 않으면 부모님이 걱정하실 거야."

"으, 응."

순순히 고개를 끄덕인 마리나는 들고 있던 휴대 전화를 조작하며 나를 힐끔힐끔 쳐다봤다.

"……기리 짱, 오늘 뭔가 어른스럽다?"

마리나가 별생각 없이 꺼낸 말에 가슴이 철렁한 나는 적당한 변명을 늘어놓았다.

"어?! 그, 그런가? 어른스럽긴 무슨! 난 아직도 게임 같은 걸 좋아하는데……."

말을 꺼내면서도 이 당시에 유행했던 게임이 뭐였는지 기억이 나지 않아 또 다른 면에서 초조해지기 시작했다. 희미한 기억을 더듬고 있는데, 야부코를 달래고 있던 못치가 입을 열었다.

"기리, 그 약 지금 먹어 둬. 내 물통 써도 되니까."

"어? 으, 응. 고마워."

"참, 너희들 아마네에게 줄 생일 선물로 어떤 걸 준비했어? 나는 슈퍼히어로 트럼프 카드로 했어!"

나는 못치에게 물통을 건네받은 뒤, 가루약 봉지를 뜯었다. 그동안 다른 아이들은 아마네에게 줄 생일 선물을 이야기하느라 바빴다.

"음, 마리나는 꽃장식이 달린 팔찌를 샀어!"

"어, 나, 나, 나는…… 향기 나는 펜이랑 지우개 세트……."

"오, 겹치는 사람이 하나도 없네! 기리는 뭘 준비했어?"

"……어, 나?"

쓴 가루약을 입 안에 털어 넣은 나는 "아, 미안. 약부터 먼저 먹고 말해" 하며 웃는 못치의 말에 다른 곳으로 시선을 돌렸다.

생일 선물……. 그러고 보니 내가 무엇을 주었더라.

그렇게 생각하며 물통에 담겨 있던 물을 입에 머금은 순간, 문득 기억 저편에서 별 장식이 달린 머리끈이 떠올랐다.

'아…….'

꿀꺽.

낯익은 머리끈이 기억 저편에서 선명하게 되살아남과 동시에 물에 녹인 가루약이 목구멍을 타고 넘어갔다.

그러자 그 순간 눈앞에 펼쳐져 있던 푸른 여름 하늘과 친구들의 모습이 홀연히 사라졌다.

"어?"

쫘당!

"아야……."

순식간에 시야가 뒤집히더니 딱딱한 바닥에 그대로 내동댕이쳐졌다. 허리를 강타한 엄청난 통증에 말도 제대로 하지 못하고 몸을 웅크리고 있자 익숙한 알람음이 삐비빅 하고 반복적으로 울려왔다.

"……뭐야, 내 방이잖아?"

정신을 차리고 주위를 살펴보니 아무리 봐도 현재의 내 방 안이었다. 바닥에 널린 만화책과 작은 평면 텔레비전, 게임기, 얇은 이불. 커튼을 치고 바람이 약한 에어컨을 종일 틀어 두어서 '여름'이라는 계절을 완전히 차단해 버린 쓸쓸한 방이다.

삐비빅, 삐비빅. 스마트폰의 알람은 계속 울리고 있었다. 나는 그쪽으로 조심스럽게 손을 뻗어 날짜를 확인했다.

2012년 7월 28일, 토요일. 유키네와 처음 만난 보충 수업 날로부터 하루가 지나 있었다.

"……돌아온 거야?"

낮게 잠긴 목소리를 힘겹게 쥐어짠 나는 알람을 끄고 자리에서 일어났다.

거울에 슬쩍 비친 나는 평소 모습으로 돌아온 듯했지만, 이를 무시한 채 몇 년 동안 한 번도 걷지 않아 먼지가 가득 쌓인 커튼을 활짝 열어젖혔다. 그 순간 눈부신 햇살이 쏟아져 나는 잠시 눈살을 찌푸렸다.

실제로 타임 리프를 한 것이라면.

과거를 정말 바꾸었다면…….

하지만 그러한 기대도 금세 꺾이며 낙담하고 말았다.

"뭐야. 아무것도 변하지 않았잖아⋯⋯."

시야에 펼쳐진 하늘은 여전히 탁하기만 했다. 나는 조소를 머금은 채, 먼지가 자욱한 창틀을 손끝으로 살짝 매만졌다.

"그래. 과거를 바꿀 수 있다니, 그런 일이 가능할 리가 없지."

이제껏 내가 본 것은 썩어버린 나 자신의 죄를 지우고자 만들어 낸 망상일 것이다.

"전부 다 그냥 꿈이었⋯⋯."

스르륵.

그 때, 낯익은 별 장식이 눈부신 아침 햇살에 반짝이며 흔들리는 모습이 시야에 들어왔다. 놀란 나는 눈을 크게 뜬 채로 창문에 대고 있던 손목을 뚫어지게 쳐다봤다.

"⋯⋯어?"

반짝반짝 빛나는 조잡한 별 장식. 손목에는 타임 리프를 하기 전에 비밀 기지에서 유키네가 나에게 끼워 준 머리끈이⋯⋯, 팔 년 전에 내가 아마네에게 생일 선물로 주었던 그 머리끈이 그대로 남아 있었다.

제2장

은둔처의 '잃어버린 아이들'

제6화

차이점과 요동치는 물거품

그날 나는 정말 과거로 돌아갔던 것일까. 별 장식이 달린 그 머리끈은 왜 내 손목에 남아 있던 걸까.

생각할수록 의문이 늘어났지만, 내 일상은 아무것도 변하지 않은 채 그대로 이틀이 지나 버렸다.

유키네와는 그 후로 만나지 못했다. 아니, 애초에 유키네가 실존 인물인지조차 확신할 수 없었다. 그 녀석의 존재 자체를 포함한 모든 것은 그저 내가 만들어 낸 망상이었을지도 모른다.

결국 그 무엇도 이해하지 못한 채로 시간은 당연하다는 듯이 흘러갔다. 하지만 지금은 그런 고민을 할 때가 아니었다.

상황을 보면 말하지 않아도 알 수 있지만, 굳이 말하자면…….

정말 살인적인 더위다.

"야, 간다! 넌 왜 그렇게 근성이 없냐!"

"헉, 헉……."

직사광선이 작열하는 가운데, 온몸에 땀을 줄줄 흘린 나는 제멋대로 자란 검은 머리카락을 흐트러뜨린 채로 숨을 헐떡이며 미간을 타고 흐르는 땀방울을 손등으로 훔쳤다.

무릎에 손을 대고 허리를 굽힌 내 등 뒤에서는 그런 내 모습을 보고 낄낄대며 야유하는 소리가 들려왔다.

"야, 간다 기리! 너 또 쉬고 있지? 가뜩이나 출석률이 낮아서 학점도 아슬아슬한 녀석이, 여름 방학 보충 수업 정도는 제대로 해라! 자, 얼른 한 바퀴 더 뛰어!"

예전에도 들어본 듯한 호통 소리에 질려버린 나는 고개를 번쩍 들었다. 그리고 머릿속으로 외쳤다.

'젠장, 역시 아무것도 변한 게 없잖아!'

주말을 보내고 다시 월요일을 맞이한 나는 또다시 여름 방학 보충 수업에 강제로 참여하는 중이다.

저번처럼 교정을 억지로 달리며 부족한 체력 탓에 날라리들의 구경거리가 되었다가 결국 꼴찌로 들어오는 모양새다. 물론 나를 대하는 주위의 태도도 전혀 달라지지 않아 나는 여전히 '등교를 거부하는 음침한 녀석'에 머무르고 있었다.

'뭐가 과거의 행동으로 미래를 바꾼다는 거야! 아무것도 변하지

않았잖아! 역시 내 망상이었어. 다 내 착각이었다고!'

지치다 못해 진절머리가 난 채로 보충 수업을 끝마친 나는 교문을 나서려다 누군가와 세게 부딪히고 말았다. "윽……"하고 신음을 낸 순간, 까까머리 남학생 두 명이 큰소리를 냈다.

"야, 야! 간기리! 대체 어딜 보고 다니는 거야! 이렇게 부딪히면 쓰냐, 어?!"

"그래, 간기리. 간기리는 간기리답게 고양이 사료 캔이라도 따라고!"

"아니면 참치 캔을 따든가!"

"푸하하!"

자해 공갈단처럼 굴며 깔깔대는 두 녀석의 등장에 나는 더 질리고 말았다.

이 두 녀석의 이름은 핫사쿠와 미캉이다. 나보다 한 학년 아래로, 쉽게 말하면 폭군 기도의 부하들이다.

초등학생 때부터 유난히 기도를 선망한 녀석들은 늘 기도 곁을 졸졸 따라다녔다. 말하자면 '금붕어가 달고 다니는 똥' 같은 놈들이다.

그리고 이 둘이 여기 있다면 당연히 근처에 두목도 있을 터.

"핫사쿠, 미캉. 그 녀석이랑은 얽히지 마라. 그러다 괜히 너희까지 음침해질라. 친구 하나 없는 은둔형 외톨이잖아."

야비한 미소를 띤 채 대화에 끼어든 것은 역시 기도였다. 나는 눈살을 찌푸리며 그들을 무시한 채 얼른 그 자리를 뜨려고 했다.

하지만 곧바로 핫사쿠가 나를 가로막았다.

"어이, 어이. 간기리, 어딜 튀려고 그래. 지금 기도 선배가 말을 걸어 주시는데. 어? 감사하게 생각해라."

"비켜. 걸리적거리니까."

"뭐냐? 그 태도는. 지금 해보자는 거냐? 어? 기도 선배에게 대들면 어떻게 되는지 알기는 해? 기도 선배는 최강의 사나이라고."

"최강은 무슨. 우류한테도 졌으면서……."

무심코 흘러나온 말에 이번에는 기도가 "뭐?" 하며 낮게 으르렁댔다. 아차 싶었지만 이미 늦어버린 탓에 나는 멱살을 잡히고 말았다.

"윽……."

"누가 우류보다 약하다고? 야, 간다. 뭔가 착각하는 거 아니야? 내가 그 녀석한테 질 리가 없잖아."

"허세도 정도껏 부려! 너 얼마 전에 산길에서 우류에게 졌잖아! 내가 다 봤다고!"

"……뭐? 무슨 소리를 하는 거야?"

내 말을 들은 기도는 한쪽 눈썹을 들어 올리며 고개를 갸웃거렸다.

그러더니 이내 믿을 수 없는 말을 했다.

"우류 녀석은 지난 삼 년간 보지도 못했는데."

"……뭐?"

한순간 그 자리에 정적이 흘렀다.

나는 일순간 사고가 정지해 버리며 당혹스러워졌다.

무슨 소리를 하는 거야? 삼 년간 보지 못했을 리가 없잖아.

그런 생각이 든 나는 곧바로 받아쳤다.

"헛소리하지 마! 우류라면 얼마 전에 보충 수업에도 나왔잖아! 그 후에 산에서 싸웠지? 너희 둘이서!"

"뭐? 너 정말 무슨 소리를 하는 거야? 더위를 먹어서 정신이 나가기라도 했냐?"

"내 정신은 멀쩡해! 네가 우류의 비밀을 안다고 했잖아! 그래서 둘이 싸우게 되었고……."

"비밀이라니? 야, 미캉. 얘가 지금 무슨 소리 하는지 알겠냐?"

"모르겠는데요?"

그 세 명은 정말 아무것도 모르겠다는 듯한 표정으로 고개를 갸웃거렸다. 그러더니 기도가 "애초에……"라며 어이없다는 듯한 표정으로 말을 이었다.

"우류 녀석은 고등학교에 가지도 않았잖아. 중학교를 졸업한 뒤로 그 녀석이 어디서 뭘 하며 사는지 아무도 모른다고. 나도 만난 적이 없고."

"뭐? 고등학교에 가지 않았다고? 우류가……?"

"야, 핫사쿠. 너 너무 세게 부딪친 거 아니야? 이 녀석, 기억이 뒤죽박죽된 모양인데."

"그렇게 세게 부딪치지는 않았을 텐데……."

핫사쿠와 미캉은 당황한 기색을 띠었고, 기도는 딱하다는 눈빛으로 나를 바라봤다. 나는 도무지 이해할 수 없는 이 상황이 혼란스럽기만 했다.

'고등학교에 가지 않았다니……, 그럴 리가 없어. 우류는 분명히 우리와 같은 학교에 다녔는데…….'

내 기억과는 다른 현실. 그러다 잠시 후 떠오른 어느 가능성에 나는 숨이 멎는 듯했다.

뇌리를 스치고 지나간 것은 바로 타임 리프.

설마 내가 과거로 돌아가 벌인 행동 때문에 미래가 바뀌어 버린 걸까?

"……야, 간다. 정말 괜찮냐?"

그제야 내 멱살을 쥐고 있던 손을 푼 기도는 기분 탓인지는 몰라도 걱정스러운 눈빛으로 나를 바라봤다. 그 말에 대답할 여유조차 없어 가만히 있자 잠시 후, 기도가 메고 있던 가방에서 뜯지 않은 주스를 꺼내어 멍하니 서 있는 내게 쥐여 주었다.

"야, 이거 줄 테니까……, 좀 쉬어. 땡볕에서 오래 뛰어서 네가 정신이 좀 없나 보다."

"오, 좋겠다. 간기리! 그거 기도 선배가 야부코 쨩에게 주려고 했던 주스라고. 감사히 마셔!"

"미, 미캉! 쓸데없는 소리 하지 마!"

"……야부코?"

차가운 복숭아 주스를 받아든 나는 기도 부하의 입에서 나온 야부코의 이름에 양미간을 찌푸렸다. 내가 기억하기로 야부코는 미술과가 있는 다른 지역의 고등학교에 진학했는데……. 설마 지금은 이 근처에 있는 건가?

'역시 미래가 바뀌었어?'

나는 떨리는 심정으로 기도를 올려다보았다. 기도는 볼을 붉힌 채, 당황한 듯 변명을 늘어놓기 시작했다.

"가, 간다! 오해하지 마! 나는 야부코를 딱히 특별하게 생각하지 않으니까!"

"맞아! 기도 선배는 야부코 쨩의 가슴을 좋아할 뿐이니까!"

"야, 미캉! 쓸데없는 소리 하지 말라고 했지."

"기도! 그런 건 아무래도 상관없어. 그보다 야부코가 혹시 이 근처에 있어? 어디 있는지 알아?"

"……뭐? 너, 역시 피곤한가 보다. 그 녀석은 맨날 히가시역 앞의 패밀리 레스토랑에서 아르바이트를 하잖아. 이제 슬슬 아르바이트를 마칠 시각……, 어, 야!"

야부코가 있는 곳을 알아내자마자 나는 미친 듯이 달리기 시작했다.

등 뒤에서 "간다! 뛸 기운이 있으면 주스 도로 내놔!"라며 기도가 고함치는 소리가 들렸지만, 나는 이를 무시하고 역 앞의 패밀리 레스토랑으로 향했다.

"헉, 헉……. 여기가 야부코가 일하는 곳인가."

한여름 아스팔트 위에서 이마에 맺힌 땀을 닦으며 패밀리 레스토랑 앞까지 간 나는 숨을 고르고 근처에 있는 나무 그늘에 쭈그려 앉았다.

그러게 평소에 하지도 않던 전력 질주를 하는 게 아니었는데. 나는 운동을 소홀히 한 스스로를 반성하며 앞으로 어떻게 해야 할지 고민했다. 미래가 정말 변했다면 나와 야부코가 평소에 어느 정도의 거리감을 유지했을지 전혀 상상이 가지 않았다.

'가게 안에 들어가서 야부코가 있는지 확인하고 싶지만, 지금은 지갑이 없는데……. 창밖에서 확인하려 해도 블라인드가 쳐져 있어서 내부의 모습이 제대로 보이지 않고.'

야부코가 나올 때까지 이 무더위 속에서 기다리는 수밖에 없나. 그런 결론에 도달한 나는 등 뒤로 쏟아지는 매미 소리를 들으며 손끝으로 미간을 짚었다.

시골 마을이라 근처에 더위를 식힐 만한 편의점이 없었다. 근처에 있는 역도 무인역이라 냉방 설비가 전혀 갖춰지지 않았다.

'기도에게 받은 주스가 없었다면 죽었을지도 몰라. 폭군, 네 덕분에 살았다.'

기도는 예전부터 뻔뻔한 태도로 주변에 횡포를 부리기는 했지만, 이러니저러니 해도 의리가 있고 귀여운 여자애에게는 소심하게 굴기도 하는 등 마냥 미워할 수 없는 구석이 있었다. 후배인 미캉과 핫사쿠가 기도를 따르는 것도 그런 점 때문일 것이다.

기도에게 받은 주스를 목구멍으로 넘기며 나는 아까 얼핏 들은 우류의 이야기를 떠올렸다.

'우류가 고등학교에 가지 않았다는 게 사실일까? 야부코도 이유는 모르겠지만 이 동네에 남은 듯하고, 역시 내가 과거를 바꾸었기에 달라진 걸까?'

그렇다면 역시 내가 타임 리프에 성공했다는 뜻일까. 내가 과거의 우류에게 '비밀'을 캐물은 탓에 미래의 우류에게도 영향이 있었던 걸까?

'야부코의 미래도 바뀌었다는 사실은 역시 그 둘이 어떤 식으로든 관련이 있다는 걸까? 하지만 그 녀석들이 친하게 지내는 모습을 본 적이 없는데……. 아니, 우류가 야부코에 대해 이야기하는

것을 들어본 적조차 없…….'

거기까지 생각이 미친 나는 확실한 위화감을 느꼈다.

그래, 나는 들어 본 적이 없었다. 우류에게서 야부코에 대한 이야기'만'은.

'생각해 보니 확실히 이상해. 우류는 거의 모든 동급생에게 함부로 말하다가 반에서 고립된 녀석이었다고. 그런 녀석이 야부코에 대해서만은 뭐라고 한 것을 한 번도 보지 못했어.'

이마에서 땀이 주르륵 흘러내렸다.

우류는 입이 험한 데다 툭하면 남을 비웃고 욕하기로 유명한 녀석이었다.

인상이 선한 마리나나 아마네한테까지도 '내숭쟁이', '촌뜨기'라고 하는 바람에 사이가 나빠졌으니 남들과의 대화를 어려워하는 수수한 야부코는 오히려 더 심하게 놀렸을 법도 했다.

'이유가 뭐지? 야부코에게는 관심조차 없었던 걸까? 아니면 오히려 관심이 있었나? 야부코를 좋아해서 놀리지 않았다든가……. 아니, 하지만 그 녀석은 중간에 전학을 왔잖아. 그렇게 쉽게 누군가를 좋아하게 될 것 같지는 않은데…….'

주스가 담긴 페트병에 입을 댄 채로 나는 열심히 머리를 굴렸다.

만약 좋아했다면……. 그런 가능성을 떠올린 순간, 내 머릿속에 환하게 웃는 '그녀'의 얼굴이 스쳐 지나갔다.

팔 년 전, 생일 선물로 건넨 별 장식 머리끈을 받아들고 기쁘다는 듯이 웃었던 아마네의 얼굴.

나는 달콤한 복숭아 주스를 마시고는 시선을 아래로 향했다.

"과거가 정말 바뀌었다면……, 아마네도 살아 있을까?"

나도 모르게 힘없이 불쑥 중얼거린 찰나. 매미 소리 사이로 하이힐 소리가 들려와 나는 퍼뜩 고개를 들었다.

또각또각 울리는 발소리에 이끌려 시선을 옮겼다. 그러자 그곳에 마치 패션 잡지 속 모델처럼 키가 큰 여성이 보였다.

눈가는 선글라스로 가리고 있었지만, 금발 머리가 길게 내려와 있었다. 한적한 시골에 갑자기 나타난 모델급 미인이 이곳 풍경과 너무나 이질적으로 느껴져 나는 깜짝 놀라고 말았다.

'우아, 뭐야, 저 여자. 엄청 눈에 띄는데! 선글라스를 껴서 얼굴은 잘 보이지 않지만, 풍기는 분위기만 봐도 엄청난 미인 같은데. 이런 시골 동네에 어떻게 저런 사람이 있는 거지? 도시에서 잠시 내려온 건가?'

의아한 마음에 뚫어지게 쳐다봤더니 내 시선을 느낀 듯 그 미인이 잠시 이쪽을 쳐다봤다. 아차 싶어 내가 황급히 고개를 돌리자마자 "베니!"라고 누군가를 부르는 높은 목소리가 귓가에 들려왔다.

그 소리에 다시 고개를 번쩍 들자 새하얀 피부에 옅은 황갈색 단발머리가 잘 어울리는 패밀리 레스토랑 직원의 모습이 보였다.

누가 봐도 인기가 많을 듯한 귀여운 얼굴을 한 직원은 난처하다는 듯이 눈썹 끝을 축 늘어뜨리며 그 미인에게 달려갔다.

그 목소리와 얼굴에 어린 시절 야부코의 모습이 남아 있어…….

'어? 잠깐만……, 저 사람이 야부코라고?!'

충격적인 광경에 놀란 나는 눈을 비비고 다시 눈앞에 있는 미소녀를 자세히 살펴봤다.

아마도 저 사람은 야부코일 것이다. 하지만 어린 시절의 모습이 조금 남아 있기는 했지만, 내가 마지막으로 봤던 야부코와는 전혀 다른 사람이 되어 있었다.

가장 기억에 남았던 두꺼운 렌즈가 박힌 빨간 안경은 보이지 않았고, 촌스러웠던 머리 모양과 겉모습도 세련되어졌으며 표정도 밝았다.

게다가 몸매도 한층 성숙해져 있었다.

"미안, 데리러 와줬는데……. 조금만 기다려 줘! 나랑 교대할 예정이었던 아르바이트생이 전철을 놓치는 바람에 삼십 분 정도 늦는대서 끝나려면 조금 더 있어야 해. 더운데 안에서 기다려! 지금은 손님도 없으니까!"

'게다가 말도 유창하게 하잖아?! 예전에는 다른 사람과 말하는 걸 어려워하더니 이제 괜찮아진 건가? 아니, 그보다 아까 그 모델 같은 여자가 야부코와 아는 사이라고?!'

충격적인 사실이 연달아 머리를 강타했지만, 그보다도 '앞으로 삼십 분이나 더 기다려야만 한다'는 사실이 내게 가장 큰 충격을 안겼다. 도저히 무리야. 이런 무더위 속에서 삼십 분이나 더 기다리는 건.

현기증까지 느껴져 멍하니 있는 사이에 야부코와 정체를 알 수 없는 미인은 레스토랑 안으로 들어가 버렸다. 나는 기도에게 받은, 이제는 얼마 남지 않은 주스를 바라보며 한숨을 내쉬는 동시에 머리를 감싸 쥐었다.

진짜 죽겠다, 하고 투덜대며 저 멀리 보이는 아지랑이를 노려본 그때, 갑자기 차가운 무언가가 목에 착 달라붙었다.

"으악?!"

괴성과 함께 펄쩍 뛰어오르며 목을 붙잡은 나는 그대로 엉덩방 아를 찧고 말았다. 반사적으로 뒤를 돌아보자 한 소녀가 장난스럽 게 눈꼬리를 늘어뜨린 채 키득거리며 나를 바라보고 있었다.

"후훗, 왜 이상한 소리를 내고 그래요. 웃기게."

"……윽?! 아니?!"

살짝 내려간 눈꼬리. 향긋한 샴푸 냄새.

예전과 달리 하나로 높이 올려 묶은 포니테일 머리가 살짝 흔들 리고, 마치 빨려 들어갈 듯이 교차한 시선은 쿵쿵 뛰는 내 가슴을 너무나 쉽게 사로잡아 버렸다.

어디선가 갑자기 나타난 유키네는 나를 내려다보며 고개를 살짝 숙였다.

"처음 해본 타임 리프는 어땠어요? 기리 씨."

유키네의 손에 들린 페트병에는 땀이 배어 있었고, 사이다 거품이 요동치고 있었다.

제7화
립스틱과 방아쇠

띵동띵동. 손님이 왔음을 알리는 벨 소리와 함께 나와 유키네는 에어컨이 틀어진 패밀리 레스토랑 안에 발을 들였다.

시원한 실내에 들어선 순간, 나도 모르게 한숨을 내쉬자마자 우리가 온 사실을 알아차린 야부코가 웃으며 입구로 달려 나왔다.

"어서 오세요! 몇 분이세요?"

"어……, 저기, 두 명인데……."

"아, 두 분이시고……, 어? 혹시 기리?"

한동안 매뉴얼대로 대응하며 영업용 미소를 짓던 야부코가 나를 알아본 듯 눈을 깜박였다. "어, 응……" 하며 어색한 미소를 지은 내게 귀여운 모습으로 변모한 야부코도 살며시 미소를 지었다.

"우아, 정말 오랜만이다! 잘 지냈어? 같은 학교에 다니는데도 얼굴 보기가 힘드네."

"아, 응, 그러네……."

"옆에 있는 애는 여동생이야? 기리에게 여동생이 있었나? 귀엽다."

"아니요, 저는 사촌 동생이에요. 그렇지? 기리 오빠."

"읔?!"

유키네가 그렇게 말하며 내 팔에 몸을 바싹 기댔다. 순식간에 얼굴이 벌겋게 달아오른 나는 '야!' 하는 눈짓을 보냈지만, 유키네는 히죽거리며 장난스럽게 몸을 더 기대왔다.

야부코는 부드럽게 미소를 짓더니 "사이가 좋아 보이네" 하며 우리를 자리로 안내했다.

"이쪽에 앉으세요."

"아, 어……. 고마워."

야부코가 안내한 자리는 창가 구석에 자리한 테이블석이었다. 흘낏 쳐다본 먼 좌석에는 아까 '베니'라고 불린 키 큰 미인이 우리를 등지고 앉아 있었다.

"메뉴를 다 정하시면 벨을 눌러 불러 주세요."

야부코는 매뉴얼대로 응대하고는 곧바로 자리를 뜨려 했지만, 나는 황급히 야부코의 손을 붙잡았다.

"꺅?! 기, 기리? 왜 그래?"

"있잖아, 야부코……. 저쪽에 앉아 있는 여자 말이야, 너랑 아는 사이야? 아까 가게 앞에서 이야기를 나누던데."

"어? 아, 봐, 봤어? 뭐야, 창피하게. 먼저 말을 걸지 그랬어."

야부코는 당황한 듯 눈꼬리를 내리며 부끄러워했다. 그 표정이나 볼을 붉히는 모습은 팔 년 전과 다르지 않아서 '아, 역시 야부코가 맞구나'라는 생각이 들었다.

"저 아이는 음……, 내 친구야. 어렸을 때 내가 남들과 말을 잘하지 못했잖아. 기억나? 저 친구도 말하는 걸 어려워해서 그걸 계기로 친해졌어."

"말하는 걸 어려워한다고? 저 친구도?"

"응. 쟤도 이런저런 사정으로 말을 하지 못해. 그러니까 말을 걸지는 말아 줘. 미인이라 신경이 쓰이는 건 알겠지만."

야부코는 귀엽게 웃으며 검지를 입가에 가져다 댔다.

아무래도 내가 저 미인에게 작업을 걸려고 한다고 생각했는지 넌지시 못을 박기에 나는 "아니, 말을 걸 생각은 없는데……"라며 화제를 돌렸다.

"나 말이야, 실은 너한테 묻고 싶은 게 있어."

"어? 묻고 싶은 거라니?"

"응. 저기……, 우류에 대한 일인데."

빙빙 돌리지 않고 바로 그 이름을 말하자, 그 순간 야부코가 미세한 반응을 보이더니 유니폼 치맛자락을 움켜쥐었다. 하지만 이

내 눈꼬리를 내리며 "우류? 그 이름 정말 오랜만에 듣네" 하고 웃었다.

"우류가 어쨌는데?"

"그게……, 혹시 그 녀석 지금 어디 있는지 알아? 고등학교도 가지 않았다고 들어서."

"……아니, 모르겠는데. 고등학교에 가지 않은 건 알지만, 어디 있는지까지는 알지 못해. 미안."

야부코의 눈꼬리가 축 처졌다. 나는 "그렇구나……" 하고 맞장구를 치며 다시 물었다.

"그리고 너 말이야, 초등학생 때 우류와 무슨 일 있었어?"

"……어?"

"우류가 널 따라다니거나 고백하지는 않았어?"

"가, 갑자기 무슨 소리야?! 그런 일 없었어! 나는 평범하고 눈에 띄지도 않았는걸. 우류뿐만 아니라 다른 누구도 날 따라다니거나 하지 않았어."

야부코는 겸손하게 고개를 내젓더니 "그, 그럼 메뉴를 정하신 후에 불러 주세요"라며 영업용 미소를 짓고 자리를 떠버렸다.

유키네는 어느 틈에 음료 코너에서 물을 떠왔는지 내 물잔을 테이블에 내려놓고 "무언가 정보라도 얻었어요?"라고 물으며 소파에 앉았다. 나는 물잔을 향해 손을 뻗으며 "응" 하고 차갑게 고개를 끄덕였다.

"야부코는 무언가 거짓을 말하고 있어."

망설이지 않고 말하자 유키네는 "그걸 어떻게 알아요?" 하며 고개를 갸웃거렸다. 물을 한 모금 마신 나는 "버릇이 있거든" 하고 대답했다.

"야부코는 어릴 때부터 긴장하거나 궁지에 몰리면 말을 더듬거나 옷을 움켜쥐었어. 내가 우류 이야기를 꺼낸 순간, 치맛자락을 꽉 움켜쥐더라고. 뭔가를 감추고 있는 게 분명해."

"어머, 대단하네요. 난 또 그 사람 몸매만 구경하는 줄 알았더니 그런 거였어요? 가슴만 쳐다보는 줄 알았는데."

"뭐?! 당연히 아니……! ……슬쩍 보기는 했지만."

힘없는 목소리로 순순히 자백하자 유키네는 눈을 지그시 뜨더니 "아하……" 하며 마치 죽은 물고기 같은 시선으로 나를 바라봤다. '어쩔 수 없잖아. 나도 남자라고!'라는 변명을 머릿속으로만 외치면서 헛기침을 한 나는 화제를 돌렸다.

"그, 그런데 유키네. 저번 일 말인데……."

"저번 일이 뭘까요, 가슴 애호가님."

"그렇게 부르지 마! 아니, 그게 아니라! 나, 얼마 전에 진짜로 타임 리프한 거야?"

마지막에는 목소리를 낮추고 조심스럽게 물었다. 유키네는 메뉴판을 펼치더니 "네. 그래서 미래가 바뀌었잖아요"라며 순순히 고개를 끄덕였다.

"자, 잠깐만. 너는 어떻게 된 거야? 나는 어느 틈엔가 과거로 갔다가 갑자기 현재로 돌아왔다고. 그러더니 미래가 바뀌어 있었어. 그런데 넌 왜 영향을 받지 않은 거야? 설명해 봐."

"후훗, 그렇게 안달하지 마요. 차근차근 설명해 줄 테니까."

당황한 나를 재미있다는 듯이 바라본 유키네는 내게 메뉴판을 건넸다. "뭐 먹을래요? 내가 살게요"라며 히죽거리는 유키네를 보며 나는 어색한 표정을 지었다.

······중학생에게 얻어먹다니, 자존심이 허락하지 않아.

마음속으로 그렇게 되뇌이며 유혹에 저항하려 했지만, 활짝 펼쳐진 디저트 메뉴 페이지 속에서 달콤한 아이스크림 사진들이 내 마음을 흔들었다.

꿀꺽. 나는 군침을 삼켰다.

"······유키네 씨."

"네."

"······초콜릿 파르페 먹어도 돼요?"

유혹에 완전히 넘어가 버린 나를 보며 유키네는 못 말리겠다는 듯이 어깨를 으쓱였다.

"그래서 결국 나는 어떻게 타임 리프를 한 거야?"

나는 달콤한 파르페를 입에 넣으며 멜론 소다를 마시는 유키네에게 다시 물었다. 유키네는 "아, 그건 말이지요" 하며 입을 열었다.

"사실 저도 잘 몰라요."

"뭐?!"

"원리는 몰라요. 하지만 조건만 충족시키면 타임 리프에 성공한다는 건 알아요. 방법은 매우 간단해요."

그렇게 이야기를 시작한 유키네가 제시한 타임 리프 순서는 이랬다.

첫째, 후회하고 있는 과거를 머릿속에 선명히 떠올릴 것.

둘째, 후회하는 날과 관련된 '무언가'를 준비할 것.

셋째, 앞의 두 조건을 충족한 채로 비밀 기지의 창문을 통과할 것.

"이 순서대로만 하면 과거로 돌아갈 수 있어요."

이렇게 단언한 유키네는 내 파르페에 올라가 있던 바닐라 아이스크림을 한 순갈 떴다. 그렇게 뺏은 아이스크림을 멜론 소다에 넣고 빨대로 휘휘 저으며 유키네는 말을 이었다.

"그리고 현재로 돌아오려면 아마도 두 가지 조건 중 하나가 필요할 거예요."

유키네는 손가락 두 개를 폈다. 그러고는 이를 자세히 설명하며 손가락을 하나씩 접었다.

첫째, 뼈저리게 후회했던 과거의 사건을 없앨 것.

둘째, 과거의 시간에서 보름이 지날 것.

"이 두 가지 조건 가운데 어느 한쪽을 실행하면 과거에서 현재로 돌아올 수 있는 듯해요. 이번 타임 리프에서 기리 씨가 돌아온 것도 아마 이 두 조건 가운데 하나가 충족되었기 때문일 테지요."

"그러고 보니 내가 천식약을 먹은 순간, 현재로 되돌아왔네……."

"그렇군요. 기리 씨는 다른 무엇보다도 '천식약을 깜박하고 먹지 않은 것'을 후회했나 보지요? 그래서 천식약을 먹고 나니까 과거의 후회가 사라져서 타임 리프가 해제된 거군요."

상황을 냉정하게 분석한 유키네는 아이스크림이 녹은 멜론 소다를 한 모금 마셨다. 나는 비현실적인 이야기에 귀를 기울이면서 또 다른 의문에 대해 물었다.

"넌 타임 리프에 대해 어떻게 그렇게 잘 아는 거야?"

"네? 그야 당연하지요. 저 또한 여러 번 타임 리프를 시도했으니까요."

"뭐?! 그런 거야?!"

"네. 하지만 저번에도 설명했다시피 언니가 죽었을 당시에 저는 고작 여섯 살이었어요. 과거로 돌아가도 자유롭게 움직이지 못해요. 그래서 저는 실험만 몇 번 해보는 데 그쳤고, 나머지는 기리 씨에게 부탁하기로 한 거예요."

아무렇지 않게 단언한 유키네의 설명에 나는 역시나 비현실적인 이야기라 생각하면서도 납득하고 말았다. 나는 달콤한 파르페를 혀끝으로 녹이며 작게 한숨을 내쉬었다.

"타임 리프의 조건은 대충 알겠어. 그런데…… 내가 과거를 바꾸고 돌아왔는데도 어째서 너는 아무런 영향도 받지 않고, 내가 타임 리프하기 전의 기억을 고스란히 가지고 있는 거지? 다른 녀석들의 기억은 전부 바뀌었는데……."

"그건 간단해요. 저도 기리 씨와 똑같은 '조건'을 가지고 있어서예요."

"조건이라니?"

"타임 리프의 조건 중에 후회하는 날과 관련된 '무언가'를 준비하라는 게 있었잖아요. 그때 제가 기리 씨에게 건넨 물건, 혹시 기억나요?"

유키네의 말에 나는 시선을 아래로 향했다. 오래 고민하지 않아도 유키네가 말하는 '조건'이 무엇을 가리키는지 짐작이 갔다.

"……이건가."

나는 줄곧 주머니에 넣어 두었던 '그것'을 꺼내어 테이블 위에 올려놓았다. 먼 옛날, 좋아하는 아이에게 선물했던 조잡한 별 장식이 달린 머리끈.

유키네는 고개를 끄덕이더니 갑자기 하나로 묶고 있던 머리를 풀었다.

"그건 팔 년 전에 언니가 마지막 순간까지 소중히 간직했던 물건이에요."

"……."

"한 쌍으로 이루어진 것이라 저에게도 똑같은 머리끈이 하나 있어요."

유키네는 이렇게 말하더니 똑같은 디자인의 머리끈을 테이블 위에 가만히 올려놓았다. 내 시선도 자연히 그쪽으로 쏠렸다.

"이 머리끈은 과거의 언니와 강하게 연결되어 있어요. 기리 씨는 이 머리끈에 이끌려 과거로 돌아갈 수 있었던 것이고요. 그 덕분에 한 쌍을 이루는 똑같은 머리끈을 가지고 있는 저도 기리 씨가 바꾼 미래에서 여전히 예전의 기억을 지닌 채로 존재할 수 있었어요."

"……이게 타임 리프를 가능하게 하는 조건이라는 건가."

"맞아요. 우리는 아직 보지 못한 미래를 공유할 수 있는 운명 공동체라는 거지요. 어때요? 영화처럼 설레지 않나요?"

즐겁다는 듯이 입꼬리를 올리며 멜론 소다를 다 마신 유키네는 내 파르페를 당당히 가로챘다. 나는 입을 꾹 다문 채로 유키네에게서 슬그머니 시선을 돌렸다.

"……유키네."

조심스럽게 부르자 "왜요?"라는 대답이 돌아왔다. 나는 여전히 시선을 피한 채로 겁이 나서 하지 못했던 질문을 유키네에게 건넸다.

"내가 과거를 바꾼 현재에서, 아마네는……."

"……안타깝지만 죽은 것 같아요."

담담하면서도 또렷하게. 유키네는 내 말이 끝나기를 기다리지 않고 잔혹한 현실을 들이밀었다.

고개를 든 나는 말문이 막혔지만, 유키네는 이렇게 덧붙였다.

"기리 씨가 현재로 돌아온 후에는 저도 미래가 어떻게 바뀌었는지 잘 알지 못했기에 이틀간 상황을 알아봤어요. 역시 언니는 팔년 전 생일날에 사고로 죽은 모양이에요."

"대체…… 왜?"

"이번에는 기리 씨가 천식약을 챙겨 먹었지요. 그러니 언니는 절벽 아래로 내려갈 이유가 없었어요. 그런데도 언니는 결과적으로 산비탈에서 떨어져 죽고 말았어요. 아니, 살해당했어요. 누군가에게."

귓가에 들려온 현실에 나는 마른침을 삼켰다.

나는 분명히 과거를 바꾸었다. 하지만 아마네를 죽인 진짜 범인에게 다다르지는 못했다.

그 결과, 또다시 아마네가 죽고 만 것일까.

"그렇다면 내 천식은 관련이 없었다는 거야……?"

"네, 아마도요. 하지만 이번 타임 리프를 통해 얻은 수확이 하나 있어요. 언니가 죽은 원인은 역시 기리 씨가 아니었다는 점이지요. 언니는 다른 누군가에게 목숨을 빼앗긴 거예요."

"그럼 대체 누가……."

"글쎄요. 저는 도무지 짐작이 가지 않아서요."

태연히 말하고는 이제 얼음밖에 남지 않은 멜론 소다의 흔적을 빨대로 빨아들인 유키네. 잠시 망설이던 나는 유키네에게 조심스레 물었다.

"……넌 아무렇지 않아? 소중한 언니가 또다시 죽었잖아. 억지로 태연한 척하지 않아도 돼."

내 물음에 멜론 소다를 바라보던 유키네가 고개를 들었다. 유키네는 생각지도 못했다는 듯한 표정을 지었다.

"어머, 절 걱정해 주는 거예요? 그렇게 남을 배려할 줄 아는 사람인 줄은 몰랐네요."

"뭐? 나를 대체 뭐라고 생각하는 거야?"

"후훗, 타인을 멀리하고 자신만의 껍데기에 갇혀 있는 사람이니까요. 다른 사람에게는 전혀 관심이 없는 줄 알았는데 의외네요. 상냥하기도 해라."

"……딱히 상냥하진 않아."

'상냥하다'라는 말을 대놓고 하니 아무리 빈말이어도 겸연쩍고 오글거렸다. 나는 턱을 괸 채로 시선을 돌렸지만, 곁에 있던 유키네가 "흐응" 하고 히죽거리며 이쪽을 보고 있어서 너무 어색해진 분위기에 차마 눈을 마주칠 수가 없었다.

그 후로도 한동안 생글거리며 집요하게 이쪽을 바라보던 유키네는 "뭐, 물론 언니가 살해당한 일에 관해서는 여러모로 생각이 많지만"이라며 조금 전 내 질문에 답하기 시작했다.

"그렇다고 예전과 지금 상황이 달라지지는 않았으니까요. 지금 와서 상처받거나 속상해할 일은 아니지요."

"그, 그런가."

"……뭐, 하지만."

유리잔 안에 든 얼음을 달그락달그락 휘저은 유키네는 허공을 바라보며 말했다.

"어릴 적에는 좀 외로웠어요."

불쑥 꺼낸 그 말에서 어딘지 모를 쓸쓸함과 슬픔이 느껴졌다. 긴 속눈썹 너머로 어딘가 먼 곳을 바라보는 눈동자. 안타까움마저 느껴진 그 공허한 시선에 나도 모르게 숨이 막혔다.

하지만 그건 아주 찰나였을 뿐, 유키네는 금세 차분하고 새침한 원래의 표정으로 돌아와 버렸다.

"그렇게 말하는 기리 씨는 돌아온 현재에서 무언가 달라진 점이 있나요? 누군가의 태도가 이상해졌다든가."

유키네의 물음에 나는 시선을 아래로 떨어뜨렸다. 그리고 곧바로 어느 한 인물이 뇌리를 스치고 지나갔다.

"우류……. 그래, 그 녀석만 지금 어떻게 지내는지 알지 못해. 기도도 타임 리프를 하기 전에는 우류의 비밀을 알고 있는 듯하더니 이번에는 아무것도 모르는 눈치였고."

"그렇군요. 역시 우류 씨라는 사람이 수수께끼를 풀 열쇠일 것 같아요. 어쩌면 언니를 죽인 범인을 알고 있을지도 모르고요."

"그리고 야부코도. 그 녀석도 예전과 상황이 크게 바뀌었어. 그리고…… 아마도 야부코는 우류가 있는 곳을 알지 않을까 싶어. 어떻게든 야부코에게서 정보를 얻어 내야……."

"베니 짱! 오래 기다렸지! 이제 갈까?"

그런데 바로 그때, 아르바이트를 끝마친 듯한 야부코가 작업장에서 나오는 소리가 들려서 나는 고개를 획 돌렸다.

야부코는 안쪽 좌석에 앉아 있는 미인에게 웃으며 달려가서 아무렇지 않게 손을 잡아끌었다.

아차, 이러다 나가 버리겠어! 걱정이 된 나는 자리에서 벌떡 일어나 "야부코!" 하고 야부코를 불러 세웠다. 야부코는 깜짝 놀라 어깨를 움찔거리더니 역시나 치맛자락을 움켜쥐었다.

"……어, 무, 무슨 일이야, 기리?"

"있잖아, 너랑 잠깐 이야기 좀 하고 싶은데. 오늘이 아니어도 괜찮으니까 일단 연락처만이라도 가르쳐 줄 수 없을까?"

"그게……."

"다, 다음에 내가 밥 살게! 그러니까 둘이서……."

내 부탁에 야부코가 어쩔 줄 몰라 하기에 좀 더 끈질기게 부탁하려던 찰나, 나와 야부코 사이로 긴 팔이 쏙 끼어들었다. 하던 말을 멈추고 옆을 보니 선글라스를 써서 얼굴이 잘 보이지 않는 미인이 나를 내려다보고 있었다.

숨이 멎을 정도로 반듯한 용모에 나보다 큰 키.

나를 내려다봐서 그런지 어딘지 모르게 적의마저 느껴지는 분위기에 압도되어 우물쭈물하고 있자 선글라스를 쓴 미인이 불만스러운 표정으로 나를 노려보며 메모 어플리케이션이 켜진 스마트폰을 내게 들이밀었다.

코마리한테 작업 걸지 마. 내 거니까.

그렇게 표시된 문장에 나는 일순간 사고가 멈추고 말았다.

"……뭐?"

"꺄악?! 자, 잠깐만?! 베니 짱!"

그 순간, 야부코가 볼을 붉힌 채 익숙한 목소리로 당황한 듯 어쩔 줄 몰라 했다. 여성을 꼭 껴안은 채로 눈물을 글썽이며 고개를 가로젓는 야부코.

당황한 나는 그대로 얼어 버렸지만, 한동안 야부코에게 안겨 있던 미인이 '홋' 하고 의기양양한 미소를 짓자 뒤늦게 사고가 정상적으로 돌아왔다.

'어, 뭐야⋯⋯. 설마 이 두 사람, 그런 사이야?'

내가 그런 의혹에 다다랐을 무렵, 야부코가 볼을 붉힌 채로 "아, 아, 안녕! 기리, 잘 가!"하며 미인의 등을 떠밀 듯이 그 자리를 빠져나갔다.

빠르게 멀어지는 두 사람의 뒷모습.

잠시 후 그 모습을 멍하니 지켜본 내 곁에 유키네가 불쑥 다가왔다.

"어머, 거하게 한 건 하셨네요."

유키네는 나를 딱하다는 듯이 쳐다보며 킥킥 웃었다.

"기리 씨, 그거 알아요? 여자들이 제일 싫어하는 남자는 여자들의 연애에 끼어들려는 남자래요."

"그런 걸 내가 알 턱이 있나!"

올해 들어 가장 진심이 담긴 '알 게 뭐냐!'를 외친 내 곁에서 유키네가 "뭐, 그건 그렇다 치고" 하며 손끝으로 턱을 매만졌다.

"야부코 씨보다 저 여성 분이 우류 씨가 있는 곳을 알아낼 열쇠일 것 같은데요."

어떤 가능성을 알아차린 건지 눈을 가늘게 뜨며 꺼낸 유키네의 말에 나는 미간을 찌푸리며 "뭐?"라고 대꾸했다. 그러자 유키네가 다시 입을 열었다.

"기리 씨는 눈치채지 못했겠지만, 아까 기리 씨가 야부코 씨에게 우류 씨에 관한 이야기를 꺼냈을 때, 저 베니 씨라는 사람이 먼저 반응하며 기리 씨를 쳐다봤어요."

"……어?"

"두 사람이 사귀는 사이라고 쉽게 판단하기는 좀 위험해요. 아까 그 둘이 주고받은 행동도 그런 식으로 보이게 해서 기리 씨가 당황하도록 유도한 것처럼 보였고요."

"그, 그랬어?!"

"어디까지나 제 추측에 불과하지만요. 아마 베니 씨와 야부코 씨 둘 다 우류 씨와 어떤 식으로든 연관되어 있을 거예요. 그 점을 의심받고 싶지 않아서 기리 씨와 야부코 씨를 단둘이 만나지 못하도록 하려는 게 아닐까요? 그 세 명이 결탁해 모종의 비밀을 숨기고 있는 게 아닐까 싶어요."

유키네는 그러한 추측을 유창하게 늘어놓더니 "베니 씨는 기리 씨의 어릴 적 친구가 아닌가요?" 하고 물었다. 나는 당황했지만 이내 고개를 가로저었다.

"아니. 우리 학년이나 다른 학년에 베니라는 이름을 가진 사람은 없었어. 그런 미인이라면 당연히 기억하고 있을 텐데."

"그렇다면 세 사람이 알게 된 건 최근이려나? 베니 씨에 대한 정보를 알 만한 사람이 없을까요?"

"그것도 잘 모르겠어. 내가 교우 관계가 넓지 않아서 아는 사람이라고 해봤자 초등학교 시절 친구들 정도가……."

거기까지 생각이 미친 순간, 내 뇌리에 문득 한 남자의 얼굴이 스치고 지나갔다.

"……아."

"어? 왜 그래요?"

"한 명 있어……. 정보를 알 만한 녀석이."

나는 고개를 들고 유키네에게 말했다.

예전부터 누구보다 야부코를 걱정하고 잘 챙기며 오빠처럼 굴던 모습이 머릿속에 그려졌다.

"그 녀석이라면 무언가 알고 있을지도 몰라……!"

정보통에다 입이 가볍지만, 성품은 좋았던 녀석.

그런 옛 친구, 못치라면 혹시 무언가를 알고 있지 않을까.

제8화

돌아가는 바퀴와 반창고

모치즈키 사쿠라는 정말 좋은 녀석이었다.

정의로운데다 주변 사람들을 잘 챙겨서 늘 의지가 되는 든든한 형 같은 존재였다. 철이 들었을 무렵부터 항상 내 곁에 있어 주었고 생일까지 같았으며 뭐든지 함께했던, 누구나 인정하는 나와 가장 친한 친구 사이였다.

하지만 아마네가 죽은 뒤.

녀석은 나를 피하기 시작했다.

"그래? 못치 녀석, 지금 가자미 서점이라는 곳에서 일하는구나. 고마워, 마리나."

"기리 짱, 내일 못치를 만나러 갈 거야? 혼자서 괜찮겠어? 걱정되는데 마리나가 함께 가줄까?"

"아니, 괜찮아. 고마워, 마리나. 늦은 밤에 전화했는데."

"아니야, 괜찮아! 신경 쓰지 말고 언제든지 전화해."

기분 좋게 받아 준 마리나와의 통화를 마친 나는 스마트폰 화면을 눌렀다. 통화 종료 화면을 흘낏 본 나는 목욕 후 젖은 머리카락을 수건으로 닦으며 먼지가 쌓인 전신 거울 앞에 섰다.

마리나 못치의 현재 상황은 아마 예전과 다르지 않을 것이다. 그리고 거울에 비친 나도 역시 아무것도 달라지지 않았다.

제멋대로 뻗친 검은 머리, 눈가에 가득한 다크서클, 비쩍 마른 볼품없는 몸. 게다가 협조성이라고는 없는 음침한 모습.

"……내가 못치와 제대로 대화를 나눌 수나 있을까."

내가 바뀌지 않았으니 아마 못치와의 관계도 예전과 다르지 않을 것이다.

어떤 일로 사이가 틀어진 것도 아니고 서로 싫어하게 된 것도 아니다.

하지만 아마네가 죽은 그날을 기점으로 못치는 나를 멀리하게 되었다.

그 후로는 거의 말을 나눠보지 못했다.

"아, 어떡하지. 속이 쓰려……."

무슨 이야기를 해야 할지 몰라 불안감에 휩싸인 나는 얇은 이불 위에 누워 몸을 웅크렸다.

나는 결국 그날 거의 잠을 이루지 못했다.

다음 날 오후.

나는 마리나에게 얻은 정보를 토대로 못치가 일한다는 가자미 서점 앞에 서 있었다. 하지만 도저히 못치와 얼굴을 마주할 용기가 나지 않아 밖에서 한참을 망설였다.

하늘에는 먹구름이 드리워져 있었고, 바람도 점차 거세지고 있었다. 이러다 한바탕 비라도 쏟아지는 게 아닐까.

"어쩔 수 없지……. 우산도 없는데 슬슬 마음을 굳히고 들어가는 수밖에."

"할머니, 저 갈게요! 저녁 꼭 챙겨 드세요! 수고하셨어요!"

"!"

나는 귀에 익은 밝은 목소리에 정신이 번쩍 들어 고개를 들었다. 자동문 너머에서 머리카락을 어중간한 노란색으로 염색한 껄렁껄렁한 사내가 실실 웃으며 밖으로 나왔다.

못치다. 단번에 확신한 나는 자전거의 자물쇠를 푸는 못치의 곁으로 달려갔다.

"모, 못치!"

긴장해서 이상하게 새어나간 목소리로 못치를 힘껏 불렀다. 못치는 멍한 표정으로 뒤를 돌더니 멀리서 내 얼굴을 바라봤다. 그 순간, 나는 형용할 수 없는 초조함에 마음이 술렁였다.

큰일이다. 무슨 말을 해야 하지?

무시당하면 어떡하지?

혹시 내가 싫어진 거라면 어떡하지?

그런 불안감이 휘몰아치면서 감정이 요동쳤다. 하지만 눈이 마주친 후로 아무 말도 하지 않고 있던 못치가 잠시 후 굳게 닫혀 있던 입을 열었다.

"……기리?"

"……!"

"기리 맞지? 우아, 오랜만이다! 잘 지냈어? 무슨 일이야? 왜 그렇게 다 죽어가는 사람처럼 안색이 안 좋아."

사람 좋은 미소를 띤 채로 자전거 받침대를 발로 차올린 못치는 자전거를 한 손으로 밀며 이쪽으로 다가왔다.

몇 년 만에 나눈 대화라고는 믿을 수 없을 만큼 자연스럽게 말을 걸어오는 바람에 나는 당황하면서도 왠지 모르게 마음이 놓여 "어, 응……. 오랜만이야" 하며 어색하게 웃었다.

"무슨 일이야? 책 사러 왔어? 나 여기서 아르바이트해. 지금은 막 일 마치고 돌아가려던 참이지만 찾는 책이 있으면 내가 안내해 줄게! 점장 할머니는 귀가 어둡거든."

"아, 아니. 그게 아니라! 오늘은 너한테 볼일이 있어서 왔다고 해야 하나……."

"어? 나한테? 무슨 일로?"

"저기, 그러니까…… 혹시 우류에 대해 아는 게 있을까 하고."

내가 작게 말하자 못치는 "우류?" 하며 고개를 갸웃거렸다.

못치는 잠시 생각에 잠기더니 "뭐, 여기 이렇게 서서 이야기하기도 좀 그러니까" 하며 자전거 안장에 걸터앉았다.

"기리, 뒤에 타. 오랜만에 만났는데 드라이브하자!"

"뭐? 드라이브?"

"그래! 얼른 타!"

못치는 나를 반강제로 자전거 짐받이에 태우더니 페달을 밟기 시작했다.

마치 우리의 등을 밀어주듯 뒤에서 바람이 휙 하고 불어왔다. "오늘은 날이 선선해서 다행이네!"라며 밝게 웃는 못치의 등을 바라보며 나는 또다시 어색하게 고개를 끄덕였다.

아, 이런 전개는 예측하지 못했는데. 어떡하지. 어떻게 말을 꺼내야 하나 고민하던 그때, 못치가 선뜻 먼저 입을 열었다.

"그래서 우류에 대해 묻고 싶은 게 뭔데?"

평탄한 뒷골목을 지나며 못치가 내게 다시 물어온 덕분에 나는 내심 '다행이다' 하고 가슴을 쓸어내렸다. 그러고는 아직 어색함이 남아 있는 상태에서 대답했다.

"저기……, 지금 우류가 어디에서 뭘 하고 사는지 아나 싶어서……."

"아, 미안하지만 나도 전혀 몰라. 여러 일자리를 전전한다는 말은 들은 적이 있지만, 지금은 어디서 뭘 하고 사는지 모르겠어."

"그, 그렇구나……. 그럼 혹시 그 녀석과 친했던 여자라든가 예전에 사귀었던 여자 친구는 없었어? 엄청나게 미인인 여자 친구라든가."

"뭐? 엄청나게 미인인 여자 친구? 글쎄……, 난 모르겠네. 그 녀석, 잘생긴 얼굴 때문에 인기가 정말 많았지만, 성격이 워낙 더러워서 어떤 미인이 다가와도 막말하고 다 차버렸거든. 중학교 때."

못치는 참 부러운 놈이라며 대수롭지 않게 말했다. 역시 못치가 아무리 정보통이라고는 해도 오랫동안 연락이 끊긴 초등학교 동창의 현황까지는 파악하지 못한 모양이라 나는 기운이 빠졌다.

"그럼 혹시 야부코의 친구에 대해 아는 거 있어? 엄청난 미인에다 키가 큰데……."

나는 밑져야 본전이라는 심정으로 야부코의 이름도 꺼내 보았다. 말하면서도 아마 못치가 바로 모른다고 말할 거라고 생각해서 반쯤 포기하고 있었는데, 뜻밖에도 못치는 그런 내 예상을 뒤집었다.

"엄청난 미인에 키가 큰 야부코의 친구? 베니를 말하는 건가?"

"뭐?"

나는 못치가 아무렇지 않게 미인의 이름을 꺼내는 바람에 나도 모르게 "알아?!" 하며 상체를 앞으로 바짝 내밀었다. 못치는 "응" 하고 당연하다는 듯이 고개를 끄덕였다.

"야부코가 우리 집 근처에 있는 미술 학원에 다녔거든. 가끔 그 둘이 함께 돌아가는 모습을 본 적이 있어. 누구냐고 물었더니 말을 하지 못하는 본인을 대신해 야부코가 '베니'라고 이름을 가르쳐 주더라고."

"미술 학원……? 그것보다 역시 베니는 말을 하지 못하는 게 맞아?"

"그럴걸. 나는 말하는 모습을 본 적이 없어. 야부코와 있을 때도 딱히 대화를 나누지는 않았지만, 옛날부터 집에 돌아가는 길에 늘 둘이서 수화 비슷한 손장난을 치면서 놀더라고."

주변 오래된 민가의 처마 끝에 달린 풍경이 딸랑딸랑 소리를 내며 흔들렸다. 나는 미간을 찌푸린 채 다시 물었다.

"옛날부터? 그 두 사람, 언제부터 알고 지냈는데?"

"어? 글쎄……. 적어도 초등학생 무렵에는 이미 함께 다닌 것 같은데."

"초등학생 때부터?!"

"응. 베니가 옛날부터 말을 한 마디도 하지 않아서 출신 학교나 정확한 나이는 모르지만, 초등학생인데도 늘 예쁘게 화장하고 다니고 머리도 염색해서 어린 마음에 발랑 까진 녀석이라고 생각했지. 옷도 화려했고 말이야."

옛 추억을 회상하듯 말한 못치는 느긋하게 자전거 페달을 밟았다. 나는 당혹스럽기도 하고, 베니의 정체가 무엇인지 점점 더 알 수 없어지고 말았다.

"혹시 베니가 우류와 함께 있는 모습을 본 적이 있어?"

내가 다시 묻자 못치는 고개를 가로저었다.

"아니? 그 둘은 접점이 없지 않나. 적어도 나는 둘이 함께 있는 모습을 본 적이 없는데."

"그렇구나……."

또다시 우류에 대한 실마리를 찾지 못해 눈에 띄게 낙담한 나. 그런 내게 못치가 "너 말이야" 하며 말을 이었다.

"왜 그렇게 우류를 신경 쓰는데? 그 녀석 일을 조사해서 뭘 어쩌려고. 너희가 그렇게 친했나?"

"아니, 그게……. 어제 야부코를 만났거든. 그러고 보니 우류는 어떻게 지내나 싶어서."

"아, 야부코 때문이구나. 그 녀석이 우류를 많이 좋아하긴 했지. 지금도 마음이 있으려나."

"……뭐?"

못치가 아무 생각 없이 꺼낸 말에 내 머릿속이 일순간 정지했다. 뒤늦게 자신이 실언했다는 사실을 알아차렸는지 못치가 "아차! 이거 말하지 말라고 했는데"라는 익숙한 대사를 다급히 뱉어냈다. 나는 지체하지 않고 바로 물었다.

"자, 잠깐만! 야부코가 우류를 좋아했다고? 우류가 야부코를 좋아한 게 아니라?"

"응? 우류는 어땠는지 모르겠지만 야부코는 우류를 엄청나게 좋아했어. 그냥 이성적인 감정이 아니라 열렬한 추종자처럼. 팬이라고 해야 하나."

"팬?!"

"내가 예전에 야부코를 자주 돌봐 주었잖아. 그때 내가 가끔 우류에 대해 안 좋게 말하기라도 하면 야부코가 얼굴이 새빨개져서는 막 화를 냈다니까. '우류에 대해 나쁘게 말하지 마' 하고 울면서 필사적으로 말이야. 어때, 그 정도면 정말 우류를 좋아한 거 아니야?"

못치는 그렇게 말하며 어깨를 으쓱였다. 나는 눈을 굴리며 "야부코가 우류를……?" 하고 의아해했다.

듣고 보니 확실히 야부코는 내가 타임 리프 해서 돌아간 과거에서도 우류와 내가 벌인 싸움을 말리려고 끼어들었다. '나 때문이야'라는 말을 반복하면서.

"뭐, 하지만 우류도 지금 생각해 보면 불쌍한 녀석이야. 원래는 그런 성격이 아니었을 텐데."

말없이 생각에 잠겨 있던 내 곁에서 못치가 불쑥 그런 말을 했다. "어?" 하며 고개를 든 나는 다음 말이 이어지길 기다렸다.

"그 녀석, 전학 온 첫날 기도와 크게 싸웠잖아. 그때 싸우다가 우류가 기도의 얼굴에 크게 상처를 냈고 말이야."

"……그러고 보니 그런 일도 있었지."

초등학교 삼 학년 무렵, 우류가 전학 온 날 점심시간의 일이 떠올랐다. 우류가 기도와 크게 싸우다가 폭군의 얼굴에 큰 상처를 남긴 것이었다.

싸운 원인은 밝혀지지 않았지만 전교생 조회가 열릴 정도로 크게 문제가 되었고, 그때 생긴 흉터는 지금도 기도의 얼굴에 남아 있다.

"그 일로 기도의 부모님이 우류에게 엄청 화를 내서서 부모님들 사이도 험악해지고, 다음 날 우류에 대한 안 좋은 소문이 퍼져 나갔잖아. '매춘부의 아들'이라든가 '눈을 마주쳤다가는 얻어맞는다'라든가 '물건을 상습적으로 훔친다'라든가."

"아, 그래서 부모님이 매춘업을 한다는 소문이……."

"그때부터 우류가 지금처럼 붙임성이 없는 녀석이 되어 버렸지. 처음에는 평범하게 친해질 것 같은 분위기였는데 말이야."

내리막길에 다다르자 우리를 태운 자전거 바퀴가 미지근한 바람을 가르며 돌아갔다. 뺨을 스치는 습한 공기. 슬슬 비가 내릴 모양이었다.

"그날 우류가 기도의 얼굴에 상처만 내지 않았다면 지금 그 녀석도 다른 아이들과 사이좋게 지냈을지 모르는데……."

못치가 어쩐지 조금 서글프게 중얼거렸다. 완만한 언덕길을 다 내려오자 못치가 브레이크를 걸었다.

바퀴가 끼이익 하고 날카로운 소리를 내며 멈추었다.

"여기까지만 바래다줘도 괜찮아? 너희 집은 우리 집이랑 반대 방향이잖아."

"응. 고마워, 못치."

"비가 내릴 것 같은데 얼른 들어가. 이만 갈게."

못치는 씩 웃더니 나를 내려 주고는 다시 자전거 페달을 밟았다. 멀어져 가는 뒷모습을 향해 "못치!" 하고 부르자 못치가 뒤를 돌아보지 않은 채 "응?" 하고 물었다.

"저기……! 또 만나러 가도 될까?!"

크게 외친 목소리. 나도 모르게 내뱉은 말.

못치는 여전히 뒤를 돌아보지 않은 채로 긍정도 부정도 하지 않고, 한쪽 손을 가볍게 흔들고는 그 자리를 떠났다.

멀어져 가는 못치를 바라본 나는 미지근하고 습한 공기를 느끼며 한동안 멍하니 서 있었다.

아까 나도 모르게 내뱉은 말이 떠오르자 한숨이 흘러나왔다.

"뭐가 또 만나러 가도 될까야. 뭐래……, 기분 나쁘게."

나는 스스로의 발언을 조금 후회하며 발길을 돌렸다. 그런데 그때, 갑자기 내 시야에 전방에 보이는 연립 주택에서 나오는 키 큰 여성의 모습이 또렷하게 들어왔다.

'어? 저 사람……'

갈색으로 염색한 곱슬머리에 선글라스, 모델처럼 늘씬한 체형. 어제도 본 그 여성의 모습에 눈이 크게 떠졌다.

'베니?!'

그 모습은 베니가 분명했다. 자외선을 차단할 목적인지 얇은 후드에 달린 모자를 눌러쓴 채 어딘가로 향하려는 모습을 본 나는 황급히 베니를 불러 세웠다.

"거, 거기! 너!"

"……!"

두 눈을 크게 뜬 채 고개를 돌린 베니. 나와 눈이 마주치자 초조한 듯 얼굴을 찡그린 베니는 손에 쥐고 있던 '무언가'를 냉큼 후드 주머니에 숨겼다.

자세히 보니 이마에 땀이 맺혀 있었고, 숨도 가빠 보였다. 그 모습이 시야에 들어오자 나는 어쩐지 기시감이 느껴져 눈살을 찌푸리며 베니에게 다가갔다.

"저기, 지금 주머니에 무언가 숨기지 않았어?"

베니는 내가 물어도 아무런 대답도 하지 않았다. 선글라스 너머로 나를 날카롭게 째려보더니 곧바로 고개를 돌려 등을 보이고는 낮은 펌프스 구두의 뒷굽을 울리며 그 자리를 빠져나갔다. 내가 손을 뻗으며 "이봐, 잠깐!" 하고 불렀지만, 베니는 나를 무시하고 서둘러 사라져 버렸다.

"대체 뭐야, 저 녀석. 지금 무언가 상자 같은 걸 숨기는 것 같았는데……."

"베니 짱! 잠깐만 기다려! 이거 두고 갔어!"

그런데 그때, 갑자기 연립 주택의 어느 집 문이 다시 열렸다.

그곳에서 뛰쳐나온 사람은 야부코로, 물감으로 얼룩진 베이지색 앞치마를 착용하고 검은색 접이식 우산을 들고 있었다.

나와 눈이 마주친 야부코는 "앗……" 하고 굳어 버리며 숨을 멈추더니 얼룩진 앞치마 자락을 꽉 움켜쥐었다.

"기, 기리? 어떻게 여기에……."

"어……, 나는 우연히 이 앞을 지나던 길인데……. 너야말로 여기서 뭐 하는 거야?"

"나, 나는 여기 미술 학원에 다녀……."

야부코가 머뭇거리며 대답했다. 야부코의 등 뒤로 보이는 문에는 싸구려 폰트로 '다케다 미술 학원'이라고 인쇄된 조잡한 간판이 붙어 있었다.

보아하니 여기가 못치가 말한 미술 학원인 듯했다.

"아, 그렇구나……. 미안. 베니라는 녀석은 내가 말을 걸었더니 놀랐는지 서둘러 가버렸어."

"그, 그래? 그럼 어쩔 수 없지……."

어색하게 미소를 지은 야부코는 어딘지 모르게 긴장한 표정으로 앞치마와 우산을 꽉 쥐고 있었다. 그런 내 시야에 뒤늦게 야부코의 손가락에 감긴 반창고가 또렷하게 들어왔다.

"야부코, 또 다쳤어? 넌 예전부터 참 잘 다치더라."

"어? 아, 응. 종이에 살짝 베여서……. 아까 베니가 반창고를 사다줬어."

"그래? 의외로 상냥한데, 그 녀석."

별생각 없이 말했는데, 야부코가 긴장을 풀더니 미소를 지었다.

"응, 상냥해. 그 사람은 예전부터 늘 그랬어. 내가 다치면 달려와 주고, 내가 좋아하는 귀여운 무늬의 반창고를 붙여 주거든."

눈꼬리가 휘어지게 웃은 야부코는 앞치마를 쥐고 있던 손을 풀더니 자신의 손가락에 감긴 반창고를 사랑스럽게 매만졌다. 무언가 허무함마저 느껴진 야부코의 표정에 내가 숨을 죽인 그때, 문득 야부코의 손가락에 감긴 반창고의 무늬가 내 시선을 사로잡았다.

귀여운 고양이 캐릭터가 프린트된 분홍색 반창고.

"……어?"

갑자기 머릿속에서 불꽃이 파바박 튀며 기억 회로가 연결되었다. 뇌리에 설명하게 되살아난 팔 년 전의 광경. 강한 기시감을 느낀 나는 야부코를 바라봤다.

알고 있다, 이 반창고.

불과 얼마 전에 타임 리프한 그날, 이것과 똑같은 반창고를 봤으니까.

'너…… 지금 뭔가 숨기지 않았어?'

'……뭐? 뭐래. 숨기긴 뭘 숨겨.'

'아니, 숨겼잖아. 다 봤어. 상자 같은 거 말이야.'

'잘못 본 거 아니야?'

팔 년 전.

숨을 가빠하며 이마에는 땀방울이 맺힌 채로 무언가를 감추고 시치미를 뗀 우류.

'나, 나, 나 때문이야! 우, 우류가, 나, 나 때문에, 흑……. 우류는 잘못이 없어……. 그, 그러니까, 뭐라고 하, 하지, 마…….'

우류와 나 사이에 벌어진 싸움을 울면서 말린 야부코의 손가락에 감겨 있던 귀여운 분홍색 반창고.

'베니가 옛날부터 말을 한 마디도 하지 않아서 출신 학교나 정확한 나이는 모르지만, 초등학생인데도 늘 예쁘게 화장하고 다니고 머리도 염색해서…….'

못치의 말로는 어릴 적부터 화장하고 다녔다던, 정체도 목소리도 알지 못하는 베니.

지금까지 따로 떨어져 있던 퍼즐이 하나의 답을 이루기 시작하자 나는 나도 모르게 야부코의 손을 붙잡고 반창고를 뚫어지게 쳐다봤다. 나는 "어머!" 하고 당황하는 야부코를 아랑곳하지 않은 채 말을 이어 나갔다.

"……우류."

손끝을 바라보며 그 이름을 중얼거린 순간, 야부코의 얼굴이 눈에 띄게 창백해졌다.

"그 베니라는 여자……."

톡톡. 미지근한 바람이 거세지더니 드디어 비가 내리기 시작했다.

나는 가랑비를 맞으며 목소리를 낮추고 한순간에 핏기가 사라져 버린 야부코를 내려다봤다. 그 표정에서 확신에 가까운 것을 얻은 나는 머릿속에서 선명한 색을 띠기 시작한 그 답을 야부코에게 말했다.

"그 녀석이 바로 우류인 거……."

그 순간, 등 뒤에 어두운 그림자가 드리워지면서 누군가의 기척을 감지한 나는 눈을 크게 떴다.

하지만 뒤를 돌아볼 틈도 없이 얼굴에 주먹이 날아들었고 둔탁한 소리와 함께 내 몸은 그대로 지면에 내동댕이쳐졌다.

"꺄악!"

야부코의 비명이 울려 퍼졌다. 무슨 일이 일어났는지 알지 못한 채로 극심한 고통에 얼굴을 찡그리고 있는데, 복부를 연달아 발로 차였다.

"커헉!"

낮게 신음한 나는 고통을 버티려고 장수풍뎅이 애벌레처럼 등을 둥글게 말았다. 숨도 제대로 쉬지 못하고 고통스러운 비명을 지르는 내게 다가온 그 녀석은 낮은 펌프스 구두로 내 머리를 짓밟았다.

"……윽."

"너, 대체 뭐야? 왜 자꾸만 나와 코마리 주변을 알짱거리는 건데?! 성가셔 죽겠거든!"

많이 들어본 거친 말투. 살기등등한 기세.

숨을 헐떡이며 시선을 들자 선글라스를 집어던진 베니가 짜증난다는 듯이 고운 얼굴을 찌푸린 채 나를 내려다보고 있었다.

그녀, 아니 '그'는 화장으로 완전히 감추고 있던 본성을 마침내 전면에 드러내고는 익숙한 조소를 띤 채로 내 머리를 세게 짓밟았다.

"어? 간다."

"으, 으악!"

"역시 네 놈은 팔 년 전에 죽었어야 했어."

일그러진 미소를 지으며 드디어 정체를 드러낸 우류를 보며 나는 그저 이를 갈 수밖에 없었다.

제9화

비츠는 매미 소리

"우앗!"

세차게 내리기 시작한 비가 뺨을 적셨고, 걷어차인 내 몸은 다시 젖은 흙 위에 나뒹굴었다.

통증과 호흡 곤란으로 표정을 일그러뜨린 나는 목덜미를 잡힌 채로 인적이 드문 연립 주택의 뒤편으로 끌려가 바닥에 내팽개쳐졌다. 우류는 곧바로 쓰러진 내 위에 올라타서 내 목을 세게 조여왔다. 혹시 이대로 살해당하는 것이 아닐까 하는 생각마저 들었다.

하지만 곧 야부코가 "그만해!" 하며 끼어들어 말리자 내 목을 조이던 손이 느슨해졌다.

"그, 그만해……, 치아키. 시, 심한 짓을 하면 안 돼."

치아키. 야부코가 울면서 우류를 부르자 우류는 불만스러운 듯

미간을 찌푸렸지만, 의외로 순순히 나를 풀어 주었다.

반면에 야부코는 눈물을 뚝뚝 흘리더니 비를 맞으며 더 펑펑 울어대기 시작했다.

"……잘못했어, 코마리. 울지 마."

훌쩍이는 야부코에게 다가간 우류는 떨리는 야부코의 몸을 끌어당겨 자신의 팔 안에 가두었다.

"치아키, 이제 이런 거 그만하자. 응?"

우류는 자신에게 힘없이 기댄 야부코의 말에 고개를 끄덕이지 않고, 그저 야부코를 달래듯 등을 가볍게 토닥였다.

이게 대체 무슨 상황인지 파악이 되지 않은 나는 서로 끌어안고 있는 두 사람을 응시했다. 그러자 그 시선을 알아차렸는지 우류가 이쪽을 노려보았다.

"야, 간다. 뭘 그렇게 멀뚱멀뚱 쳐다봐? 죽여 버린다."

노골적으로 견제당하고 말았다. 등골이 서늘해진 나는 구타당한 몸을 힘겹게 움직이며 입을 열었다.

"……너, 너희는 대체 무슨 관계야? 아니, 그보다 우류 넌 왜 여장을 하는 거야?"

"뭐? 내가 왜 그 질문에 답해야 하는데? 여장은 단순한 내 취미야, 이 바보야. 변태 같은 눈으로 쳐다보지 마. 기분 나쁘니까."

냉담한 태도로 사람을 깔보는 우류. 겉모습은 압도적인 미인이지만, 거친 말투는 내가 알고 있는 우류 그 자체라 머리가 이상해질 것 같았다.

"치아키, 이제 거짓말은 그만하자. 응? 솔직하게 말하자. 우리 일……."

당장이라도 다시 싸울 듯한 우류를 말리며 야부코가 조심스럽게 말을 꺼냈다. 우류는 표정을 확연히 일그러뜨린 채 "절대 안 돼" 하며 고개를 가로저었다. 하지만 촉촉한 눈망울로 조르듯이 자신을 바라보는 야부코의 시선에 우류는 서서히 마음이 흔들리기 시작했다.

"아, 안 된다니까, 코마리. 그런 눈으로 쳐다봐도 나는 절대로 굽히지 않을 거야……."

"치아키……, 부탁이야……."

"안 돼! 우리 일을 들키면 너까지……!"

"괜찮아, 기리는 나쁜 사람이 아니니까. 게다가 이 이상 치아키에게 부담을 주고 싶지 않아. 이제 그런 모습을 하면서까지 나를 지키려 하지 않아도 돼……."

야부코는 다시 울먹이는 표정으로 부탁하며 우류의 품에 살그머니 기댔다. 그동안 무언가를 단호히 거부했던 우류는 야부코의 부탁에 숨을 훅 삼켰다.

"미안해. 이제껏 하고 싶지도 않은 그런 꼴로 다니게 해서…….

나 때문에 다른 사람들에게 오해를 받고 내내 괴로웠지. 미안해……."

"그렇지 않……!"

"기리, 있잖아. 우리는 줄곧 모두에게 비밀로 해온 일이 있어."

"코마리!"

우류가 화를 낼 것처럼 큰소리를 냈지만, 야부코는 "괜찮아" 하고 우기며 우류를 타일렀다. 우류는 무슨 대화를 나누는 건지 조금도 이해할 수가 없어 당황한 나를 흘낏 쳐다보더니 벌레라도 씹은 듯한 표정으로 혀를 찼다.

하지만 결국 야부코의 간절한 부탁에 넘어간 것인지 우류는 "알았어……" 하며 마지못해 허락했다.

"하지만 여기서는 안 돼. 장소를 바꾸자, 간다. 여기는 누가 볼 수 있어서 신경 쓰여."

"……아, 응."

원래도 인적이 드문 곳이지만, 우류는 다른 사람의 시선을 철저히 피하고 싶었는지 다시 '베니'로 돌아가 입을 꾹 다물고 말았다.

그래서 우리는 그 자리를 벗어나 장소를 옮겼다.

우리가 온 곳은 비밀 기지인 네버랜드였다.

"여기는 사람이 거의 오지 않으니까 차근차근 이야기할 수 있을 거야."

야부코는 부드럽게 미소를 짓더니 가랑비를 막던 우산을 접고 익숙하게 빈집의 자물쇠를 열었다. 지난번에 방문했을 때는 전혀 알아차리지 못했지만, 보아하니 출입구에 맹꽁이자물쇠가 채워져 있는 듯했다.

우류는 잠시 옷을 갈아입고 오겠다며 어딘가로 홀쩍 사라져 버렸다. 자물쇠를 푼 야부코는 낡은 문을 살그머니 열었다.

"야부코, 어떻게 자물쇠를 그렇게 쉽게 열었어?"

"이 자물쇠는 나와 치아키가 달아 놓았거든. 가끔 커플이 호텔 대신 사용하려 든다며 치아키가 달자고 했어."

"뭐? 그랬어? 역시 이곳이 러브호텔 대용으로 쓰이고 있던 건가……."

"후훗, 나는 실제로 본 적은 없지만 치아키가 봤대."

"정말 별로지?"라며 쓴웃음을 지은 야부코가 빈집 안에 발을 들여놓았다. 야부코가 캠프용 랜턴 스위치를 익숙하게 켜는 모습을 뒤에서 지켜본 나는 미간을 찌푸렸다.

"……많이 익숙해 보인다?"

"응. 청소하러 자주 오거든."

"청소라니……, 혹시 주변의 풀을 벤 것도 너야?!"

"맞아. 하지만 처음에는 치아키가 먼저 시작했어. 나는 도우러 온 것뿐이고."

"뭐……?"

뜻밖의 사실을 전해 들었다. 굳어버린 나를 보며 야부코는 미소를 지었다.

"치아키는 말이야, 모두를 적으로 돌리는 말만 하지만……, 실은 모두와 친하게 지내고 싶었을 거야. 이곳도 '그 녀석들이 소중히 여긴 기지니까'라며 황폐해지지 않게 관리했다고."

"우류가?"

"뭐, 요즘은 치아키가 낮잠만 자서 풀베기 같은 건 거의 내가 하지만. 정말 남에게 맡기기만 한단 말이지! 기리도 뭐라고 좀 해!"

"시, 싫어. 그러다 또 얻어맞을라……."

아까 우류에게 흠씬 두들겨 맞은 것을 생각하자 등골이 오싹해졌다. 야부코는 어깨를 축 늘어뜨리더니 "아……, 정말 미안해. 치아키가 내 일만 되었다 하면 무작정 달려들어서……" 하며 눈꼬리를 내렸다.

나는 야부코 쪽으로 시선을 돌리며 줄곧 궁금했던 점을 물었다.

"……너희 사귀어?"

"어?! 아, 아, 아니야! 그, 그, 그럴 리가 없잖아!"

"아니야? 나는 그런 사이인 줄……."

"저, 절대 아니야! 나 같은 게 치아키와 어울릴 리가 없잖아. 게, 게다가 애초에 누굴 사귀어 본 적도 없는걸……."

볼을 붉힌 야부코는 쑥스럽다는 듯이 내 시선을 피하며 입고 있던 오버사이즈 후드를 움켜쥐었다.

아까는 우류와 아무렇지 않게 끌어안고 있었으면서 사귀는 사이냐고 묻자 부끄러워하다니 이게 무슨 일이야……. 고개를 갸웃거린 나는 다시 물었다.

"그럼 너희는 무슨 사이야?"

"어, 그러니까, 그게……."

"남매야. 나와 코마리는."

곧바로 끼어든 낮은 목소리. 뒤를 돌아보니 화장을 지우고 가발을 벗은 뒤, 남자 옷으로 갈아입은 우류가 불만스러운 표정으로 빈 집에 들어서고 있었다.

충격적인 발언에 나는 "뭐?!" 하며 소리를 지르고 말았다.

"나, 남매라니……. 너희가?!"

"그래. 내가 오빠고, 코마리가 여동생이야. 초등학교 3학년 때부터 쭉 그랬어."

"자, 잠깐만! 하지만 너희는 같은 나이에 생일이 다르잖아?! 성도 다르고!"

"멍청아, 당연히 친남매는 아니지. 머리는 장식으로 달고 다니냐? 부모님이 재혼하시면서 남매가 된 거야."

대충 설명한 우류는 한숨을 내쉬었다.

"하지만 여러 사정이 있어서 부모님이 혼인 신고를 하지 않았어. 사실혼이라는 거지. 그래서 우리는 성이 달라. 우리도 아직 정식으로는 남매라 할 수 없지만, 뭐 거의 남매 같은 거야."

그렇게 덧붙인 우류의 말에 나는 다시 당황했다.

"설령 그렇다고 해도 그 사실을 왜 숨겨야 하는데? 굳이 여장까지 하면서……."

"뭐? 그게 네가 할 말이냐? 좁은 촌구석에서 자란 멍청이들끼리는 유대 관계가 끈끈해서 아주 좋겠어. 안 그래? 건방져도 악의는 없겠지. 타지에서 온 나를 한순간에 밀어내도 말이야."

"뭐……?"

"너희들이 재미 삼아 퍼트린 내 소문은 잊었나 보지?"

우류는 빈정거리며 내 옆을 휙 지나갔다. 우류에 대한 소문. 그것에 대해 생각한 순간, 가장 먼저 떠오른 것은 '어머니가 매춘부라더라'라는 소문이었다. 나도 모르게 "아……" 하고 작게 중얼거리자 우류가 코웃음을 쳤다.

"엄마가 매춘부라느니, 아빠가 가정 폭력을 저질러 이혼했다느니, 내가 상습적으로 물건을 훔친다느니……. 잘도 그런 엉터리 소문을 퍼뜨리더라. 시골 동네가 얼마나 좁은지를 미처 생각하지 못한 거지. 전학을 오자마자 며칠 만에 우리 가족에 대한 악랄한 소문이 온 동네에 쫙 퍼졌는데 말이야."

"……."

"나에 대해 뭐라고 하는 건 딱히 상관없어. 하지만…… 여동생이 된 코마리까지 그런 시선을 받을 수도 있다고 생각하니 정말 싫었어……."

말이 끝나갈수록 목소리에서 힘이 빠진 우류는 야부코의 어깨를 살그머니 감싸 안았다. 우류의 품에 꼭 안긴 야부코는 고개를 떨군 채 아무 말도 하지 않았다.

"다행히 우리는 성이 다르고 나이는 같아서 잠자코 있으면 남매라는 사실을 들킬 일이 없었어. 그래서 나는 밖에서 되도록 코마리를 피해 다녔고, 다른 녀석들과도 거리를 두었지. 그 누구도 내게 관심을 보이지 않고 나 혼자 고립되도록 일부러 미움받을 짓을 한 거야."

"……여장은?"

"그건 그냥 위장한 거야. 아무리 학교에서 남처럼 굴어도 집에 돌아갈 때는 같은 길로 가니까. 그래서 엄마에게 화장하는 법을 배우고 여장을 해서 다른 사람인 척하며 코마리와 함께 집으로 돌아갔어. 나는 예쁘장하게 생겨서 이제껏 들킨 적이 없었다고. 너만 빼고는……."

목소리를 낮춘 우류는 못마땅하다는 듯이 미간을 찌푸리며 나를 노려봤다. 그 순간 나는 등줄기에 땀이 흘러 마른침을 삼켰다.

"팔 년 전에 가노에의 생일 파티를 했던 날……. 나는 그날의 너를 잊을 수가 없어."

"뭐?"

"나와 코마리의 접점을 너에게 들킨 줄 알았거든. 가노에가 죽었을 때, 너도 함께 죽여서 입막음해 버릴까 생각했을 정도로 불안했어."

가노에가 죽었을 때, 함께 죽일까 했다. 그런 우류의 말을 듣자 심장이 덜컥 내려앉았다.

……설마 이 녀석인가?

아마네를 죽인 게.

"잠깐만! 치아키, 무슨 소리를 하는 거야?"

"간다, 나는 그 정도로 절박했어. 너에게 코마리와의 접점을 들킨 것 같아서 너를 피하려고 고등학교에도 가지 않은 거야."

"치아키……."

"나는 코마리를 지키기 위해서라면 무엇이든 할 거야. 누군가를 죽이는 일도 필요하다면 얼마든지 할 수……."

짝!

그 순간, 메마른 소리가 좁은 빈집 안에 울려 퍼졌다. 우류의 말을 끝까지 듣기도 전에 내 손이 반사적으로 우류의 뺨을 후려친 것이었다.

야부코는 놀란 나머지 숨을 들이켰고, 뺨을 맞은 우류는 나를 매섭게 노려보았다. "이 자식……" 하며 싸늘하고 낮은 목소리가 흘러나왔지만, 나는 그 말조차 가로막으며 물었다.

"네가 죽였어……?"

"뭐?"

"네가 아마네를 절벽 아래로 밀었냐고 묻잖아!"

초조함을 숨기지 못하고 힘껏 소리치자 우류는 한순간 의아한 표정을 지었다. 하지만 이내 코웃음을 친 우류는 "아, 맞다. 넌 가노에를 좋아했었지" 하고 비웃더니 갑자기 내 목을 움켜잡았다.

"크윽."

"내가 '네, 맞아요. 제가 가노에를 죽였습니다'라고 말하면 어쩔 건데. 너도 날 죽일 거야? 어?"

"……윽."

"나라면 무조건 죽여. 만약 누군가가 코마리를 죽이면 그 새끼를 이 세상 끝까지 쫓아가서 다섯 배는 더 괴롭힌 후에 죽일 거야. 너도 그러고 싶잖아. 안 그래?"

호전적으로 번득이는 눈동자가 나를 쏘아봤다. 하지만 우류의 뼈가 앙상한 손가락이 내 목을 파고들려던 그때, 갑자기 야부코가 우류의 옷자락을 잡아당기며 우류를 말렸다.

"흐윽, 하지 마, 치아키……."

"!"

"기리랑 싸우지 마……."

"……코마리."

"난 싫어……. 치아키가 살인자가 되는 건 싫다고……."

어릴 때처럼 눈물을 뚝뚝 흘리며 싸움을 말리려 끼어든 야부코.

그대로 굳어 버렸던 우류는 한동안 아무 말이 없더니, 잠시 후 깊이 한숨을 내쉬며 나를 풀어 주었다.

"커헉!"

"……죽이긴. 그냥 조금 겁을 준 것뿐이야. 그렇게 툭하면 울지 좀 마, 코마리."

"흐, 으흑, 으으……."

"아, 정말 괜찮다니까……. 가노에도 내가 죽이지 않았어."

"……윽. 네가, 죽인 게, 아니야?"

졸렸던 목을 어루만지며 호흡을 가다듬은 내가 물었다. 그러자 우류는 한숨 섞인 목소리로 "아니야, 이 바보야. 애초에 그건 사고 사였잖아" 하며 어이없다는 듯이 대답했다.

"뭐, 인정하고 싶지 않은 네 마음은 이해가 가지만. 끔찍한 재난이었지, 너에게는. 서로의 마음을 확인하자마자 가노에가 그렇게 죽고 말았으니."

"……뭐?"

"뭐긴 뭐야. ……진짜 네 머리는 장식이냐? 그날 가노에가 너한테 고백하고 서로의 마음을 확인했잖아. 코마리, 내 말이 맞지?"

우류가 흐느껴 울고 있던 야부코에게 동의를 구하자 야부코도 고개를 크게 끄덕였다. 하지만 그것은 나에게는 없는 기억이다. 당황한 나는 시선을 다른 곳으로 돌렸다.

이 시간축에서는 팔 년 전의 아마네와 나의 사랑이 이루어졌다고?

"그럼 내가…… 아마네한테 고백을 받은 건가?"

"무슨 소리를 하는 거야. 모두가 보는 앞에서 대대적으로 고백받았잖아. 너는 바보처럼 얼어붙은 채로 좋다고 했고. 그랬더니 가노에가 너를 끌어안고 뽀뽀를 해버려서 보는 우리가 더 창피했다고."

"뽀뽀?! 내가 뽀뽀한 적이 있어?!"

"뭐? 너 진짜 자꾸 뭔 소리를 하는 거냐. 내가 아까 너무 때렸나?"

우류가 나를 이상하게 쳐다봤지만, 이건 나에게 중대한 사실이었다. 나는 이제껏 살아오면서 키스 같은 건 해본 적이 없는데. 그럼 내 첫키스 상대는 아마네라는 건가……?

"자, 잠깐만. 진짜?!"

"우왓, 뭐야 이 녀석……, 갑자기 쑥스러워하고. 기분 나쁘게."

"치아키, 그렇게 대놓고 말하면 어떡해!"

"알았어……."

야부코의 잔소리를 순순히 받아들인 우류는 "뭐, 어쨌거나" 하며 고개를 들었다.

"이걸로 우리 비밀은 전부 털어놓았어. 더 감출 것도 없다고."

"어? 아, 으응……."

"알겠지만, 누구한테도 말하지 마라. 알았어? 코마리가 고등학교를 졸업하고 이 마을을 떠날 때까지 나는 지금처럼 '베니' 행세를 할 거니까. 우리를 방해하지 말라고."

"정말? 치아키, 이제 괜찮을 거야. 초등학생 때라면 몰라도 지금은 우리도, 다른 아이들도 다 어른이라고. 우리가 남매라는 사실이 밝혀져도 아무도 뭐라고 하지 않을 거야."

"무슨 소리를 하는 거야. 이놈이나 저놈이나 아직 한참 어리다고."

우류는 야부코의 의견을 일축하며 한숨을 내쉬고는 벽에 기댄 채로 어딘가 먼 곳을 바라봤다.

"……성가신 나이야, 열여덟 살은. 자기들 좋을 때만 '어른'이 되었다가 무슨 일이 생기면 '아이'인 척하지. 이랬다가 저랬다가 하는 어중간한 나이야."

"……어중간하다고?"

"그래. 다들 어중간해. 하지만 누구나 언젠가는 강제로 어른이 되지. 나도 시간이 지나면서 목젖이 튀어나왔고, 키도 컸어. 어른이 되면 여장을 하기도 힘들 거야. 코마리를 지켜 줄 수 있는 건 어중간한 지금뿐이야……."

우류는 허공을 바라보며 말을 이어 나갔다.

"나는 걱정돼. 마음은 여전히 어린애인 채로 어른이 되는 것을 인정하지 않고 변하지 않으려 하는…… 그런 녀석이 우리 동급생 사이에 섞여 있는 것 같아서."

우류의 말에 나는 가슴이 술렁였다.

어른 같은 건 되고 싶지 않아. 누구보다도 그렇게 바랐던 게 바로 나였다.

"우리의 비밀이 알려지면 그런 녀석에게 코마리가 상처를 입게 되지 않을까 싶어서……."

"……."

"나는 겁이 나."

힘없이 그 말만을 남긴 우류는 빈집을 나가 버렸다. 내가 아무 말도 하지 못한 채 한동안 가만히 서 있자, 잠시 후 야부코가 입을 열었다.

"난 말이야, 원래 미술과가 있는 다른 지역의 고등학교에 진학하려고 했어. 내가 이곳을 떠나면 치아키가 나를 필사적으로 보호하려 들지 않아도 될 거라고 생각했거든."

"……뭐?"

"하지만 치아키가 고등학교에 가지 않겠다고 하더라고. 그런 치아키를 이 마을에 혼자 남겨두고 떠나려니 너무 걱정돼서 이곳에 남기로 한 건데……. 역시 떠나는 게 나았을까."

야부코는 어깨를 축 늘어뜨리더니 당장에라도 울음이 터져 나올 듯한 얼굴로 미소를 지었다.

"치아키가 하는 행동은 전부 날 위한 거야. 자기가 나보다 오빠라면서. 하지만 생일도 고작 삼 개월밖에 차이 나지 않는걸. 그런데도 내가 계속 어린애처럼 굴었던 탓에 치아키는 평범한 어린 시절을 포기하고 어른이 될 수밖에 없었어……."

"야부코……."

"내가 치아키에게서 너무 많은 것을 빼앗았어……. 그래도 아직 늦지 않았을까? 지금부터라도 내가 노력하면 치아키에게서 빼앗은 걸 되돌려 줄 수 있을까?"

내게 애원하듯이 물은 야부코는 또다시 눈물을 흘렸다. 나는 설명할 수 없는 기분에 사로잡힌 채로 야부코를 마주봤다.

그러고는 너무나 뻔한 대답을 하고 말았다.

"……괜찮아. 다들 우류의 말처럼 그렇게 어리지만은 않아. 너희의 비밀이 알려진다고 해도 뭐라고 하는 녀석은 없을 거야."

"그럴……까?"

"무슨 일이 생긴다면 이번에는 네가 우류 녀석을 지키고 행복하게 해주면 되잖아. 괜찮다니까."

나는 뻔한 말로 야부코를 위로하며 미소를 지었다. 그러자 야부코는 눈물에 젖은 얼굴로 활짝 웃으며 "응, 네 말이 맞아. 분명히 괜찮을 거야……" 하며 몇 번이나 고개를 끄덕였다.

우리의 대화를 우류가 밖에서 듣고 있었는지 아닌지는 확실치 않다. 하지만 우리가 밖으로 나가자 우류는 더는 불만이나 욕설을 내뱉지 않고, 아무 말 없이 야부코의 손을 붙잡고 가버렸다.

여전히 촉촉이 내리는 비.

매미가 울지 않아 빗소리만이 귓가에 맴돌았다.

나도 비가 더 거세지기 전에 걸음을 재촉해 추억이 서린 산을 내려왔다.

그 후 이틀 정도 세찬 비가 하염없이 쏟아졌다.

태풍이 다가온 듯했다. 나는 거센 비바람이 창문을 두드리는 모습을 멍하니 바라보고 있었다.

우류도, 야부코도, 유키네도 만나지 않고 지저분한 방 안에서 이틀간 조용히 지냈다. 딱히 특별하지 않은 평범한 일상은 그렇게 지나갔다.

다음 날 아침, 태풍이 물러가고 다시 화창한 날씨가 돌아왔다.

그때, 잠에 취해 있던 내 머리맡에서 스마트폰 진동이 울렸다. 매우 드문 일이었지만, 마리나가 아닌 다른 사람이 보낸 메시지가 들어와 있었다.

보낸 사람은 담임 선생님이었다. 긴 메시지는 이런 문장으로 시작했다.

3학년 3반 야부치 코마리가 어젯밤 세상을 떠났습니다.

맴맴, 맴맴.

닫힌 커튼 너머에서 들려온 매미 소리가 스마트폰을 보고 그대로 굳어버린 나를 잔인하게 비웃고 있었다.

제10화

창가의 잃어버린 아이

야부코가 죽었다. 그 소식은 여름 방학을 보내고 있던 학생들과 지역 주민에게 엄청난 충격을 주었다. 장례식에 참석한 동급생들은 흐느껴 울었고, 특히 기도가 이제껏 한 번도 본 적 없는 비통한 표정으로 펑펑 울고 있었다.

기도의 부하인 핫사쿠와 미캉에게 들은 바로는 기도가 초등학생 때부터 줄곧 야부코를 짝사랑해 왔지만, 솔직하게 마음을 전하지 못하고 늘 짓궂게 굴기만 했다고 한다.

그래서 자신의 마음을 한 번도 전하지 못한 사실을 후회하고 있다며 두 부하 녀석들이 울면서 하소연하는 바람에 나는 나답지 않게 그 녀석을 동정하고 말았다.

하지만 그런 폭군에게 위로의 말을 건네는 동안에도 내가 가장 신경 쓰였던 것은 그 자리에 나타날 낌새조차 보이지 않는 우류였다.

'우류 그 녀석, 괜찮은 걸까?'

마리나, 못치, 기도까지 다른 어릴 적 친구들은 모두 장례식에 참석해 눈물을 흘리며 야부코의 영정 사진 앞에 합장하고 있었다.

하지만 우류는 한 번도 모습을 드러내지 않았다. 그것도 무리는 아닐 것이라는 사실을 나 또한 잘 알고 있었다.

자세한 사실은 밝혀지지 않았지만, 야부코가 잔혹한 죽음을 맞이했다는 이야기를 얼핏 들었기 때문이다.

'야부코……'

영정 사진 속에서 환하게 웃고 있는 사랑스러운 야부코가 왜 죽고 만 것일까. 내 머리로는 여전히 이해가 가지 않았다.

야부코는 매우 비참하게 죽었다. 낯선 사내들에게 끌려가 폭행을 당한 후에 머리를 세게 얻어맞아 죽었다고 한다. 범인은 다른 지역에서 온 대학생 다섯 명으로, 아직 미성년이다. 다들 죽일 의도는 없었다고 주장하고 있다고 들었다.

여동생이 낯선 놈들에게 살해당했는데 우류가 평정심을 유지할 수 있을 리 없다. 나는 남몰래 우류를 계속 신경 쓰면서도 야부코의 장례식에 끝까지 자리를 지켰다.

"기리 짱은 이제 어른이 다 되었네."

장례식을 마친 후 집으로 돌아가던 길에 마리나가 불쑥 내게 말했다. 나는 고개를 들어 여전히 눈물이 고여 있는 마리나의 옆모습을 바라봤다.

"울지 않잖아. 어릴 적 친구가 죽었는데도……."

"……."

"야마네 짱이 죽었을 때는 그렇게나 펑펑 울더니. 기리 짱은 이제…… 어른이 되었나 봐."

벌겋게 부은 눈을 가늘게 뜨며 마리나가 한 말이 고막 속으로 파고들었다. 맴맴, 맴맴, 시끄럽게 울어대는 매미 소리보다도 강렬하게 내 머릿속으로 쏟아져 들어왔다.

마리나와 헤어진 나는 도로에 그어진 흰색 선을 따라 걸었다.

장례식에서 눈물을 보이지 않고 '어른스러웠던' 나. 하지만 스스로가 가장 잘 알고 있었다.

나는 어른이 아니라는 사실을. 오히려 그 누구보다도 나밖에 모르는 철부지라는 사실을.

왜냐하면 야부코는…….

나 때문에 죽었기 때문이다.

"내가 과거를 바꾸는 짓을 해서……."

더러워진 운동화에 밟힌 작은 돌멩이가 아스팔트 위를 드르륵 긁었다.

내 탓이다. 전부 내 탓이지 않은가.

계속 과거에 얽매여 있느라 어른이 되지 못한 어리석은 내가 '아마네를 되살리고 싶다'는 괜한 고집을 부리며 과거로 돌아가지 않았더라면……. 야부코는 지금쯤 다른 지역 고등학교에 평범하게 다니고, 이런 사건에도 휘말리지 않았을 것이다.

팔 년 전 그날, 내가 우류를 붙잡고 추궁하지만 않았다면. 그랬다면 우류도 나를 경계하지 않고 평범하게 고등학교에 다녔을 텐데.

'내가 치아키에게서 너무 많은 것을 빼앗았어…….'

며칠 전에 눈물을 보이며 했던 야부코의 말이 떠올라 이를 꽉 문 나는 주먹을 세게 움켜쥐었다.

"아니야, 야부코……."

나는 중얼거리며 고개를 숙여 발끝을 바라봤다. 여전히 탁한 하늘이 고개 숙인 내 뒤통수를 세게 내리치는 것만 같았다.

그래, 우류에게서 모든 것을 빼앗은 사람은 야부코가 아니야.

"그 녀석에게서 모든 것을 빼앗은 사람은 나야……."

스스로의 죄를 인정한 나는 힘없이 무릎을 꿇었다. 늘 그랬다. 결국 전부 내 탓이지 않은가.

뭐가 어른이라는 거야. 뭐가 웬디를 구하는 피터 팬이야.

어른도 아이도 될 수 없는 나는 무력하기만 해서 눈앞에서 울고 있는 여자아이에게 그저 그런 뻔한 말밖에 할 수 없었다.

안타까움과 후회 속에 이를 꽉 문 순간, 눈앞에 발소리가 들렸다.

길게 드리워진 그림자. 양 갈래 머리의 실루엣. 힘없이 고개를 들어보니 어디선가 나타난 유키네가 내 앞에 조용히 서 있었다.

"유키네……."

유키네를 부른 순간, 마음속에서 알 수 없는 감정이 솟구쳤다.

애초에 이 녀석이 내게 타임 리프 같은 이야기를 꺼내서 이런 일이 벌어진 거야. 그런 어리석은 꾐에 넘어가지만 않았더라면 야부코는 죽지 않았을지도 모르는데.

머릿속이 부옇게 흐려졌다. 하지만 유키네를 탓하는 것도 애먼 사람에게 화풀이하는 꼴이라는 생각에 나는 감정을 억누른 채 아무 말 없이 고개를 숙였다.

하지만 유키네는 내가 쳐둔 보이지 않는 경계선을 너무나 쉽게 뛰어넘었다.

"이런 게 타임 리프예요, 기리 씨."

담담하고도 냉정하게. 역시 뭔지 모를 신비로운 존재감을 발산하면서 입을 연 유키네가 말했다.

"단 한 번의 선택에 미래의 결과가 크게 바뀌어요. 그 선택이 누군가를 미래로 이끌 수도, 누군가의 미래를 파괴할 수도 있어요."

"……."

"이건 당신이 선택한 미래고, 당신이 만든 결말이에요."

유키네의 말이 가시처럼 가슴을 파고들어 나는 주먹을 꽉 움켜쥐었다.

"시끄러워……."

작게 중얼거린 그 순간, 풀리지 않은 감정의 불꽃이 튀어 올랐다.

"그러니까 전부 다 내 탓이라는 거잖아! 그래! 다 내 잘못이야! 내가 과거로 돌아가지만 않았다면 야부코는……. 크흑."

감정을 토해내듯 고함을 지르자 그동안 참아온 눈물이 터져 나왔다. 내가 생각해도 난 참 한심한 인간이다. 오랜 친구의 장례식에서는 눈물 한 방울 흘리지 못한 주제에 스스로의 죄를 인정하고 자기보다 어린 소녀에게 책망을 받은 뒤에야 이렇게 눈물을 흘리다니.

한심하게 화풀이하며 어린애처럼 오열하기 시작했다.

"흐, 으윽……. 타임 리프 따위, 아무 의미도 없었잖아……."

나약한 소리와 함께 뜨거운 아스팔트 위에 눈물 자국이 번졌다. 유키네는 한동안 그 자리에 가만히 서 있다가 잠시 후 내 쪽으로 한 걸음 다가오더니 "아무 의미도 없는 것은 아니에요" 하며 말을 꺼냈다.

"이제 고작 한 번 실패했을 뿐이에요. 다음에는 실패하지 않도록 잘하면 돼요."

"……뭐?"

"소중한 사람을 잃은 건 당신만이 아니에요. 저도…… 아직 되찾지 못했는걸요."

아련하면서도 공허한 그 미소는 역시 열네 살이라는 나이에는 어울리지 않았다. 가슴이 다시 두근거린 나는 열기가 느껴질 듯한 착각마저 드는 그 시선에 당황하고 말았다.

"전 말이에요, 기리 씨. 제가 동경하는 사람과 보낼 수 있는 시간을 조금이라도 더 되찾고 싶어요. 소중한 사람을 도저히 포기할 수가 없거든요. 그래서…… 이렇게 당신에게 부탁하러 온 거예요."

소중한 사람. 동경하는 사람과의 시간. 그건 아마도 아마네를 가리키는 것이겠지.

조금 전까지만 해도 어른스러워 보였던 유키네의 모습이 그 순간만큼은 어쩐지 순진하고 연약한 어린아이처럼 보였다.

유키네는 당시의 나보다 어린 나이에 소중한 가족을 잃고 말았다. 즉, 당시의 나보다 어린 나이에 그러한 상실감을 극복할 수밖에 없었다는 뜻이다.

그랬기에 유키네를 처음 만난 순간부터 줄곧 실제 나이보다 어른스러워 보였던 것일까.

슬픔에 계속 얽매인 채로 방 안에 틀어박혀 있던 나는 아무것도 바꾸려 하지 않은 채 어른이 되기를 거부하고 있었으니까.

"실패했다는 생각이 들면 한번 더 과거로 돌아가면 돼요."

"……"

"기리 씨가 과거를 바꾸는 바람에 미래가 원하는 대로 되지 않았다면 다시 과거로 돌아가서 바꿔 버리면 그만이에요."

유키네는 무릎을 꿇은 내 앞에 쭈그려 앉고는 내 얼굴을 들여다보았다.

"기리 씨는 그렇게 할 수 있잖아요. 아니에요?"

눈물 때문에 부옇게 흐려진 시야. 양 갈래로 묶은 머리의 한쪽에서 머리끈에 달린 별 장식이 가볍게 흔들리고 있었다.

"괜찮아요, 기리 씨."

유키네의 부드러운 미소는 자책감과 상실감이 무겁게 짓누르고 있던 내 마음을 한결 가볍게 했다.

"기리 씨가 과거를 몇 번이고 바꿔도…… 제가 늘 미래에서 기리 씨가 돌아오기만을 기다리고 있을 테니까요."

상냥한 손끝이 내 머리를 쓰다듬으며 부스스해진 머리카락을 정돈해 주었다. 지겨울 정도로 쳐다봤던 녹청색. 연한 눈동자에 비친 썩어빠진 나.

내가 바라는 미래가 아니라면 다시 바꾸면 그만이다. 만족할 때까지 몇 번이고 반복하면 된다.

내가 과거로 돌아가서.

"……내가, ……흑."

"네."

"내가…… 우류와 야부코를 구해낼 거야!"

울먹이며 유키네에게 선언한 나는 무릎에 힘을 주었다.

아찔한 현기증을 느끼며 일어선 나는 한여름의 뜨거운 아스팔트를 박차며 언덕길을 뛰어 올라갔다.

피부를 타고 흘러내리는 건 땀일까 눈물일까. 그조차 확실하지 않았다.

얼마 없는 체력을 쥐어짜며 도로를 달린 나는 구멍가게 자리였던 공터를 지나 두 번째 좁은 길에서 오른쪽으로 꺾었다.

거친 산길을 뛰고 또 뛰다 넘어져도 다시 일어났다. 요란하게 울어대는 매미 소리조차 듣지 못했다.

그저 죽은 야부코가 내게 물었던 말만이 뇌리에 울려 퍼졌다.

'아직 늦지 않았을까? 지금부터라도 내가 노력하면 치아키에게서 빼앗은 걸 되돌려 줄 수 있을까?'

미안해, 야부코.

그때 뻔한 말밖에 해주지 못해서. 너에게 책임을 지워서.

이번에는 내가…… 너와 우류를 구할게.

"……헉헉, 헉헉……."

무성해진 잡초를 짓밟아 가며 간신히 비밀 기지에 도착한 나.

하지만 내 시야에 들어온 것은 예전의 모습이 아니었다.

"뭐, 뭐야, 이건?!"

창문과 문이 모두 부서지고, 실내에 있던 맥주 상자와 매트까지 원래 형체를 알 수 없는 상태로 바깥에 나뒹굴며 그야말로 엉망이 된 기지의 모습이 눈앞에 펼쳐졌다.

소름이 돋고 화들짝 놀란 나는 눈을 크게 떴다. 내 목소리를 들은 것인지 산산이 부서진 빈집 안에서 부드러운 회갈색 머리가 특징인 낯익은 사내가 모습을 드러냈다.

"우류?!"

흡사 망령과도 같은 모습의 우류는 손에 벌초용 낫을 든 채로 잔뜩 웅크렸던 등을 천천히 펴며 고개를 들었다.

눈에는 생기를 잃은 채로, 마치 온 세상에 절망한 듯한 얼굴.

"……그날 말이야, 코마리가 그러더라. 내 손을 잡고 울먹이는 표정으로 웃으면서……."

억양이 느껴지지 않는 단조로운 목소리에 나는 마른침을 삼켰다. 심상치 않은 모습에 매미도 다 도망갔는지 그 자리에는 우류의 목소리밖에 들리지 않았다.

"이번에는 내가 치아키를 지켜줄게, 내가 꼭 치아키의 소중한 것들을 되찾아 줄게……라고."

"……흑."

"나한테 소중한 거라니, 그런 건 얼마 있지도 않았어. 난 그냥 코마리만 있어도 됐는데. 여장하지 않고는 그 녀석과 나란히 걸을 수조차 없어도, 모치즈키처럼 울고 있는 코마리를 오빠처럼 달래주지는 못해도……, 그래도 나는 코마리만 있으면 그걸로 좋았어."

저벅, 저벅, 저벅.

유리 파편과 나무 조각이 흐트러진 땅을 밟으며 우류는 한 걸음 한 걸음 내게 다가왔다.

"있잖아, 간다. 내가 전에 말했지? 누군가가 코마리를 죽이면 그 새끼를 이 세상 끝까지 쫓아가서 다섯 배는 더 괴롭힌 후에 죽일 거라고."

"우, 우류. 너 뭐 하는……."

휘익!

그 순간, 바람을 천천히 가르는 소리와 함께 내 눈앞에 날카로운 낫이 번뜩였다.

콧날에 화끈거리는 통증이 느껴지며 붉은 피가 눈앞에 흩어졌다. "앗?!" 하고 소리를 내며 바닥에 주저앉자마자 이번에는 엄청난 힘으로 걷어차였다.

"컥……!"

"야, 간다. 왜 코마리가 죽어야 하는 건데. 어? 왜 아무 짓도 하지 않은 코마리가 죽은 거냐고……. 그 녀석이 너한테 무슨 짓이라도 했어? 어?!"

"우, 우류……."

"너지? 네가 인터넷 게시판에 그런 글을 쓴 거지?! 너 때문에 코마리가 죽은 거잖아!"

격분한 우류는 영문을 알 수 없는 말을 외치고는 나에게 몇 번이나 주먹을 휘둘렀다. 아까 낮에 스친 코에서 여전히 피가 흐르는지 하늘을 보고 쓰러져 있는 내 눈에 피가 흘러 들어와 시야가 온통 빨갛게 물들었다.

잔뜩 충혈된 눈으로 나를 쏘아보는 우류의 눈빛에 압도된 나는 우류의 손을 필사적으로 붙잡으며 폭력에 저항했다.

"자, 잠깐만…… . 대체 무슨 말을 하는 거야!"

"시치미 떼지 마! 너지! 게시판에 말도 안 되는 거짓말을 써놓고는!"

"뭐……라고?"

"이거 말이야! 직접 봐야 기억이 나겠냐? 어?"

우류는 내 손을 뿌리치더니 자신의 스마트폰을 꺼내 내게 화면을 들이댔다.

대형 게시판의 스레드가 띄워진 화면에는 지역명과 야부코가 일한 패밀리 레스토랑의 주소, 야부코의 본명이 명확히 기재되어 있었다.

아빠가 매춘부와 재혼했어요.

저도 매춘에 관심이 있어요.

욕구 불만이에요. 위로해 줄 남성 모집 중.

그런 제목과 함께 패밀리 레스토랑 유니폼을 입은 야부코의 사진이 올라와 있었다.

글이 올라온 날짜는 내가 우류와 야부코의 비밀을 알게 된 날이었고, 글이 올라온 시각은 내가 그들과 헤어지고 나서 몇 시간이 지난 뒤였다.

야부코의 사진은 스웨터를 입은 남성 고객이 앉은 자리에 요리를 가져다주는 모습을 편집한 것으로, 아마 다른 자리에서 몰래 촬영한 듯했다. 하지만 그 아래에는 마치 남성을 유혹하기 위해 본인이 직접 쓴 것처럼 보이는 저속한 문장이 길게 이어져 있었다.

"이게 뭐야……."

잠시 말문이 막혔던 내가 목소리를 쥐어 짜내자 우류는 내 멱살을 잡고 떨리는 목소리로 말했다.

"코마리는 이 게시판에 올라온 글을 본 쓰레기 같은 놈들에게 끌려가 죽임을 당했어……."

"……!"

"온몸에 타박흔이 가득했고, 옷도 벗겨진데다 이상한 약물까지 주사한 흔적이 있어서……, 크흑. 신원 확인을 위해 본 코마리의 시체는 아침에 봤을 때와는 전혀 다른 사람 같았어!"

우류는 잔뜩 쉰 목소리로 울부짖더니 절망에 찬 눈을 글썽였다.

"그런 건……, 그런 건 코마리가 아니야! 그런 끔찍한 일을 당하고 죽은 게 내 사랑하는 여동생이라니……. 그럴 리가 없다고!"

후두둑. 바닥에 떠밀린 채로 여전히 멱살을 잡힌 내 얼굴 위로 눈물이 비처럼 떨어졌다.

"어째서……. 다 쓸데없는 짓이었던 거야? 그동안 내가 한 일은 아무 의미도 없었던 거냐고……."

"……우류……."

"코마리를 지키고 싶어서 그동안 전부 참아왔는데! 사실 여장도 하고 싶지 않았어! 남들처럼 평범하게 코마리와 나란히 걷고 싶었다고. 흐윽, 나도…… 모치즈키처럼 당당하게 오빠처럼 굴면서 그 녀석을 다정하게 위로해 주고 싶었다고……."

얼굴을 잔뜩 일그러뜨리며 펑펑 울기 시작한 우류는 내 멱살을 스르륵 풀며 힘없이 고개를 숙였다.

"하지만 코마리가…… 흑, '빨간 립스틱이 잘 어울리니까 베니(紅, 일본어로 연지라는 뜻)라고 하자'라고 웃으며 말해 주었으니까. '어떤 모습을 하더라도 치아키는 내 오빠야' 하고 여장한 내 모습을 받아들여 줬으니까! 그래서 내가 '베니'로도, 그 녀석의 '오빠'로도 있을 수 있었던 거야……."

"……."

"점점 자라 어른이 되어 가면서 여장을 해도 여자처럼 보이지 않는 내가 두려웠어. 얼굴은 화장으로 어떻게든 감추었지만, 목소리가 낮아지고 키도 크면서 점점 성인 남자의 골격이 되어 갔으니까. 얼른 어른이 되고 싶었지만, 어른이 되면 더는 코마리를 지킬 수 없게 되지 않을까 싶어 두려웠다고……."

우류는 자신의 원통한 마음을 전부 털어놓더니 내 품에 기대어 하염없이 흐느껴 울었다. 비통함을 감추지 못한 우류는 양미간을 찌푸린 채 잘생긴 얼굴을 잔뜩 일그러뜨리며 나를 바라봤다.

"실은 알고 있어. 네가 게시판에 그런 글을 쓸 녀석이 아니라는 거. 머리로는 알고 있었어. 코마리를 죽음으로 몰고 간 놈이 네가 아니라는 걸……."

"우류……."

"나, 부모님과 사이가 멀어졌거든. 전학을 오자마자 내가 학교에서 사고를 치는 바람에 이상한 소문이 퍼져서 부모님이 혼인 신고를 하지 못하게 되었어. 그 후로 나는 집에서나 학교에서나 마음 편히 지낼 수가 없었어. 그런 내 곁을 지켜 준 사람은 오직 코마리뿐이었어……. 그래서 난 코마리를 지키려고 그렇게 계속 어른스러운 척했던 거야."

우류는 띄엄띄엄 말하더니 주먹을 꽉 쥐었다.

"하지만 난 결국 또 이기적인 '어린애'로 돌아가 버렸어! 어린애처럼 매달린 거야! 너한테 책임을 떠넘기고, 죽을 때까지 패면 내 마음이 조금은 편해지지 않을까 싶어서……. 코마리를 잃은 슬픔이 조금은 옅어지지 않을까 하고! 그럴 리가 없는데……."

나약한 소리를 내뱉은 우류는 낫을 멀리 던져 버렸다. 내 품에 기대어 흐느끼는 우류를 보자 나까지 덩달아 눈시울이 뜨거워졌다.

우류의 말대로 그 게시판에 글을 올린 사람은 내가 아니다. 하지만 그런 계기를 만든 사람은 분명히 나였다.

내가 두 사람의 비밀을 파헤쳐 버린 그때, 이를 엿들은 다른 누군가가 악의적으로 이런 참극을 초래한 것이다.

'누굴까. 대체 누가 그런 글을 쓴 거지…….'

일단 야부코와 안면이 있는 사람의 소행이 분명했다. 우류와 야부코의 비밀이 드러난 지 불과 몇 시간 후에 올라온 글에 패밀리 레스토랑에서 일하는 야부코의 사진이 함께 실려 있었기 때문이다.

즉, 범인은 야부코의 사진을 사전에 소지하고 있었을 가능성이 크다.

계획적인 범행일까?

야부코에게 원한이 있는 인물?

대체 누가?

내가 이를 갈며 생각에 잠긴 동안, 내 품에서 여전히 흐느껴 울던 우류가 거의 들리지 않을 만큼 작게 중얼거렸다.

"나는 결국 어른 같은 건 되지 못했어. 흑……."

―어른.

마리나의 입에서도 나왔던 그 말을 들으며 나는 주먹을 움켜쥐었다.

어른……. 어른이 대체 뭔데.

울지 않는 게 어른인가?

힘든 일이 있어도 표정에 드러내지 않는 게 어른인가?

소중한 것을 지키기 위해 친구도, 가족도, 인생도 다 적당히 하면서 뭐든지 참는 게 어른인가?

그런 건…….

"……엿이나 먹으라고 해."

나도 모르게 쉰 목소리가 작게 흘러나왔다. 그 말에 우류가 미세한 반응을 보였다.

나는 힘없이 고개를 숙이고 있던 우류의 팔을 붙잡아 상체를 일으키고는 의아해하는 우류를 억지로 일으켜 세웠다.

"뭐가 '어른이 되지 못했어'야. 네가 얼마 전에 그랬잖아. 열여덟 살은 상황에 따라 어른도, 아이도 될 수 있는 나이라고."

"……흑."

"나는 아직 어른이 될 수도 없고……, 되고 싶지도 않아! 과거의 일을 완전히 털어내지도 못하고, 나쁜 현실을 받아들이지도 못하면서 아직도 계속 떼를 쓰며 징징거리는 철부지 꼬마라고! 하지만 그런 철부지 꼬마라서 오히려 할 수 있는 일도 있어!"

울컥 솟아오른 감정을 토해낸 나는 유리가 깨진 창가에 손을 얹었다.

이제 어린애가 아니야.

하지만 아직 어른도 될 수 없지.

둘 중 어느 하나가 될 수 없는 어중간한 시기이기에 나는 상황에 따라 어른도, 어린아이도 될 수 있어.

"우류, 내 손을 잡아! 내가 과거로 돌아가서 네가 한 후회를 전부 버리고 와줄 테니까!"

"뭐? 무슨 말을 하는……."

"이런 미래를 바꿔 버리겠다고!"

유키네에게 들은 타임 리프의 조건은 세 가지.

첫째, 후회하고 있는 과거를 머릿속에 선명히 떠올릴 것.

둘째, 후회하는 날과 관련된 '무언가'를 준비할 것.

셋째, 앞의 두 조건을 충족한 채로 비밀 기지의 창문을 통과할 것.

이번에는 세 가지 조건이 다 갖추어지지 않았다. 그렇지만 나는 유리 파편을 밟으며 창틀에 발을 걸쳤다.

"네가 지금 가장 후회하고 있고, 돌아가고 싶은 날을 떠올려! 될지 안 될지 모르지만, '너 자신'을 걸고 내가 네 과거로 돌아가 볼 게!"

"뭐? 자, 잠깐만. 아까부터 무슨 소리를 하는 거야?!"

"그러니까 내가 너를 구하러 갈 거라고! 됐으니까 일단 내 손을 잡아, 우류!"

당황해서 그 자리에 멀뚱히 서 있는 우류에게 손을 뻗은 나는 바로 외쳤다.

"날 믿어. 약속할게! 내가 꼭 너도, 야부코도 구해낼 거야!"

"……윽."

"믿지 않으면 팅커벨이 뿌려 둔 요정의 가루가 힘을 못 써! 그러니까 믿고 내 손을 잡아, 얼른!"

지금 내가 무슨 말을 하는 건지 우류는 전혀 이해하지 못할 것이다.

나를 바보 취급하며 비웃을지도 모른다. 어이없어하며 이제 나를 상대조차 하지 않을 수도 있다. 애초에 이런 파격적인 방법으로 타임 리프에 성공하리라는 보장 또한 전혀 없다.

하지만 나는 이 두 사람의 과거로 돌아갈 자신이 있었다. 그리고 우류도 틀림없이 내 말을 따라줄 것이라는 강한 확신이 들었다.

내 예상대로 아무런 확증이나 근거도 없는 내 말을 받아들인 우류는 눈물을 떨구며 나를 향해 떨리는 손을 뻗었다.

"……정말 구해줄 거야?"

그 순간, 마치 등을 떠밀 듯이 뒤에서 바람이 휙 불어왔다. 나는 미소를 지으며 우류의 손을 꼭 잡았다.

"그래. 미래에서 기다리고 있어."

―지금부터 내가 너희를 데리러 갈게.

깨진 유리가 흩어져 있는 창문을 넘으며 우류의 몸을 끌어당긴 나는 네버랜드를 향해 몸을 던졌다.

제11화

봄의 광풍을 알리다

……기리 짱. 일어나 봐. 응?

딩동댕동.

종소리와 함께 여자아이의 목소리가 나를 불렀다.

'기리 짱' 하며 몇 번이고 부르는 그리운 목소리. 어깨마저 흔드는 듯해 나는 무거운 눈꺼풀을 천천히 들어 올렸다.

"기리 짱! 왜 잠이 든 거야! 한창 재미있어지려던 참이었는데!"

부드럽게 흔들리는 밤색 머리카락. 금속 배지가 잔뜩 달린 멜빵바지. 평소에 얼마나 왈가닥인지 훤히 짐작이 가는 구릿빛 피부에는 몇몇 긁힌 상처가 눈에 띄었다.

"……아마……네?"

눈앞에 있는 건 분명히 팔 년 전에 죽은 내 첫사랑 가노에 아마네였다. 어째서 아마네가 있는 건가 싶어 당황스러워하고 있는데 옆에서 마리나도 고개를 불쑥 내밀었다.

"아마네 짱, 기리 짱, 이미 수업 종이 울렸다고. 이제 선생님이 오실 테니까 얼른 자리에 앉아."

"아, 정말. 마리나는 참 성실하다니까. 있지, 마리나도 들어 봐! 내가 생각해낸 슈퍼히어로 이야기! 일단 레드는 완전 남자다운데다 힘도 엄청나게 세서 악당을 혼쭐내 버리는데……."

"뭐야, 또 히어로물이야? 마리나는 좀 더 귀여운 이야기가 좋아. 마법 소녀라든가……."

아마네는 두 눈을 반짝이며 자신이 생각해낸 슈퍼히어로에 대해 이야기하고 있었다. 반면에 마리나는 별 관심이 없는지 입을 삐죽이며 지루해했다.

둘 다 모습이 어리고 키도 작았다. 주위를 둘러보니 낯익은 얼굴들이 그리운 초등학교 교실 안에 앉아 저마다 이야기를 나누고 있었다.

슈퍼히어로 이야기를 하느라 바쁜 아마네, 선생님에게 혼나지 않을까 불안해하는 마리나, 벌써 불량해질 조짐이 보이는 기도와 그런 기도에게 어젯밤에 본 텔레비전 프로그램 이야기를 하는 못치.

그리고 빨간 안경을 낀 채, 교실 한쪽에서 조용히 그림을 그리고 있는 야부코.

'야부코……!'

그 순간, 미래에서 야부코가 죽은 사실을 떠올린 나는 잠시 숨을 멈추었다.

맞아, 그래서 내가 타임 리프를 했지……라는 생각이 들자마자 나는 눈을 이리저리 굴렸다.

'잠깐, 그래서 지금이 언제지? 언제로 돌아온 거야?'

나는 전혀 기억이 나지 않는 과거로 돌아와 버린 듯해 당혹스러웠다. 칠판에는 '2003년 4월 8일'이라는 날짜가 적혀 있었다.

2003년 즉, 초등학교 3학년 때다. 아마네가 죽은 생일날보다 일 년도 더 전이다.

'초등학교 3학년 봄? 큰일이네. 이날이 무슨 날이었는지 전혀 기억이 나지 않아. 오늘이 우류가 가장 후회하는 날인 건가?'

나는 지금이 어떤 상황인지 파악하려고 애썼다.

이번 타임 리프에 조건으로 쓰인 것은 내가 아닌 우류의 후회였다. 파격적인 조건 하에 이루어진 타임 리프였지만, 일단 과거로 돌아오는 데에는 성공한 듯했다.

하지만 가장 중요한 우류의 모습이 보이지 않았다.

"……우류는 어디 있어?"

"어?! 기리 짱, 또 내 이야기 안 듣고 있었지! 집중하게, 기리 전 투원!"

"우와앗?!"

그때 아마네의 얼굴이 불쑥 앞으로 다가왔다. 동그랗고 큰 눈동자가 나를 바라보는 바람에 나는 화들짝 놀라고 말았다.

"지금부터 극악무도한 조직 네기토로단과의 결투 장면이라고! 정신 차리고 듣게!"

"네, 네기토로단이라고……?"

"그래! 정의로운 물고기 부대 참치레인저가 숙적인 네기토로단의 사사키 튜나콘마요지로 총통과 간류지마에서의 결전을 앞두고 지금부터 성수로 목욕재계를 하고 신사에 합격을 기원하러 가는 것이다!"

"세계관이 아주 어마어마하네……."

아무리 봐도 '갓 배운 단어를 죄다 끌어다 쓴 느낌'이 팍팍 나는 아마네의 창작 히어로물 이야기는 다 커서 들으니 꽤 우스꽝스러웠다.

하지만 아마네가 살아서 생기발랄하게 떠드는 모습을 지금은 상상조차 할 수 없기에 긴장을 늦추었다가는 나도 모르게 울어버릴 것만 같았다.

일 년 뒤에 죽고 마는 너. 어른이 되지 못한 채 어린이들만 사는 별, 네버랜드에 남겨진 내 첫사랑.

이대로 너를 미래로 데려갈 수만 있다면 얼마나 좋을까.

"아마네 짱, 이제 슬슬 자리로 돌아가. 선생님이 오시면 혼내실 걸? 오늘 전학생도 오잖아."

하지만 눈물을 참고 있던 나와 아마네의 대화를 가로막으며 마리나가 끼어들자 나는 정신이 들었다. 마리나의 말에 나는 미간을 찌푸렸다.

"전학생이라고? 설마⋯⋯."

"이 녀석들, 수업 종이 울린 지가 언제인데! 얼른 자리에 앉아!"

그 때, 교실에 우렁찬 목소리가 울려 퍼졌다. 아마네는 화들짝 놀라더니 "큰일 났다! 철수해!" 하며 순식간에 자기 자리로 돌아갔다.

교실에 들어온 사람은 그 당시의 담임 선생님.

그리고 어색하게 굳은 표정을 한 우류였다.

'우류⋯⋯?!'

내가 놀라 눈을 크게 뜬 순간 우류가 교탁 앞으로 나왔고, 담임 선생님이 칠판에 '우류 치아키'라고 이름을 적었다.

"오늘부터 너희들과 함께 공부하게 된 전학생 우류다. 자, 우류도 인사하렴."

"⋯⋯우류 치아키입니다. 도쿄에서 왔어요. 잘 부탁합니다."

"우아, 대단하다! 도쿄에서 왔대!"

"도시에서 왔네!"

우류가 긴장한 모습으로 자신을 소개하자 못치와 아마네가 큰

소리로 환호했다. 그런 떠들썩한 분위기에서 나는 그제야 내가 타임 리프로 돌아온 오늘이 무슨 날인지 알 수 있었다.

2003년 4월 8일. 이날은 우류가 전학 온 날이었다.

'그래! 이날은 우류가 기도와 크게 싸우고 반 아이들에게 폭언을 퍼붓다 모두에게 미움을 받고 고립된 날이었어.'

아마 우류는 이날을 후회하며 그 창틀을 넘었을 것이다.

누군가와 함께 창문을 넘으면 두 명이 동시에 타임 리프하게 될 수도 있지 않을까 염려했지만, 눈앞에 있는 우류의 모습을 보니 아무래도 과거로 돌아온 것은 나 혼자인 듯했다.

타임 리프를 하려면 후회하는 마음과 과거로 자신을 연결해 줄 '무언가'가 필요하다.

나는 이번에 '우류'를 사용했지만, 우류는 자신을 과거로 연결해 줄 아이템을 아무것도 가지고 있지 않았다. 그래서 나만 과거로 돌아올 수 있었던 게 아닐까.

'아, 그런가. 하지만 '후회' 자체는 타인의 감정이어도 과거와 연결되는 모양이네. 미래로 돌아가려면 우류가 그동안 품어온 후회를 지워야 하지 않을까?'

이번 타임 리프에 주어진 과제를 냉정히 분석한 나는 자리를 안내받는 우류를 바라봤다. 그와 동시에 얼마 전에 못치가 가볍게 했던 말을 떠올렸다.

'그 녀석, 전학 온 첫날 기도와 크게 싸웠잖아. 그때 싸우다가 우류가 기도의 얼굴에 크게 상처를 냈고 말이야.'

'그 일로 기도의 부모님이 우류에게 엄청 화를 내서서 부모님들 사이도 험악해지고, 다음 날 우류에 대한 안 좋은 소문이 퍼져 나갔잖아.'

'그날 우류가 기도의 얼굴에 상처만 내지 않았다면 지금 그 녀석도 다른 아이들과 사이좋게 지냈을지 모르는데……'

기도와 싸운 일. 그래, 아마도 우류는 그 일을 후회했을 거야.

'기도와 우류가 싸우지만 않으면 우류는 고립되지 않을 거야. 이상한 소문도 퍼지지 않을 테니 야부코와 남매 사이라는 것을 숨기지 않아도 돼.'

그 일만 잘 풀리면 결과적으로 우류와 야부코를 구할 수 있다. 그렇게 확신한 나는 그들이 왜 싸우게 되었는지 기억을 더듬기 시작했다.

그러고 보니 싸움이 일어난 건 오늘 점심시간이었다. 장소는 학교 앞마당. 둘이 주먹다짐을 하다가 우류가 기도에게 철제 삽을 휘두르는 바람에 기도의 눈가에 큰 상처가 생기고 말았다.

다만 둘이 싸우게 된 이유가 도무지 생각이 나지 않았다. 그 녀석들, 왜 싸웠더라?

"있잖아, 우류는 도쿄에서 왔잖아. 비행기 타고 왔어?"

"응, 비행기로 왔어."

"야, 너 혹시 가지고 있는 게임 있어? 카세트테이프는? 몇 개나 있어?"

"어, 최근에 산 건 얼마 전에 발매된……."

"어? 그거 가지고 있어?! 대단하다! 역시 도시에서는 벌써 구할 수 있구나! 다음에 같이 하자!"

"좋아."

수업 준비를 위해 담임 선생님이 잠시 교실을 나가자 아이들이 순식간에 우류에게 몰려가 질문 공세를 퍼부었다.

나중에 싸움을 벌일 기도도 흥미진진한 표정으로 우류에게 말을 걸고 있었고, 의외로 우류도 아이들의 질문에 일일이 답변해 주고 있었다.

'우류 녀석, 그냥 평범하게 대화를 나누고 있잖아……. 처음에는 이렇게 솔직한 녀석이었나.'

나도 시험 삼아 말을 걸어봤는데, 현재의 우류와는 비교도 할 수 없을 만큼 상냥하게 웃으며 답변을 해주었다.

아직은 기도와의 사이에 어떤 험악한 분위기도 느껴지지 않았다. 하지만 이러다 몇 시간 뒤에 유혈 사태를 벌일 정도로 싸움이 크게 번진다니 도무지 이해가 가지 않았다.

'대체 원인이 뭐지……. 뭐 때문에 싸우게 된 거야?'

나는 조용히 경과를 지켜봤다.

그때 갑자기 우류가 뒤를 흘낏 바라봤다. 그 시선은 늘 교실 한쪽에서 고개를 숙이고 있는 야부코에게 닿아 있었다. 어딘지 모르게 걱정스러운 표정으로 야부코를 바라보는 우류의 시선은 아마나만 이해할 수 있었을 것이다.

'아……, 그렇지. 이때 이미 야부코와는 서로 알았을 거야.'

부모님이 재혼하시면서 전학을 온 우류. 야부코와는 이미 연결 고리가 있을 것이다.

이 시점에 두 사람이 얼마나 가까운지는 확실치 않았지만, 곁에서 보기에 우류는 야부코를 꽤나 염려하는 듯했다.

야부코는 원래 적극적인 성격이 아니야. 여동생이 교실 구석에 앉아 내내 말없이 고개를 숙이고 있으니 당연히 걱정되겠지……. 그렇게 생각했을 때, 우류의 시선을 눈치 챘는지 기도도 야부코 쪽을 봤다.

"……야, 전학생. 혹시 쟤가 신경 쓰이냐?"

기도가 목소리를 살짝 낮추며 물었다. 화들짝 놀란 우류가 시선을 돌리며 당황한 듯 웃었다.

"으응, 신경 쓰인다기보다는…… 실은 쟤 내……."

"관심 꺼, 저런 녀석은! 말도 제대로 하지 못해서 맨날 우물쭈물 하고, 촌스러운 안경에다 눈에 살 띄지도 않는 촌뜨기라고. 다가가지 않는 편이 좋아!"

기도는 괜히 더 큰 소리로 우류에게 말했다.

그 말을 들은 우류는 굳어 버렸고, 나 또한 둘 사이의 분위기가 급변한 것을 온몸으로 느꼈다.

하지만 기도는 그런 변화를 눈치채지 못했는지, 야부코에 대한 험담을 멈추지 않았다.

"저 녀석은 긴장하면 얼굴이 새빨개져서 말도 제대로 하지 못해! 금붕어처럼 입을 뻐끔거리기만 하고! 그러니까 말 걸지 않는 편이 좋아."

"……."

"게다가 툭하면 다치거나 별거 아닌 일로 울기나 하고, 정말 성가시다니까! 눈에 띄지 않고 굼뜨기까지 한 촌뜨기라고! 알겠지? 괜히 가까이 가지 말라고!"

"야, 기도. 그만해. 전학생이 잘생겨서 야부코와 친해지는 게 싫은 거 아냐? 너, 야부코를 좋아……."

"뭐, 뭐라고?! 바보냐? 모치즈키! 그런 게 아니라고! 난 야부코처럼 못생긴 애한테는 관심 없어. 누가 저렇게 키도 작고 촌스러운 안경 낀 애를 좋아한다고!"

못치의 지적에 목소리가 노골적으로 커진 기도는 얼굴이 새빨개졌다.

아마 기도는 그 또래 남자아이들이 흔히 그러듯 '좋아하는 애를 괴롭히는' 행동을 한 듯 보였지만, 멀리서 그 말을 들은 야부코는 몸을 움츠린 채로 눈물을 글썽이고 있었다.

아, 이러다 큰일 나겠는데⋯⋯, 하고 염려한 내 예상대로 얼핏 본 우류의 표정은 조금 전과는 완전히 달라져 있었다. 기도를 차갑게 노려보며 현재에서 우류가 자주 보였던 표정을 짓고 있었다.

그러다 결국 우류가 기도에게 "⋯⋯너 말이야" 하며 낮은 목소리로 말했다.

"이름이 레오라고 했나?"

"어? 그래, 맞아! 멋있지? 레오는 사실 영어로 호랑이라는 뜻이⋯⋯."

"약해 보이는데."

그대로 날아간 직구. 우류가 대놓고 싸움을 걸자 이번에야말로 교실 안의 공기가 얼어붙었다.

기도는 이마에 푸른 힘줄을 드러내며 굳은 표정으로 "뭐?" 하며 우류를 노려보았다.

"이 자식⋯⋯ 지금 뭐라고 했나?"

"약해 보인다고 했는데. 왜? 그리고 아까 레오는 영어로 호랑이라고 했나? 너, 머리도 나쁘구나. 여자애들한테 인기가 없겠어."

"뭐, 뭐라고? 이 자식이!"

양의 탈을 벗어 던지고 노골적으로 본성을 드러낸 우류. 돌변한 우류의 모습에 반 아이들은 놀라 숨을 죽였고, 야부코는 초조한 듯 고개를 들었다. 그리고 기도는 그야말로 폭발하기 일보 직전이었다.

그 순간, 드디어 잠들어 있던 기억이 머릿속에 밀려들어 왔다.

그래, 그랬어. 큰일 났다.

이 두 녀석의 사이가 나빠진 계기는 이거였다.

순간 등에 식은땀이 흘러내렸다. 기억이 선명하게 되살아난 직후, 기도는 분노를 숨기지 않고 우류에게 말했다.

"타지에서 온 놈이 건방지게 굴기는! 야, 우류! 오늘 점심시간에 혼자 앞마당으로 나와!"

"뭐?"

"내가 약하지 않다는 걸 증명해줄 테니! 결투다!"

'아니, 잠깐만 기다려. 이러면 안 된다고!'

나중에 우류가 고립하게 되는 원인이 될 싸움이 화려하게 막을 올리자 홀로 초조해진 나는 머리를 싸맸다.

제12화

일생일대의 히어로 쇼

기도가 우류에게 결투를 신청한 지 몇 시간이 지나 결국 약속한 점심시간이 다가왔다.

나는 우류를 말리려고 몇 번이나 설득해 봤지만, 우류는 고집을 꺾지 않았고 결국 앞마당으로 향하고 말았다.

"있잖아, 기리 짱! 결투라니! 정말 기대된다!"

"마리나는 결투 같은 건 무서워서 별로 하고 싶지 않은데……. 선생님에게 혼날 거야."

"야, 누가 이길 것 같아?"

"어, 저기, 으, 으음……."

다른 녀석들은 어찌나 태평한지, 조금 이따 유혈 사태가 벌어질 것이라고는 그 누구도 상상하지 못했다. 야부코만 새파랗게 질린 얼굴로 아이들에게 무언가 말해보려 했지만, 말이 제대로 나오지 않는지 누구에게도 자신의 의견을 전하지 못했다.

'일단 먼저 둘러보며 흉기가 될 만한 것은 치워 두었지만……, 우류는 어릴 적부터 머리가 잘 돌아가는 녀석이었던지라 무슨 일을 벌일지 알 수가 없어. 어떻게든 말려야 하는데.'

나는 각오를 다지며 남몰래 기회를 엿봤다.

내 기억이 정확하다면 앞으로 벌어질 싸움에서 우류는 기도를 일방적으로 두들겨 패버린다. 조금도 봐주지 않고 일방적으로 공격을 퍼붓는 바람에 반 아이들까지 겁을 먹다가 결국 야부코가 울음을 터뜨리고, 울음소리를 듣고 나서야 우류는 간신히 공격을 멈춘다.

하지만 이때 빈틈을 노린 기도가 복수의 일격을 날리고, 이에 열받은 우류가 떨어져 있던 삽으로 기도의 얼굴에 상처를 입히는…… 그런 흐름이었다.

흉기가 없어도 우류는 기도를 만신창이로 만들어 반 아이들이 두려워하는 존재가 될 것이다. 그러면 고립을 피할 수 없다.

'싸움이 시작되면 우류를 구하기 어려워진다. 그렇다면 역시 싸움 자체를 말리는 수밖에 없나…….'

그런 생각에 다다른 그때였다. 앞마당에 까까머리를 한 덩치가 작은 후배 두 명, 핫사쿠와 미캉을 데리고 폭군 기도가 나타났다.

아직 일곱 살 정도일 금붕어 똥들은 폭군을 둘러싸고 떠듬거리는 어린 목소리로 "어이! 네가 우류냐!", "기도 선배에게 결투를 신청하다니 건방진 녀석!" 하고 우류를 물고 늘어졌다.

"알겠냐?! 기도 선배가 얼마나 대단한데! 벌레를 싫어하는데도 사마귀를 십 초 동안이나 맨손으로 잡고 있을 수 있다고! 그러고 나서 손을 박박 씻지만!"

"야, 핫사쿠. 쓸데없는 소리 하지 마."

"그래, 맞아! 기도 선배가 얼마나 대단한데! 우동을 코로 빨아들일 수도 있다고! 밤마다 몰래 연습하다 엄마한테 혼났지만!"

"미캉! 그건 내가 아무한테도 말하지 말랬지!"

기도에 대한 동경심이 지나치다 못해 언제나 기도의 극비 정보를 별생각 없이 폭로해 버리면서도 핫사쿠와 미캉은 "기도 선배, 얼른 해치우고 오세요!"라며 기도를 결투 장소까지 배웅했다.

기도가 우류의 정면에 떡하니 서자 두 사람은 서로를 매섭게 째려봤다.

"야, 전학생. 봐주지 않을 테니 각오해라."

"……아, 그래? 그럼 나도 봐주지 않아도 되겠네."

서로 마주 보며 조용히 불꽃을 튀기는 두 사람. 슬슬 초조해지기 시작한 나는 '어떡하지. 이러다 싸움을 시작하겠어!' 하며 머리를 싸맸다.

'어떡하지? 이 싸움을 어떻게 말려야 하지?! 이 자리를 대충 수습하기만 해서는 안 돼. 앞으로도 싸우지 않게 하지 않으면 비슷한 상황이 반복될 거야! 하지만 둘이 화해하는 게 가능할까? 어떻게?!'

결투가 시작될 순간이 점점 다가오고 있었다.

서늘한 표정으로 서 있는 우류를 야부코가 불안하게 바라보고 있었다.

'야부코……!'

그 순간, 문득 내 머릿속에 미래의 야부코와 우류의 모습이 떠올랐다. 울면서 나를 바라봤던, 내게 매달리다시피 했던 두 사람의 얼굴.

……그래. 뭘 망설이는 거야. 내가 무언가 하지 않으면 우류는 다시 고독한 미래를 걷게 될 거야. 내가 싸움을 말리지 않으면, 다시 야부코가 죽고 말 거야.

그래. 안일하게 있을 때가 아니야.

할 수 있는 일은 전부 해보자. 그러려고 창문을 넘어왔잖아. 미래의 우류에게 약속했잖아. 지금부터 데리러 가겠다고.

'날 믿어. 약속할게! 내가 꼭 너도, 야부코도 구해낼 거야!'

내가 약속을 지키지 않으면…… 그 녀석들은 영영 과거에 사로잡힌 채 행복한 미래를 걸어 나가지 못할 거라고!

"자, 이제 결투 시작!"

핫사쿠가 큰소리로 외치며 장난감 호루라기를 삑 불었다. 곧바로 우류와 기도가 재빠르게 주먹을 휘둘렀다.

그 순간, 마음을 굳힌 나는 지면을 박차고 나갔다.

"이얍!"

"?!"

픽!

그곳에 울려 퍼진 둔탁한 소리. 얼굴과 등에 통증이 느껴졌다.

두 사람이 주먹을 날린 바로 그 자리에 끼어든 나는 그 둘의 주먹을 온몸으로 막아냈다.

"……뭐야?!"

"기, 기리 짱?! 뭐 하는 거야?!"

갑작스러운 난입에 동급생들이 수군거리는 와중에 나는 당황한 기도의 얼굴을 가만히 올려다보았다. 우류도 당혹스러운 표정으로 나를 바라봤지만 나는 그 시선도, 주변의 소란도 모두 무시한 채 숨을 크게 들이마셨다.

'……부탁할게, 아마네.'

이렇게 된 이상, 이판사판이다.

나는 여기에 걸었다.

"……이, 이봐, 나로 말하자면! 바닷속에서 올라온 붉은 살이 먹음직스러운 해산물!"

"……?!"

"악당을 벌하고 사람을 구하고자! 어부의 그물을 뚫고 나타난! 참다랑어!"

"뭐, 뭐 하는 거야, 저 녀석?!"

맥락을 무시한 내 기행. 당연히 반 아이들은 동요하고 있었고, 솔직히 나도 엄청나게 부끄러웠다. 하지만 사방에서 의아한 시선이 쏟아지는 와중에도 오직 아마네만은 내 대사를 이해했는지 고개를 번쩍 들었다.

미리 말해 두지만, 이건 놀이가 아니다. 죽을 만큼 부끄럽지만, 물론 장난을 치고 있는 것도 아니다.

어린이의 사고는 단순해서 좋은 의미로나 나쁜 의미로나 정직하다. 지금 눈앞에서 벌어지고 있는 일보다도 '더 재미있는 것'을 발견하면 쉽게 관심을 돌려 버린다.

그렇다. 나는 지금부터 이 녀석들의 시선을 전부 나에게로 돌릴 생각이다. 그렇게 싸움을 멈출 것이다.

야부코와 우류의 운명을 건…… 일생일대의 히어로 쇼의 막을 올려서!

"……정의를 관철하는 세 장 뜨기! 나타났다! 정의로운 물고기 부대 참치레인저의 레드!"

"우아아아?! 참치레인저다아아!"

어안이 벙벙해진 기도 무리와 다른 아이들이 멍하니 있는 동안, 나는 아마네가 만든 슈퍼히어로의 대표적인 포즈를 흉내 냈다. 그러자 참치레인저를 세상에 내놓은 아마네가 콧김을 뿜으며 자리에서 벌떡 일어났다.

이 녀석들의 관심을 전부 이쪽으로 돌리려면 우선 가장 쉬운 아마네부터 끌어들여야 했다. 무대 위의 히어로 쇼를 부탁해. 그렇게 나는 레드로 변신한 뒤, 기도 무리를 손끝으로 가리켰다.

"세상에 악명을 떨치는 어둠의 조직 네기토로단! 쑥스러움을 감추려고 순진무구한 소녀 야부코에게 폭언을 퍼붓다니, 간사한 지혜로 사람을 괴롭히는 것이나 다를 바 없구나!"

"네기토로단이라니 그게 뭐야?! 우리말이야?!"

"그래, 이런 으깬 생선 같은 놈들! 다랑어의 붉은 살의 이름을 걸고 너희 네기토로단을 우리 참치레인저가 처벌하겠다!"

"우하하하! 멋지군! 이 몸도 한 손 거들지!"

그러자 마침내 아마네가 주먹을 치켜들며 내가 시작한 히어로 쇼에 의기양양하게 뛰어 들어와 참전했다. 아마네는 두 눈을 반짝이며 힘차게 걸어와 기도 앞을 가로막았다.

"잘 부탁드리오! 악을 응징하고 백성을 지키는! 세계를 사랑과 평화로 이끄는 노란 섬광! 황다랑어의 은혜를 받은 슈퍼 번개 전격 히어로! 내 이름은 참치레인저 옐로우! 짜잔!"

"야, 아마네. 수식어가 너무 긴 거 아니야? 내가 맡은 레드보다 더 눈에 띄잖아, 옐로우면서!"

"이런! 나도 모르게 그만 레드보다 눈에 띌 뻔했군! 용서할 수 없다! 악의 조직 네기토로단! 각오해라!"

"뭔가 은근슬쩍 우리에게 죄를 뒤집어씌우는 것 같은데?!"

참치레인저 옐로우로 신나게 빙의한 아마네는 기도 무리에게 자신의 실수를 떠넘기고는 시치미를 뚝 떼며 포즈를 취했다. 그 모습을 본 못치가 재미있다는 듯이 입꼬리를 올렸다.

"오오! 뭔가 재미있어 보이는데! 마리나, 우리도 끼자!"

"어, 뭐어?! 마리나도?!"

못치가 전혀 관심이 없어 보이는 마리나까지 끌고 오면서 함께 히어로 쇼에 참전하게 되었다. 두 사람도 포즈를 취하며 자기소개를 시작했다.

"좋아하는 음식은 차슈멘! 생선보다 고기! 고기보다 라멘! 면을 사랑하는 라멘 전사, 참치레인저 그린이오! 채소는 먹지 않는다고!"

"마리나는 무슨 말을 해야 할지 모르겠어……. 어, 저기 그러니까, 참치레인저 블루예요……."

터무니없는 내용의 자기소개가 끝나자 나는 기도를 단호히 가리켰다. 처음에는 부끄러워 죽는 줄 알았지만, 다른 친구들이 하나둘씩 참여하자 나도 제대로 할 마음이 생기기 시작했다.

"사사키 튜나콘마요지로! 아무 죄도 없는 야부코에게 심술을 부리다니! 좋아하면 좋아한다고 확실히 말해! 심술궂게 굴지 말고!"

"그래, 맞아!"

"뭐?! 좋아…… 아니, 그보다 사사키 튜나콘마요지로가 누구야?!"

"모두 저놈을 붙잡아! 굴복시켜라!"

"이야!"

"으앗, 잠깐……?!"

일제히 덤벼들어 기도 무리를 제압한 후, "단념해라, 마요지로!", "누가 마요지로라는 거야!"라는 식의 공방을 반복하다가 날뛰는 기도를 붙잡았다.

핫사쿠와 미캉까지 끌어들여 전부 구속하자 나는 우류를 향해 외쳤다.

"자, 드디어 잡았다! 지금이야, 마지막 참치레인저! 최후의 일격을 가해!"

"뭐? 마지막 참치레인저라니 그게 누구…… 설마 나?"

"그래, 우류. 네가 우리의 마지막 멤버다! 그 대신 주먹질은 하지 마! 우리까지 말려들면 곤란해지니까 대화로 잘 풀어서 해결하라고!"

나는 폭력을 쓰지 않도록 우류를 잘 타이른 다음, 기도와 평화롭게 화해하도록 유도했다.

우류는 놀란 듯 한동안 멍하니 있더니 잠시 후 난처하다는 듯이 웃었다.

"남은 멤버가 핑크밖에 없잖아……."

어이없어하며 투덜대던 우류는 문득 고개를 돌려 뒤를 바라봤다. 그 시선의 끝에는 불안한 표정을 지은 야부코가 있었다.

"……코마리."

"!"

"핑크는 내게 어울리지 않으니까 너한테 양보할게. 네가 직접 저 녀석에게 최후의 일격을 가하고 와."

우류는 미소를 짓더니 그 자리에 꼼짝 않고 서 있던 야부코의 등을 살짝 밀었다.

야부코는 당혹감을 드러내며 한동안 시선을 다른 곳으로 돌렸지만, 이윽고 우리를 흘낏 보더니 무언가 결심했는지 자신의 옷을 꽉 움켜쥐었다.

그러고는 한 발짝 앞으로 나왔다.

"저기…… 기, 기, 기도!"

"……!"

새빨개진 얼굴로 땀을 흘리며 긴장한 목소리를 힘껏 짜낸 야부코. 기도는 초조한 모습으로 숨을 들이켜고는 "왜, 왜 그래, 이 못생긴 게! 나한테 뭐 불만 있어?"라며 새빨개진 얼굴로 거친 말을 내뱉었다.

하지만 야부코는 그런 기도에게 기죽지 않고 말을 꺼냈다.

"저, 저기, 있잖아! 나, 나 말이야……."

"……읔."

"네가 심술을 부려서 속상하고…… 무서웠어! 마주치고 싶지 않다고 항상 생각했어……."

야부코는 몇 번이나 말을 더듬으면서 심호흡을 반복했다. 기도 는 조금 상처받은 듯한 표정을 지었지만, 그래도 차분히 야부코의 말에 귀를 기울였다.

"하, 하지만, 나, 저기, 너랑…… 사실은……, 흑."

두꺼운 안경 렌즈 너머로 눈물을 글썽이며 야부코는 필사적으로 말했다.

"너랑 꼭, 친하게 지내고 싶어……."

야부코가 필사적으로 꺼낸 최후의 일격. 그것은 순수하지만 서툰 소년, 기도의 심장을 그대로 꿰뚫었다. 기도는 얼굴이 점점 더 새빨개지더니 그대로 얼어붙고 말았다. 기도는 금붕어처럼 입을 뻐끔거리기만 할 뿐, 아무런 대답도 하지 못한 채 전투 불능 상태 가 되고 말았다.

전의를 상실한 기도를 꽉 붙잡은 아이들은 "쓰러뜨렸다!", "무찔 렀다!", "기도가 침몰해 버렸어!"라고 떠들며 서로 고개를 끄덕였다.

그 모습에 우류는 피식 웃었고, 아마네도 자리에서 일어나 외쳤다.

"좋았어! 간부가 굴복했다! 이제 네기토로단은 우리 참치레인저의 수중에 떨어졌다! 이로써 사랑과 평화는 우리가 지배하는 것이나 다름없다!"

"우와! 무슨 소리인지는 모르겠지만 해냈구나, 아마네 옐로우!"

"너도 수고했다, 못치 그린! 이대로 세상을 정복하는 날이 오면 전 세계의 절반을 그대에게 주마!"

"우와아아!"

히어로인지 악당인지 헷갈리는 삼류 연극의 대사를 들으며 나는 "좋았어" 하고 입꼬리를 올리며 고개를 들었다.

"자, 마지막으로 네기토로단과 참치레인저의 화해를 축하하며 서로 평화 조약을 체결하자."

"기리 짱, 평화 조약이 뭐야?"

"앞으로 사이좋게 지내자고 약속하는 거야! 자, 야부코와 기도, 이제 악수하고 화해해!"

나는 풀려나서 간신히 정신을 차린 기도와 야부코의 손을 들어 올린 다음, 서로를 바라보며 손을 잡게 했다.

기도는 삐쳤는지 잠시 입을 삐죽였지만, 곧 작은 소리로 "……그동안 미안했어" 하며 야부코에게 사과했다. 그러자 야부코가 놀란 듯 입을 벌린 채로 잠시 기도를 올려다보더니 이내 미소를 지으며 "아니야, 괜찮아"라며 기도를 용서했다.

어린아이답게 화해하는 순간을 지켜보며 나는 그제야 가슴을 쓸어내렸다.

"……자, 이걸로 모두 화해한 거야. 이제부터는 모두 한 동료인 것으로 문제 해결."

"네기토로단과 참치레인저의 연합군이 탄생하는 거야?!"

"그래, 연합군. 그리고 또 한 명……."

고개를 돌린 나는 멀찍이 떨어진 곳에서 방관하고 있던 우류를 바라봤다.

나와 눈이 마주친 우류는 눈을 크게 뜨며 나를 바라봤다.

"오늘부터는 우류도 우리의 동료야."

나는 미소를 지으며 우류에게 손을 내밀었다. 반 아이들도 모두 웃으며 우류를 바라봤다.

"우리 반에 온 걸 환영해, 우류! 앞으로 잘 지내자!"

내가 리더처럼 크게 외치자 다른 녀석들도 하나둘씩 우류를 환영했다.

"우류, 다시 한번 환영해!"

"너, 꽤 용감하다. 기도와 결투할 생각을 다 하고! 대단해!"

"그래! 우류 대원, 용감한 그대를 그늘에서 활약하는 히어로, 참치레인저 블랙으로 임명한다!"

"……쳇. 어쩔 수 없으니 널 동료로 끼워주겠어."

"기도 선배, 역시 존경스럽습니다!"

"기도 선배는 상냥하기도 하시지! 역시 멋집니다!"

"……치아키."

아이들이 돌아가며 환영의 말을 늘어놓자 야부코가 우류에게 한 발짝 다가갔다.

"……잘 됐다."

촉촉해진 눈으로 미소를 짓는 야부코의 말에 우류는 잠시 뜸을 들이다가 "……응" 하고 순순히 고개를 끄덕였다. 그러더니 깊게 숨을 한 번 들이쉬고는 고개를 깊이 숙였다.

"여러분, 처음 뵙겠습니다. 저는 우류 치아키입니다. 부모님이 재혼하시면서 도쿄에서 이곳으로 오게 되었습니다."

"……재혼?"

"네. 그래서 앞으로는 제가 코마리의 오빠가 됩니다. 잘 부탁합니다."

"뭐?! 네가 야부코의 오빠였다고?!"

"뭐야! 멋지다! 드라마 같아!"

"있잖아, 재혼이란 게 뭐야?"

"어? '재미있는 혼잣말'의 줄임말 아니야?"

"아니야! '재료가 부실한 혼밥'의 줄임말이야!"

"아니야, '재수 없게 혼나다'의 줄임말이라고!"

다시 정식으로 자신을 소개한 우류를 둘러싸고 유치한 대화가 시작되었을 무렵, 우류가 다가와 "저기" 하며 내 어깨를 두드렸다.

고개를 돌리자 우류가 어색한 듯 눈을 굴리며 머뭇거리다 입을 열었다.

"……넌 이름이 뭐야?"

"어? 아, 난 간다야. 간다 기리."

"간다 기리……. 저기, 아까 얼굴을 한 대 쳐서 미안했어."

미안하다는 듯이 눈꼬리를 내리며 순순히 사과한 우류. 싸움을 말리려고 끼어들었을 때를 말하는 것이라 이해한 나는 "신경 쓰지 마" 하며 웃었다.

"미래의 너에게 언어 터졌을 때에 비하면 간지러운 수준이니까."

"……미래?"

"아, 그런 게 있어. 그보다 여동생을 지키려고 나서다니 대단하다. 앞으로도 동생이랑 사이좋게 지내. 당당히 함께 걸어 다니고."

우류는 내 말에 놀란 듯 잠시 멍한 표정을 지었지만, 이내 "너 진짜 히어로 같다" 하며 미소를 지었다.

"난 코마리와 관련된 일에는 가끔 눈이 돌아갈 때가 있거든……. 아까 네가 싸움을 말리지 않았다면 기도라는 녀석을 다치게 했을지도 몰라."

"……그렇구나."

"그러니까 고마워. 나……."

우류는 내 손을 잡더니 환하게 웃었다.

"기리, 네가 있어 줘서 다행이야."

툭.

그 때, 우류의 얼굴이 갑자기 눈앞에서 사라졌다. "어?" 하고 내가 눈을 깜박이는 순간, 시야가 한순간에 반전되었다.

쿵!

"아야야……."

상황을 이해할 틈도 없이 정신을 차려보니 딱딱한 바닥에 내동 댕이쳐져 있었다. 세게 부딪히는 바람에 허리에서 느껴지는 통증에 몸부림치고 있는데, 스마트폰 알람음이 삐비빅 하고 반복적으로 울렸다.

……어라? 예전에도 이런 적이 있지 않았나?

"기리, 얼른 일어나! 오늘도 보충 수업이 있잖니! 언제까지 잘 거야!"

"……보충 수업? 그보다 지금 이 목소리는 엄마?"

복도에서 울려 퍼진 건 엄마의 목소리였다. 아무래도 현재로 돌아온 듯했다. 그건 이해할 수 있었지만, 부모님의 목소리를 들은 게 너무 오랜만이라 사고가 따라주질 않았다.

나는 부모님과 벌써 몇 년째 제대로 대화를 나누지 않았는데…….

"……혹시 또 미래가 바뀐 건가?"

"기리! 너 얼른 일어나지 못해! '치이'가 데리러 왔잖니!"

"우왓! 엄마?! 방에 들어올 때는 노크…… 아니, 잠깐. 뭐라고? 치이?"

그게 누구야?

의아해하며 눈을 가늘게 뜨고 있는데, 팔짱을 낀 채 내 앞에 떡하니 버티고 있는 엄마의 등 뒤에서 키가 큰 누군가가 나타났다.

"야, 네 방은 여전히 지저분하구나……. 내가 또 같이 치워야 하잖아. 제발 좀 참아주라."

익숙한 목소리로 떠들며 아무렇지 않게 내 방에 들어온 녀석. 나는 얼어붙은 채로 눈을 크게 떴다.

"야! 심지어 아직도 잠옷 차림이냐! 어머님, 댁의 아드님이 정말 저를 우습게 아나 봐요."

"미안하다, 치이. 늘 한심한 우리 애를 챙겨줘서……."

"……우, 우, 우류?!"

내 방에 나타난 사람은 귀찮다는 듯이 얼굴을 찌푸린 우류였다. 왜 이 녀석이 우리 집에?! 내가 당황하는 사이, 우류가 얼굴을 한

층 더 찌푸렸다.

"뭐? '우류'라니⋯⋯. 그 옛날 이름을 잘도 기억하고 있네."

"뭐?"

"잠꼬대하냐? 나, 부모님이 재혼하신 초등학생 때 '야부치'로 성을 바꿨잖아. 초등학교 3학년 때 처음에만 잠깐 우류라고 불렸지. 지금은 야부치 치아키잖아."

"야부치⋯⋯ 치아키?"

야부치는 야부코의 성이다. 보아하니 이 시간축에서는 우류와 야부코의 부모님이 무사히 혼인 신고를 하고 결혼하신 듯했다.

나는 혼란스러운 생각을 정리하며 조심스럽게 물었다.

"⋯⋯야부코는⋯⋯살아 있어?"

불쑥 튀어나온 작은 목소리. 우류는 고개를 갸웃거리더니 "뭐?" 하며 어이없다는 표정으로 대답했다.

"무슨 헛소리야? 남의 귀여운 여동생을 멋대로 죽이지 말아 줄래? 멀쩡히 살아 있고, 뭣하면 지금 너희 집 현관에서 기다리고 있으니⋯⋯."

나는 우류의 말이 끝나기도 전에 자리를 박차고 나갔다. "야?!" 하고 등 뒤에서 외치는 우류를 무시하고, 나는 미친 듯이 계단을 뛰어내려 현관으로 달려갔다.

그러자 우류의 말대로 니트 모자를 쓴 사복 차림의 야부코가 그곳에 서 있었다.

"야부코!"

"까악!"

내가 큰 소리로 부르자 야부코는 놀라 어깨를 움찔했다.

"기, 기리? 뭐야, 놀라게 좀 하지 마. 그보다 아직 파자마 차림이야? 후훗, 너 머리도 뻗쳤어."

"……야부……코……."

야부코다. 정말 야부코가 틀림없어.

살아 있다. 웃고 있어. 지금 여기에서.

이를 확인하자마자 어깨의 힘이 풀린 그때, 우류가 쫓아와 "야, 갑자기 방에서 뛰쳐나가고 그래! 코마리가 놀라잖아!"라며 핀잔을 주었다.

그런 두 사람의 모습을 번갈아 바라보던 나는 다시 불쑥 중얼거렸다.

"살아 있어……."

"뭐?"

"너희 둘 다…… 흑, 멀쩡히 '평범하게' 살고 있어…… 크흑!"

형용할 수 없는 감정이 뒤늦게 북받쳐 오르다 못해 한계를 넘어서자 눈물까지 터져 나왔다.

갑자기 울기 시작한 나를 보고 두 사람은 눈이 휘둥그레졌지만,

나는 개의치 않고 그들을 꽉 끌어안았다. "뭐야?!" 하고 놀라 소리를 지르는 두 사람을 무시하고, 나는 더 강하게 둘을 끌어안았다.

"흐, 흐윽……. 정말 다행이야……."

"기, 기리?! 뭐야, 왜 그래?! 갑자기 왜 우는데?!"

"너 왜 그러냐? 무서운 꿈이라도 꿨냐?"

"……흑, 응……. 엄청나게 무서운 꿈이었어……."

훌쩍이며 중얼거린 나는 그들을 끌어안은 팔에 더 힘을 주었다.

솔직히 내내 불안했다. 겁이 났다.

또 내가 잘못해서 너희들의 미래를 망쳐버리는 게 아닐까 하고. 행복한 미래로 데려다주지 못하는 게 아닐까 하고.

하지만 이번에는 제대로 데려다주었다. 너희를 구해냈다. 내가 타임 리프를 통해 누군가를 구해낼 수 있었다.

나는 온갖 감정이 솟구쳐 올라 어린애처럼 소리 내어 울었다. 당황한 표정을 지으면서도 그런 나를 보며 웃은 우류와 야부코는 내 등을 가볍게 토닥여 주었다.

"뭐야, 어린애냐. 우리가 죽는 꿈이라도 꿨어? 바보 같긴……."

"후훗, 괜찮아, 기리. 우리는 여기 있으니까 안심해."

"그래, 어디에도 가지 않는다고. 왜냐하면……."

두 사람은 활짝 웃으며 내가 '미래를 바꾸었다'라고 확신할 수 있는 명확한 말을 속삭여 주었다.

"우리는 평생 친구잖아. 안 그러냐?"

이번에는 반대로 나를 살며시 끌어안아 준 두 사람의 체온이, 목소리가, 너무 따뜻해서.

나는 또 한심하게 눈물을 뚝뚝 흘렸다.

제3장

팅커벨의 장난

제13화

요정의 빈껍데기

 결국 이 미래에서도 내 운명은 바뀌지 않은 듯했다.

 아침부터 나를 데리러 온 우류에게 끌려가 벌써 세 번째인 여름 방학 보충 수업에 억지로 참가한 나는 또다시 날라리들에게 "간기리, 왜 그렇게 느리냐!", "얼른 뛰어, 이 음침한 녀석아!"라며 온갖 무시를 당하면서 땡볕에서 끝까지 달려야만 했다.

 간신히 지옥에서 해방된 후에는 비틀거리며 혼자 공원으로 가서 한쪽 손에 페트병을 든 채로 벤치에 앉아 고개를 숙였다. 하지만 "하아……" 하고 나도 모르게 한숨을 내쉬자마자 갑자기 뺨에 차가운 무언가가 닿는 바람에 화들짝 놀라고 말았다.

 "으아악?!"

 "푸하하, 뭐냐, 그 이상한 소리는!"

"……우, 우류?!"

장난을 친 범인은 우류였던 모양이다. 우류는 "그러니까 내 이름은 이제 우류가 아니라니까 그러네" 하며 어이없다는 표정으로 한숨을 쉬더니 반으로 자른 아이스크림 한쪽을 내게 내밀었다.

시원한 아이스크림에 긴장했던 어깨가 풀렸다.

"맨날 나를 '치아키'라고 부르더니, 왜 갑자기 우류라고 부르는 거야? 앗……, 설마 그 좋지도 않은 머리로 무언가 계략이라도 꾸민 거냐? 아이고, 무서워라. 벌벌 떨리네."

"바, 바보 취급하긴. 그것보다 우류……가 아니라 치아키, 네가 왜 여기 있어?"

"왜긴. 네가 아침부터 갑자기 울고 그러니까 걱정돼서 온 거잖아. 일부러 네 보충 수업이 끝날 때까지 기다렸다고. 나도 참 상냥하다니까. 역시 절친밖에 없어."

장난스럽게 말하며 아이스크림을 입에 문 우류 아니, 치아키는 벤치에 등을 기댔다.

아마도 이 시간축에서 나와 이 녀석의 관계는 '절친'인 모양이다.

'예전의 미래에서는 나를 죽이려고 했으면서……'라는 생각에 잠시 아련해졌지만, 야부코가 무사히 살아서 평온한 나날을 보내고 있는 것이 무엇보다 우선이라는 생각이 들어서 나도 아이스크림을 입에 물었다.

"그래서 뭘 꾸미고 있는 건데? 아니면 무언가 고민이라도 있어? 절친인 내게 털어놓아 봐, 얼른."

"딱히 고민이랄 건…… 아참, 그렇지. 너 초등학교 때 친구들이 요즘 어떻게 지내는지 알아?"

"뭐? 초등학교 때 친구 누구?"

"뭐, 마리나나 기도나 못치나……."

"그 녀석들의 근황이라니? 그건 너도 잘 알잖아. 악몽을 꾸더니 기억까지 사라졌냐?"

어깨를 으쓱이며 어이없는 표정을 지으면서도 치아키는 내 부탁대로 현재 그들이 어떻게 지내는지 설명해 주었다.

"근황이라고 해봐야 대단할 게 없지. 마리나는 늘 너를 졸졸 따라다니고, 기도는 핫사쿠랑 미캉과 몰려다니고, 서점에서 일하는 못치는 서점 할머니와 종일 붙어 있고. 자, 이것으로 끝."

"……내가 알고 있는 기억과 같구나."

"그야 당연하지. 그 짧은 기간 동안 녀석들의 생활이 크게 변하기야 하겠냐. 사귀는 사람이 생겼다는 소문도 딱히 듣지 못했고."

치아키는 하품을 참아가며 대답하고 녹은 아이스크림을 쭉쭉 빨아 먹었다.

치아키와 야부코를 제외하고는 예전의 미래와 상황이 크게 달라진 사람은 없는 듯했다. 그리고 치아키가 다른 녀석들을 '마리나'나 '못치'로 부르는 걸로 보아 나 이외의 다른 녀석들과도 친해진 듯해서 어쩐지 감개무량했다.

"치아키, 친구가 생겨서 다행이다……."

"뭐? 친구라고는 나랑 코마리 정도밖에 없는 놈이 무슨 소리를 하는 거야? 나 무시하냐?"

"우아, 난 역시 친구가 없는 건가……. 대충 짐작이 가기는 했지만."

한숨을 내쉬며 나도 아이스크림을 빨아 먹었다. 그때, 문득 마음에 걸리는 점이 떠올랐다.

"……야, 치아키. 우리가 언제부터 절친이 되었지?"

내가 묻자 치아키가 의아하다는 듯한 표정으로 고개를 갸웃거렸다.

"응? 이번에는 또 뭐야……. 나는 전학 온 날부터 줄곧 네가 나랑 제일 친한 절친이라고 생각했는데? 왜? 그러면 안 돼?"

"그건 괜찮은데……. 너랑 내가 줄곧 제일 친했으면 못치는? 나, 못치랑 꽤 친했잖아."

그래. 원래 내 '절친'은 못치였다. 치아키가 전학 오기 전까지는 못치와 제일 친했을 텐데, 그 후에 우리 사이는 어떻게 된 거지?

치아키는 미간을 찌푸리더니 "아아……" 하며 시선을 돌렸다.

"못치는 우리와 초등학교 4학년 때까지는 사이가 좋았지만……."

"좋았지만?"

"……아마네가 죽고 나서 조금 변했지. 점점 우리를 피해서 중학교 때부터는 거의 대화를 하지 않았을걸. 나는 집으로 가는 방향이 중간까지 같아서 지금도 가끔 마주치는데, 말을 걸면 밝게 대답은 하는데 반응이 좀 미묘하다고 해야 하나."

아마네가 죽고 나서……. 그 말에 나는 시선을 떨구며 "아……" 하고 애매하게 맞장구를 쳤다.

역시 이번 미래에서도 아마네는 죽은 건가. 그리고 못치와의 관계도 예전과 변하지 않은 듯했다.

"아마네는 언제 죽었어?"

낙담한 내가 묻자 치아키가 머뭇거리더니 작게 대답했다.

"……8월 10일. 너도 기억할 거 아니야. 그 녀석의 생일 파티를 하던 도중에 산비탈에서 떨어졌잖아."

"……."

"그 후로 못치도, 너도 변했어. 특히나 너는 중증이었지. 빈껍데기만 남은 사람처럼 변해서는. 오늘은 웬일로 잘 떠들지만, 평소에는 내가 말을 걸어도 쌀쌀맞게 굴고. 뭐……, 천식 발작으로 의식을 잃은 사이에 좋아하던 애가 죽었으니 네가 그러는 것도 무리는 아니지만……."

"천식?"

우류가 별생각없이 던진 말에 나는 고개를 들었다.

그래, 이번 타임 리프에서는 아마네의 생일 파티 날 이전의 과거로 돌아갔어. 그래서 첫 번째 타임 리프 때 천식 발작을 피한 사건이 없던 일이 된 건가.

'애초에 그 천식 발작은 아마네의 죽음과 직접적인 관련이 없었어. 치아키나 야부코의 과거를 바꿔도 아마네가 죽은 사실이 바뀌지 않은 것을 보면 두 사람도 아마네의 죽음과는 관련이 없어 보여.'

……그렇다면 그 자리에 있던 용의자 후보는 남은 두 사람으로 좁혀진다.

못치 그리고 마리나다.

'두 사람 중 누군가가 범인이라고? 하지만 그 녀석들이 아마네에게 원한 같은 게 있었을까? 사이가 좋았는데.'

묵묵히 생각에 잠긴 내 곁에서 치아키가 "야, 기리. 정말 괜찮냐?"하며 걱정스럽게 나를 바라봤다.

"아마네가 죽은 날도 잊은 걸 보니 역시 땡볕에 너무 달려서 머리가 이상해진 거 아니야? 진심으로 걱정되기 시작하는데."

"……있잖아, 넌 아마네가 정말 사고로 죽었다고 생각해?"

"뭐? 그게 갑자기 무슨……."

"치아키, 차분히 내 말을 들어 줘. 아마네는…… 사고로 죽은 게 아니야. 아마도 살해당했을 거야. 그날, 네버랜드에 있었던 동급생 가운데 누군가에게."

맴맴, 맴맴, 매미 소리가 귓가를 파고들었다.

내 말이 끝나자 한동안 오랜 침묵이 이어졌다. 잠시 후, 치아키는 "뭐?" 하며 의아한 눈빛으로 나를 응시했다.

"아마네가 살해당했다고? 동급생 중 누군가에게?"

"응…… 자살이 아니라면 타살이야. 어쨌든 사고사는 아니야."

목소리를 줄인 나는 팔 년 전 그날, 쓰러진 내 곁에 아마네가 떠온 물이 담긴 비닐백이 남아 있었다는 점, 그런데도 아마네가 추락해 죽었다는 점을 치아키에게 설명했다.

두뇌 회전이 빠른 치아키는 그런 상황에 곧바로 위화감을 느꼈는지 손끝으로 턱을 매만지며 양미간을 찌푸렸다.

"확실히 잘 생각해 보면 부자연스러울지도…… 말도 안 되는 소리 하지 말라고 비웃으려고 했는데, 사고로 위장해 죽였을 가능성도 부정할 수가 없네……."

"있잖아, 치아키. 그 생일 파티 날 말이야. 내가 마리나를 울리고 혼자 사라져 버린 후에 다른 녀석들이 뭘 하고 있었는지 봤어? 수상한 행동을 하는 녀석은 없었어?"

"수상한 행동……은 모르겠고, 네가 어딘가로 가버리자 먼저 아마네가 '기리 짱을 찾아 데려올게'라며 곧바로 쫓아간 건 기억나."

치아키는 그날의 기억을 더듬으며 내가 보지 못한 다른 동급생들의 행동을 설명하기 시작했다.

"남은 우리는 울고 있던 마리나를 잠시 달래주었지만, 너희가 좀처럼 돌아오지 않아서 나중에 못치도 걱정이 되었는지 아마네를 찾으러 갔어."

"어? 못치가? 그럼 못치가 아마네를 죽인 걸까?!"

나도 모르게 큰 소리를 내고 말았다. 하지만 치아키는 "아니, 그건 아직 확실하지 않아……" 하며 목소리를 낮추었다.

"못치가 나간 뒤에 결국 마리나도 너를 찾으러 나갔거든. '기리 짱을 화나게 했으니 사과하고 싶어'라며 말리는 부모님을 뿌리치고 말이야."

"마리나도……?"

"응. 코마리도 찾으러 가고 싶어 했지만, 그 녀석은 툭하면 다치니까 위험해서 내가 가만히 있으라고 말렸어. 그래서 그 후에 그 녀석들이 어떤 행동을 했는지는 몰라. 하지만 너를 가장 먼저 발견한 사람은 마리나였어."

"그래?"

"응. 가지고 있던 휴대 전화로 부모님에게 전화를 걸어서 생생히 기억하고 있어. '기리 짱이 쓰러져 있다'라면서 휴대 전화 밖으로 목소리가 다 새어 나올 만큼 엉엉 울고 있었어."

먼 곳을 바라보며 기억을 더듬던 치아키가 내게 똑똑히 말했다.

마리나는 당시 아동용 휴대 전화를 항상 가지고 다녔다. 그 자리에는 마리나를 데리러 온 마리나의 부모님도 계셨으니 전화로 연락하면 곧바로 어른이 달려올 수 있는 상태였을 것이다. 아마 그 덕분에 내가 산 거겠지.

"못치는 마리나가 우는 소리를 따라가서 우리보다 조금 먼저 현장에 도착했다고 했어. 우리가 그곳에 도착했을 때, 못치가 새파래진 얼굴로 쓰러져 있는 너를 내려다보고 있었거든."

"……."

"그때는 아직 누구도 아마네가 절벽 아래로 떨어진 사실을 눈치채지 못했어. 잠시 후에 달려온 구급대원이 강물에 떠 있던 아마네를 발견했지."

내가 알지 못했던 그날의 일을 이야기한 치아키는 회갈색 머리를 쓸어올리며 숨을 깊이 들이쉬고는 허공을 바라봤다.

"아마네의 장례식은 여전히 떠올리기만 해도 마음이 무거워. 다들 울었지. 나도, 코마리도, 다른 녀석들도……."

"……."

"특히 아마네의 부모님께서 많이 우셨어. 너는 천식으로 입원해서 장례식에 오지 못했으니 모르겠지만, 다 큰 어른인데도 소리 내어 펑펑 우시더라. 뭐……, 그야 그랬겠지. '하나뿐인 딸'을 잃으면 누구나 그럴 거야."

"……뭐?"

─하나뿐인 딸?

치아키가 가볍게 던진 말에 위화감을 느낀 나는 숙이고 있던 고개를 들었다.

"하나뿐인 딸이라니……. 무슨 소리야, 아마네는 외동이 아니잖아. 여동생이 있었지 않아?"

"여동생? 누구한테?"

"아마네한테 말이야. 유키네라고 하는 네 살 어린 여동생."

"유키네? 그런 동생이 있었어? 장례식에 참석한 가족 중에서 여동생은 보지 못한 것 같은데……."

"……어?"

순간 가슴이 덜컥 내려앉았다.

유키네가 아마네의 장례식에 참석하지 않았다고?

'잠깐. 그럴 수가 있나? 당시에 여섯 살이었다고는 해도 언니의 장례식인데. 보통 참석하지 않나? 한집에 살았을 텐데…….'

눈을 굴리며 생각에 잠긴 순간, 어떤 가능성이 내 머릿속을 스치고 지나갔다. 갑자기 손에 땀이 차기 시작했다.

내가 '가노에 유키네'와 알게 된 기간은 열흘 남짓.

그 녀석에 대해 알고 있는 것이라고는 옆 마을의 사립 중학교 학생이라는 것과 나보다 네 살 어리다는 점. 그리고 '가노에 아마네의 여동생'이라는 점뿐이다.

하지만 이건 모두 유키네에게 전해 들은 말일 뿐, 사실인지 확인할 길이 없다.

입고 있던 교복에는 옆 마을 사립 중학교의 이름과 휘장이 박혀 있었지만, 누군가에게 빌렸을 가능성도 충분히 있다.

"야, 치아키……."

내가 떨리는 목소리로 부르자 치아키가 고개를 들었다.

"정말 아마네의 장례식에서 여동생은…… 보지 못했어?"

"음……. 아무리 생각해 봐도 기억나지 않는 걸 보면 역시 없었던 것 같은데. 코마리가 아마네와 친해서 몇 번인가 걔네 집에 함께 놀러 간 적이 있었지만, 여동생은 본 적이 없어."

"집에서도 본 적이 없단 말이지?"

쿵, 쿵, 무겁게 내려앉은 심장 소리가 몇 번이나 이어졌다.

장례식에 참석하지 않았다. 집에도 없었다.

본 사람도, 들은 사람도 없는…… 아마네의 여동생.

'이게 어떻게 된 거지……. 내가 또 터무니없는 착각을 한 게 아닐까?'

뱃속에 벌레가 기어 다니기라도 하듯 소름이 돋았다.

뎅, 뎅.

유키네와 처음 만난 날, 유키네와 마주 앉았던 오래된 민가의 뒷마루에서 하늘을 헤엄치던 금붕어 풍경 소리가 머릿속에 자꾸만 되살아났다.

아마네의 죽음에 대한 의혹을 내게 말해 준 사람은 유키네였다.

타임 리프를 하는 방법을 알려 준 사람도 유키네였다.

치아키와 야부코를 구할 계기를 만들어 준 사람도 유키네였다.

하지만 그 말을 따른 게 과연 잘한 짓일까?

아직 그 녀석의 정체도 확실히 모르는데.

'*당신은 피터, 언니는 웬디. 그리고 저는 당신에게 마법을 걸 팅커벨이에요.*'

내게 요정의 가루를 뿌리며 미소 짓던 장난꾸러기 팅커벨이 머릿속에서 재미있다는 듯이 키득거렸다.

'……유키네……'

여름의 한구석, 속이 보이지 않는 말라버린 번데기.

유키네는 정말로 아마네의 여동생이었을까.

제14화
검푸른색을 흘려내는 눈처럼 하얀 소녀

나는 유키네에 대한 불신감을 지우지 못한 채, 치아키와 함께 공원을 걸었다. 자잘한 자갈을 밟으면서 나도 모르게 고개를 숙여 더러워진 운동화 끈을 바라봤다.

"그래서 자신을 아마네의 여동생이라 소개한 여자가 팔 년 전 그 일이 사고사가 아니라 타살이었다고 널 꼬드겼다는 소리야?"

"······어."

"흐음. 뭐, 부정할 수는 없을지도. 정황상 타살일 가능성도 부인할 수 없으니까."

유키네에 관한 이야기를 들은 치아키는 볼을 긁적이더니 냉정하게 자신의 견해를 밝혔다.

타임 리프에 대한 일은 역시 말하지 못했다. 치아키를 의심해서가 아니라, 어쩐지 과거로 돌아갈 수 있다는 사실은 다른 사람에게 말하지 않는 게 좋을 것 같았기 때문이다.

치아키는 잘생긴 얼굴로 나를 바라보며 다시 물었다.

"그 여자 연락처 같은 건 몰라? 진짜로 아마네의 여동생인지 아닌지 본인에게 직접 물어보면 되잖아. 그게 제일 빠를 것 같은데."

"아니, 연락처는 몰라. 늘 어디선가 갑자기 나타나거든. 신출귀몰하다고 해야 할까……."

"뭐야, 그게. 실제로 존재하긴 하는 거야? 네가 만들어 낸 환상이나 망상은 아니고?"

"글쎄……."

지금도 망상이나 환상 같은 것은 아니라고 생각하지만, 절대 아니라고 단언할 수도 없었다.

늘 갑자기 나타나고, 쓸데없이 타임 리프 같은 것을 잘 알기도 하고, 열네 살이라는 나이치고는 너무 차분하기도 하고……. 존재 자체가 기묘한 건 분명했다.

결국 아무리 생각해 봐도 유키네의 정체를 확신할 만한 답을 찾지 못한 채로 우리는 '다케다 미술 학원'이 있는 연립 주택 앞에 다다랐다.

나와 치아키는 이곳에 다니는 야부코를 데리러 왔지만, 정작 야부코는 건물 앞에서 까까머리를 한 남자 두 명에게 둘러싸인 채로 쓴웃음을 짓고 있었다.

그 광경을 목격하자마자 치아키의 눈빛이 달라졌다.

"부탁드립니다, 야부코 짱! 조금만요! 정말 조금만요! 사람 하나 살린다고 생각하시고!"

"으음……, 아무리 핫사쿠와 미캉의 부탁이라 해도 그건 좀 창피한데."

"제발 어떻게 안 될까요? 평생소원입니다! 살짝! 아주 살짝만요! 키스하는 얼굴 사진을 찍게 해주시면……."

퍼억!

두 손을 모으고 애원하는 핫사쿠의 말이 끝나기도 전에 내 옆에 있던 치아키가 사라졌다. 내가 정신을 차렸을 때는 이미 치아키가 금붕어 똥 두 명에게 발차기를 날리고 있었다.

"끄악!" 하고 비명을 지르며 멀리 날아가 버린 핫사쿠는 미캉과 뒤엉키며 뒤편에 있던 수풀에 처박히고 말았다.

"꺄아악?! 둘 다 괜찮아?!"

"……야, 이 금붕어 똥 같은 녀석들아. 지금 내 여동생한테 무슨 짓을 시키려는 거야. 어?"

날아 차기를 한 치아키는 천천히 고개를 들더니 핏발이 선 눈으로 낮게 으르렁댔다.

"세, 세상에, 치아키! 사람을 차면 어떡해!"라며 야부코가 잔소리를 하는 와중에 정신을 차리고 일어난 핫사쿠와 미캉은 치아키와 눈이 마주치자마자 얼굴을 찌푸렸다.

"으, 으악! 이 시스콤 치아키! 쳇, 조금만 늦게 왔으면 야부코 짱의 키스하는 얼굴을 손에 넣을 수 있었는데……."

"뭐야? 왜 남의 귀여운 여동생의 사진을 찍으려는 건데! 그것도 키스하는 얼굴을! 이상한 일에 쓰려는 건 아니겠지. 죽여 버린다."

"아, 아니에요! 우리는 그저 기도 선배에게 야부코 짱의 사진으로 만든 맞춤 달력을 선물하려고……."

"100퍼센트 불가. 늘 코마리를 변태 같은 눈으로 쳐다보는 녀석에게 그런 걸 허락할 수 없어. 지금 당장 스마트폰 내놔. 코마리의 사진은 전부 지울 테니까."

"으아악! 그런 잔인한 짓을!"

핫사쿠와 미캉에게서 스마트폰을 빼앗은 치아키는 화면을 조작했다. "어차피 패스워드는 기도의 생일이겠지" 하며 쉽게 잠금을 해제한 치아키는 데이터 폴더를 열더니 눈살을 찌푸렸다.

"뭐야! 코마리 사진이 왜 이렇게 많아! 너희들 진짜 장난하냐. 왜 남의 여동생을 멋대로 도촬하고 난리야!"

"아, 아니에요. 이건 도촬한 게 아니에요! 전부 허락을 받고 찍은 거라고요! 성심성의껏! 마음속으로!"

"그걸 도촬이라고 하는 거다! 그런데 사진은 잘 찍었네. 역시 귀여워, 내 여동생은."

"그렇지요?! 미캉이 도촬 센스가 장난 아니거든요!"

"아, 지금 인정했다! 지금 도촬했다고 인정했어."

"아니, 이런! 함정에 빠지다니!"

예나 지금이나 여전히 바보 같은 미캉과 핫사쿠를 보며 어이없어하던 치아키는 뻐기듯이 "이것 좀 봐, 기리. 이 사진 속 코마리, 귀엽지?" 하고 여동생을 자랑하기 시작했다. 당사자인 야부코는 볼을 붉히며 "어머, 그만해! 창피하게!"라며 오빠의 등을 콩콩 때렸다.

나는 그런 남매의 흐뭇한 광경을 눈에 담으면서 치아키의 손에 들린 사진을 바라봤다.

그건 패밀리 레스토랑의 유니폼을 입은 야부코가 스웨터를 입은 남성 고객이 앉은 자리에 요리를 가져다주는 사진이었다.

'……어라? 이 사진, 어디선가 본 적이 있는데.'

낯익은 사진에 기시감을 느끼며 고개를 갸웃거리던 그때, 어슴푸레했던 기억들이 갑자기 불꽃을 튀며 하나로 이어졌다.

그 순간, 천박하고 한심한 제목을 달고 대형 게시판에 올라온 글이 기억 속에 선명하게 되살아났다.

아빠가 매춘부와 재혼했어요.

저도 매춘에 관심이 있어요.

욕구불만이에요. 위로해 줄 남성 모집 중.

그 글이 생각나자 나는 사고가 완전히 멈추어 버렸다.

'어……'

등골이 서늘해지고, 심장이 쿵쾅대기 시작했다.

나는 안구가 건조해질 정도로 두 눈을 크게 뜬 채, 눈앞에 있는 사진을 다시 뚫어지게 바라봤다.

잠깐만.

'이 사진……, 예전의 미래에서 야부코를 죽음으로 몰고 간 그 게시판 글에 함께 첨부된 사진과 똑같잖아?!'

다른 시간축에서 본 야부코의 사진. 그것과 완전히 일치하는 기억에 나는 숨이 막혔다. 몇 번을 봐도 분명히 그때 게시판에 올라온 사진과 같은 사진이었다.

갑자기 초조해진 나는 서둘러 미캉에게 물었다.

"저, 저기, 미캉! 이거 언제 촬영했어?!"

"뭐야, 갑자기……. 음, 아마 올해 봄쯤이었던 것 같은데."

"혹시 다른 사람에게 이 사진을 보낸 적 있어?!"

"아니. 남의 사진이잖아? 하늘에 맹세코 아무에게도 보낸 적 없어! 기도 선배만 빼고!"

"보냈잖아!"

어이없다는 듯이 치아키가 미캉의 까까머리를 내려쳤다. 그러자 핫사쿠가 "나도 가지고 있어. 달력 편집 작업을 내가 하고 있어서" 하고 덧붙였다.

나는 눈을 굴리며 냉정히 이 상황을 정리했다.

이 사진을 가지고 있는 사람은 지금으로서는 세 명.

기도, 미캉, 핫사쿠. 이 가운데 누군가가 예전의 미래에서 야부코를 깎아내리는 글을 게시판에 올렸다는 건가?

"아니, 아직은 몰라. 예전 시간축에서 다른 녀석에게도 사진을 전송했을지도……."

"간기리, 아까부터 뭘 그렇게 중얼거려?"

"……미캉, 핫사쿠. 너희들 인터넷 대형 게시판 같은 걸 이용한 적 있어?"

"인터넷 게시판? 그게 그런 거지? 오타쿠들이 자주 쓰는 거? 그런 걸 보는 녀석이 있나?"

"우리는 그런 거 하지 않아. 믹시(mixi, 한국의 싸이월드와 유사한 일본 SNS 사이트) 커뮤니티에서 노는 게 더 재미있고."

"맞아, 맞아."

둘은 당연하다는 듯이 말하며 고개를 끄덕였다. 보아하니 이 둘은 평소에 인터넷 게시판을 보지 않는 듯했다.

애초에 평범한 고등학생은 그런 대형 게시판에 스레드를 만들 기회가 거의 없다. 올라온 글을 읽는 것은 쉽지만, 직접 글을 올리는 일은 꽤 어렵기 때문이다.

그 게시판은 스레드를 만들거나 댓글을 적을 때 지켜야 하는 독특한 순서처럼 암묵적인 규칙이 존재한다. 흔히 '닥눈삼(닥치고 눈팅 삼 개월)'이라고 하는 것처럼, 처음 온 사람이 아무 지식도 없이 스레드를 만들기에는 장벽이 높은 곳이었다.

'내가 예전의 미래에서 봤던 야부코의 스레드는 게시판을 꽤 잘 아는 녀석이 올린 글 같았어. 그 글을 올린 사람은 핫사쿠나 미캉이 아닌가?'

그렇다면 사진을 가진 사람 중 남는 사람은 기도뿐이지만……, 여전히 야부코에게 마음이 있는 듯한 기도가 그런 식으로 야부코를 깎아내리는 짓을 할까.

"장례식에서도 그 녀석이 가장 슬프게 울었는데……."

"……장례식? 누구의?"

"어? 아니, 아무것도 아니야!"

당사자인 야부코가 고개를 갸웃거렸지만, 나는 거기다 대고 '네 장례식 말이야'라고 말할 수는 없어서 말을 얼버무렸다.

야부코가 죽었을 때와 시간축이 다른 지금, 범인이 기도 무리 중 한 명이라고 단정할 수 있는 증거는 없다. 하지만 사진을 찍은 사람이 미캉이라는 것이 밝혀진 이상, 이 세 사람과 가까운 인물의 범행일 가능성이 커졌다.

기도, 핫사쿠, 미캉 그리고 야부코. 이 네 명과 공통의 연결 고리를 지닌 인물이 가장 유력한 용의자다.

네 사람과 모두 안면이 있고, 사진을 전송받을 수 있는 인물에 한정될 것이다.

예전의 미래에서 연락처는커녕 어디 사는지조차 알 수 없었던 치아키를 제외하면 남는 사람은 역시 못치와 마리나다. 아마네를 죽인 일을 포함해 이번에도 역시 이 두 사람이 유력한 용의자로 떠올라 버렸다.

혹시 아마네를 죽인 범인과 동일 인물일까?

의심이 커지자 가슴 한편이 싸해졌다. 의심하고 싶지는 않지만, 정황상 경계할 수밖에 없다.

그리고 경계해야 할 또 한 사람……. 가노에 유키네도 있었다.

"유키네……."

만약 그 녀석이 아마네의 여동생이 아니라면.

유키네는 어째서 내게 아마네를 구해 달라고 부탁한 걸까. 어째서 나를 과거로 보낸 걸까.

그 녀석의 정체는 뭘까? 목적은 뭐지?

내가 생각에 잠겨 있자 갑자기 치아키가 내 등을 두드렸다.

"……기리. 또 그 여자를 생각하는 거야?"

"……!"

"신경이 쓰인다면 본인을 직접 만나러 가는 게 어때? 아마네의 할머니 댁에서 이야기를 나눈 적이 있다며. 연락처를 모르더라도 거기 가면 만날 수 있지 않겠어?"

뎅, 뎅. 어디선가 풍경 소리가 들려왔다. 나는 치아키의 말에 번쩍 고개를 들었다.

그래, 그 집에 가면 유키네가 있을지도 몰라.

"듣고 보니 그러네. 거기에 가면 그 녀석이 있을지도……."

"걱정되면 내가 같이 가줄까? 네가 위험해지면 내가 있는 힘껏 주먹을 날릴게."

"아, 아니야. 괜찮아. 너라면 진짜 아무렇지 않게 주먹을 날릴 것 같으니까."

치아키의 말을 정중히 거절한 나는 몸을 돌렸다. "나 잠깐 그 녀석을 찾아볼게!"라고 힘차게 외치자 치아키가 "조심해라" 하고 웃으며 손을 흔들었다.

곧바로 네 사람과 헤어진 나는 서둘러 언덕길을 뛰어 올라가 포장되지 않은 샛길을 달렸다.

나무 그늘에 잠들어 있는 길고양이나 가게 처마 끝에 매달린 채 바람에 흔들리는 '빙수' 표지판, 불꽃 축제를 예고하는 포스터를 모두 지나친 나는 예전에 딱 한 번 방문한 적이 있는 유키네의 할머니네 집으로 향했다.

"헉……헉……. 이 근처였던 것 같은데……."

애매한 기억에 의존해 아마도 목적지 부근인 듯한 곳까지 당도한 나. 하지만 비슷비슷해 보이는 목조 건물과 오래된 민가가 여럿 있어 어느 집이 유키네의 할머니 댁인지 정확히 생각나지 않았다.

'어떡하지, 여기까지 왔는데……. 일일이 문을 두드려보는 수밖에 없나?'

이를 악물고 양미간을 찌푸리던 나는 지나쳐 온 신사의 도리이 앞에 사람의 모습이 언뜻 보여 나도 모르게 고개를 들었다.

고풍스러운 도리이 너머.

돌계단을 여러 단 올라간 곳에 가만히 서 있는 밤색 머리의 소녀.

소녀는 내 눈에는 탁하게만 보이는 여름 하늘을 올려다보며 홀로 조용히 서 있었다.

"……유키네?"

그 순간, 주변의 나무들이 바람에 흔들리며 유키네가 서서히 이쪽으로 고개를 돌렸다. 유키네는 돌계단 위에서 탁한 검푸른색을 등진 채, 아무 말 없이 나를 응시하고 있었다.

"유키……."

유키네를 다시 부르던 그때였다.

갑자기 유키네의 몸이 기울어지더니 눈을 감은 유키네가 앞으로 쓰러지기 시작했다.

"어어?! 위험해!"

단숨에 돌계단을 뛰어 올라간 나는 쓰러지는 유키네를 받아들었다. 하지만 원래 근력이 부족한 탓에 제대로 지탱하지 못하고, 결국 나도 함께 쓰러지며 엉덩방아를 찧고 말았다.

"아야야!"

쿵. 돌계단에 한심하게 엉덩방아를 찧으며 얼굴을 일그러뜨린 나. "아야……" 하고 중얼거리며 품 안에 안긴 유키네의 얼굴을 들여다보니 유키네는 창백한 표정으로 눈을 감고 있었다.

"어, 어, 유키네? 무슨 일이야, 정신 차려!"

"……."

"유키네!"

여전히 탁한 빛이 걷히지 않은 하늘 아래.

여름과는 어울리지 않을 만큼 창백한 얼굴을 한 유키네는 내가 아무리 불러도 대답하지 않았다.

제15화
첫사랑 맛의 선물

"정말 미안하게 되었네요. 우리 손주를 이렇게 데려와 주시다니."

딸그락딸그락. 사이다와 얼음을 섞은 칼피스가 컵 받침 위에 올려졌다.

몇십 분 전……. 쓰러진 유키네를 업고 돌계단을 내려온 나는 어찌해야 좋을지 몰라 당황했다. 그때 우연히 지나가던 이웃분이 말을 걸어주신 덕분에 기적적으로 유키네의 할머니 댁을 찾아올 수 있었다. 곧바로 유키네의 할머님을 만나 사정을 설명하고, 유키네를 거실 이부자리에 눕히고 나서야 이제 한숨 돌리려던 참이었다.

이 집에서 칼피스를 마시는 건 이번이 두 번째였다. 툇마루의 처마 밑에서는 여전히 빨간 금붕어가 하늘을 헤엄치고 있었다.

"우리 손주를 구해줘서 정말 고마워요. 내가 제대로 사례를 하지 못해 면목이 없네요."

"아, 아니에요. 사례라니, 무슨 말씀을. 그보다 저……, 유키네 씨는 괜찮나요?"

"단순한 빈혈 같긴 한데……. 이 아이는 옛날부터 몸이 워낙 약해서 종종 이러거든요. 요즘 바깥을 많이 돌아다녀서 햇볕을 너무 많이 쬐었나 싶기도 하고."

인자하게 말씀하신 가노에 자매의 할머님은 구부정한 허리를 한층 더 구부렸다.

다다미가 깔린 방에는 모기향 냄새가 퍼져 있었고, 금붕어 무늬의 풍경이 뎅뎅 울리는 소리가 귓가에 전해졌다.

"기리 씨는 우리 유키네의 친구인가?"

"아니……, 친구라기보다는 지인이라고 해야 하나. 사실 저는 원래 아마네의 친구인데요……."

"아하, 역시 그랬구먼. 어째 아마네의 친구를 많이 닮았다 싶었어. 저기 장롱 위에 올려둔 사진 있지? 그 사진의 맨 앞에 있는 남자아이와 닮았더라고."

유키네의 할머님은 주름진 눈꼬리를 내리며 자리에서 일어나 장롱 위에 놓아둔 사진을 가지고 오셨다. 화질은 상당히 떨어졌지만, 그건 바로 팔 년 전 아마네의 생일날이자…… 아마네의 기일에 찍은 우리의 단체 사진이었다.

"이건……."

"하세가와 씨 댁 따님이 휴대 전화로 찍은 거라며 인쇄해서 그 아이의 장례식날에 주고 갔어."

"하세가와……. 아, 마리나인가. 그 녀석의 휴대 전화로 찍은 사진이구나, 이게."

고개를 끄덕인 나는 그날의 사진을 다시 바라봤다.

사진 속에는 왼쪽부터 치아키, 야부코, 아마네, 나, 마리나, 이렇게 다섯 명이 찍혀 있었다. 사진을 못치가 찍었는지, 여기에는 함께 찍히지 않았다.

웃고 있는 사진 속 아마네를 곰곰이 바라보던 할머님은 "이제 곧 그 아이의 기일이구먼" 하고 중얼거리셨다. 벽에 걸린 일력의 날짜를 흘낏 확인한 나는 그런가 싶어 다시 고개를 떨구었다.

이제 곧 다시 8월 10일이 돌아오는 건가.

"올해는 8월 10일에 여름 축제가 열린다고 하더라고. 아마네는 옛날부터 축제를 좋아했는데, 유키네는 축제에 간 적이 거의 없어서 말이야."

"……축제에 간 적이 없다고요?"

"응. 저 아이는 어릴 적부터 병치레가 잦아서 자주 입원했거든. 집에도 거의 돌아오지 못했지. 언니의 장례식에도 얼굴을 비추지 못했어."

안쓰럽다는 듯이 미소를 지은 할머님은 안쪽 이불에 누워 있는 유키네에게 시선을 돌렸다.

"요즘은 예전보다 조금씩 건강해지고는 있는데, 가끔 오늘처럼 쓰러지고는 한다니까."

그렇게 이어진 말에 나도 입을 다문 채 유키네의 모습을 바라봤다. 그러자 유키네가 "으음……" 하고 작게 신음하더니 잠시 후 눈을 떴다.

"……유키네!"

"……어라, 기리 씨? 여기는 어떻게……."

"아이고, 유키네. 정신이 들었어? 잠깐 기다려 봐라. 소화가 될 만한 음식을 좀 가져올 테니."

유키네의 할머님이 자리에서 일어나 방을 나가자마자 나는 유키네의 곁으로 다가갔다. 나는 힘없이 눈을 깜박이는 유키네의 곁에 앉은 다음, 입을 열었다.

"유키네, 괜찮아?"

"응? 후훗, 뭐예요? 걱정해 준 거예요?"

"그야……."

"어머……, 미안해요. 하지만 괜찮아요. 언니처럼 씩씩하고 기운이 넘치지는 않아도 저도 나름대로 장난칠 체력 정도는 있으니까요."

유키네는 입꼬리를 올리며 조금 허무한 미소를 지었다. 그 얼굴에서 아마네의 그림자가 엿보여 나는 한순간이나마 유키네의 정체를 의심했던 것이 미안해졌다.

"⋯⋯미안해. 너 정말 아마네의 여동생이 맞았구나."

"네? 후훗, 갑자기 무슨 소리를 하나 했더니. 하지만 이제 슬슬 그런 말을 꺼내지 않을까 생각하고 있었어요."

"뭐?"

"제 정체가 무엇인지, 수상하게 생각하지 않을까 하고요. 보나마나 친구에게 들었겠지요. 가노에 아마네에게 여동생 같은 건 없다고요."

옅은 미소를 띠며 정곡을 찌르는 바람에 나는 말문이 막혔다.

"당연히 그럴 거예요. 아무도 제 존재를 모르니까요."

유키네는 천장을 바라보며 말을 이었다.

"저는 어릴 적부터 줄곧 병원에서 지냈어요. 사실 언니랑도 거의 어울려 본 적이 없어요. 가끔 면회를 와주기는 했지만, 언니는 아마 저보다 엄마를 만나러 왔을 거예요. 몸이 약한 저를 엄마가 내내 돌보시느라 언니가 많이 외로워했거든요."

"⋯⋯."

"저는요, 입원해 있는 동안 줄곧 피터 팬을 기다렸어요. 별님과 가장 가까운 곳에서 계속 말이지요."

나는 갑자기 화제가 바뀌는 바람에 미간을 찌푸렸다. 하지만 유키네는 이를 모른 척하며 옛 추억을 회상하듯 미소를 지었다.

"왜, 피터 팬이 창문으로 들어와 웬디를 밖으로 데리고 가주잖아요. 저도 어릴 적에 그런 일이 생겼으면 했어요."

"……아, 그럴 수도 있겠네."

"그래서 늘 남몰래 병원 창문의 잠금장치를 풀어 두었어요. 언제든지 피터 팬이 데리러 올 수 있도록. 언제든지 네버랜드에 갈 수 있도록."

……뭐, 그런다고 올 리가 없겠지만.

유키네는 그렇게 말하고는 천천히 몸을 일으켰다. 그리고 흐트러진 머리카락을 묶고 있던 머리끈을 풀어 손목에 걸더니 눈을 내리깔았다.

"피터 팬은 결국 데리러 오지 않았어요. 오히려 저보다 먼저 피터 팬을 발견한 사람은 언니였어요."

"……아마네가?"

"네. 만날 때마다 언니는 늘 그 사람에 대해 이야기해 주었어요. '잃어버린 아이들(Lost Boys, 애니메이션 〈피터 팬〉의 등장인물로 피터 팬과 함께 사는 아이들을 말한다)'의 대장인 피터 팬처럼 반 아이들의 리더이자 후크 선장 같은 나쁜 폭군에 맞서 싸울 만큼 용감하고, 웬디 같은 여주인공의 사랑을 받는, 비밀 기지의 히어로에 관한 이야기를요."

유키네는 살그머니 내 손을 잡더니 깍지를 꼈다. 쿵 하고 가슴이 뛰면서 얼굴이 달아오른 그때, 유키네가 내 품에 기대왔다.

"⋯⋯어?!"

"⋯⋯나의 히어로. 언니에게 들은 당신의 이야기는 내가 꿈꾸고 동경하던 것이라, 나는 그런 언니가 내내 부러웠어요."

"유, 유키네?!"

"기리 씨, 그거 알아요? 팅커벨은 질투가 정말 심하다는 걸요."

유키네는 내 품에 기댄 채로 고개를 들더니 눈을 크게 뜨고 아주 가까운 거리에서 나와 눈을 마주쳤다.

요정처럼 사랑스러운 모습. 첫사랑과 많이 닮았지만, 어딘지 모르게 위화감이 들 만큼 어른스러운 표정. 그것은 내 기억 속에 남아 있는 아마네의 분위기와 너무 달라서 유키네 스스로 자신은 아마네와 다른 존재라고 주장하는 듯했다.

나답지 않게 의식해 버린 와중에 부드러운 샴푸 향이 코끝을 스치자 마치 마법에 걸린 것처럼 꼼짝도 할 수 없었다.

시계 초침이 움직이는 소리.

빨간 금붕어 풍경의 소리.

녹은 얼음이 칼피스 안에서 딸그락하고 가라앉는 소리.

그 모든 것이 선명하게 들리고 있는데도 아무것도 귓가에 전해지지 않았다.

긴 속눈썹이 다가와 코끝에 닿으며 입술에 부드러운 열기가 느껴진 순간에는 그야말로 온몸이 마비된 것처럼 굳어 버렸다. 끌어당겨진 목 뒤에 닿은 손이 차가웠던 덕분에 숨 쉬는 것조차 잊어버렸던 나는 간신히 정신을 차릴 수 있었다.

한순간의 입맞춤을 마친 요정은 얼어붙은 나를 보며 피식 웃었다.

"표정이 왜 그래요."

눈앞에서 터져 나온 웃음소리. 이제야 정상적으로 작동하기 시작한 사고. 아무 말도 하지 못한 채, 풍경에 그려진 금붕어처럼 입만 뻐금거리는 나.

그 모습을 이상하게 바라보던 유키네는 내 손을 놓고 다시 이불에 누웠다.

"좋았지요? 여중생의 첫 키스라고요. 당신에게 줄게요."

"……웃, 유, 유키네……?!"

"장난쳐서 미안해요, 기리 씨. 하지만 시간이 별로 없거든요. 당신을 만날 수 있는 게 이번이 마지막일지도 몰라요."

"……뭐라고?"

갑작스러운 입맞춤에 당황했지만, 나는 유키네의 의미심장한 말에 냉정함을 되찾았다. 내가 "그렇게나 몸이 안 좋은 거야?" 하고 초조하게 묻자 유키네는 어이없다는 듯이 "아니, 전혀요"라고 대답했다.

"오히려 몸 상태는 지금이 제일 좋아요. 중학생 때라 학교도 멀쩡히 잘 다녔다고요. 걱정하지 않아도 앞으로 사 년 동안은 죽거나 하지 않을 테니까 걱정하지 마요."

"앞으로 사 년이라니……? 그게 무슨 소리야."

"실은 말이지요. 타임 리프에 관해 기리 씨에게 말하지 않은 점이 하나 있어요. 하지만 이제 마지막이고, 첫 키스도 한 김에 가르쳐 줄게요."

또다시 장난스럽게 입꼬리를 올린 유키네는 손목에 걸고 있던 별 장식 머리끈을 내게 보여 주었다.

"이거, 다른 하나는 기리 씨에게 맡겼잖아요. 과거의 언니와 이어지는 '조건'으로."

"어, 어어."

"이 머리끈 말인데요. 제가 가지고 있는 다른 한쪽은 사실 '이어지는 곳'이 달라요."

"……어?"

유키네가 밝힌 새로운 사실에 나는 눈을 크게 떴다. 이어지는 곳이 다르다니. 나처럼 팔 년 전 아마네의 곁으로 돌아갈 수 있는 게 아니라는 건가.

그렇다면 대체 어느 과거로? 내가 궁금해하기도 전에 유키네는 쉽게 답을 가르쳐 주었다.

"이건 지금의 당신과 연결되어 있어요, 기리 씨."

또렷하고 선명하게, 유키네가 말했다.

나는 그 말뜻을 이해하지 못해 한동안 아무 말도 하지 않았지만, 잠시 후 간신히 "뭐……?"라며 쉰 목소리를 쥐어 짜냈다.

"나라니? 그게 무슨 뜻이야? 너는 내 과거로 돌아와 내 운명을 바꿀 수 있다는 거야?"

"네. 지금도 당신의 운명을 바꾸고 있는 중이에요."

"하아……."

―"저는 사 년 후의 미래에서 온 가노에 유키네거든요."

뎅, 풍경 소리가 한층 더 크게 고막을 때렸다.

나는 눈을 크게 뜬 채로 유키네의 얼굴을 바라보며 그대로 얼어붙었다. 머릿속에서 엉키기 시작한 당혹스러운 감정을 풀어 주려는 듯, 유키네는 차분히 말을 꺼냈다.

"지금까지 기리 씨가 만난 저는 사 년 후의 저, '2016년'의 가노에 유키네예요. 몸은 어리지만, 정신은 지금의 기리 씨와 같은 열여덟 살이지요. 미래에서 타임 리프를 해서 지금 여기에 있는 거예요."

"……뭐, 뭐라고?"

"목적도 기리 씨와 같아요. 제가 느낀 후회를 없애고자 왔지요. 단 한 번도…… 당신을 직접 만나지 못한, 그 후회를요."

유키네는 이쪽을 바라보며 다시 내 손을 잡았다. 그러고는 "기리 씨, 지금부터 제가 하는 말을 잘 들어 주세요" 하고 운을 떼더니 이렇게 말했다.

"사 년 후의 미래에…… 당신은 이 세상에 없어요."

"?!"

"2012년 8월. 당신은 투신자살로 세상을 떠나요. 자살한 장소는 언니가 죽은 바로 그곳. 그곳에 남겨져 있던 스마트폰에는 '내가 아마네를 죽였다'라고 자백하는 내용의 유서가 있었어요."

"내, 내가 자살을?! 유서라니?! 그보다 2012년 8월이라면 지금 이잖아!"

"맞아요. 기리 씨는 올여름에 자신의 죄를 뉘우치며 자살하게 돼요. 그래서 제가 처음에 물은 거예요. 당신이 언니를 죽였냐고. 당신이 유서에 쓴 내용이 사실인지 아닌지 확인하기 위해서요."

"……!"

―당신이 언니를 죽였나요?

처음 유키네를 만났을 때, 유키네가 내게 직설적으로 물었던 그 선명하고도 강렬한 말이 떠올랐다.

지금 이 이야기가 사실이라면 유키네는 처음부터 내가 과거에 저지른 잘못을 알고 있었다는 뜻이다. 허풍을 떨거나 되는 대로 말하며 나를 떠본 게 아니라, 다 근거가 있어서 물은 말이었다.

차례차례 드러난 사실에 나는 경악했다.

하지만 유키네는 "그 결과, 당신의 유서 내용은 거짓이었어요"라며 뜻밖의 말을 꺼냈다.

"거짓이었다니?"

"네, 거짓이었어요. 그 유서는 누군가가 꾸민 가짜였어요."

"가짜라니……!"

"당신의 유서에는 '내가 아마네를 절벽에서 밀어 떨어뜨려 죽였다'라고 적혀 있었어요. '그때의 혼란으로 천식 발작이 일어나 쓰러졌다'라는 말도 있었지요."

"뭐라고?!"

사실과 전혀 다른 내용에 나도 모르게 목청을 높이고 말았다.

내가 아마네를 밀어서 떨어뜨렸다고?

그런 기억은 없다. 그럴 리가 없다.

대체 왜 그렇게 된 거지?

"그 유서는 잘못되었어요, 기리 씨. 당신은 언니를 밀치지 않았지요. 천식 발작도 언니가 강물에 떨어지기 전에 일어났을 테고요. 이렇게 엇갈리는 사실이 뭘 의미하는지 알겠어요?"

유키네가 물은 순간, 유키네가 무엇을 말하려는 건지 곧바로 이해되었다. 그 순간, 여름인데도 매서운 한기가 나를 덮쳤다.

온몸에 소름이 돋은 나는 "알겠군요"라는 유키네의 냉정한 말에 손이 떨렸다.

"내가…… 자살이 아니라는 거야?"

"맞아요."

"……타살이라고?"

"네. 누군가가 당신을 자살로 위장해 죽였어요. 즉, 당신은 살해당할 가능성이 있어요. 며칠 안에."

유키네는 차분한 얼굴로 이렇게 말하고는 내 손을 꽉 잡았다.

"저는 당신을 구하기 위해 과거로 왔어요."

"……윽."

"당신을 죽인 범인은 2004년에 발생한 언니의 죽음과도 깊은 관련이 있을 거예요. 아마도 동일범이겠지요. 하지만 제가 직접 그 당시로 타임 리프를 해도 그 무렵의 저는 아직 여섯 살인데다 입원을 하고 있어서 병원 밖으로 나갈 수도 없어요."

"그래서 일부러 과거의 내게 와서 팔 년 전 사건의 범인을 찾아 달라고 부탁한 거야?"

"맞아요. 언니의 죽음을 뼈저리게 후회하고 있는 당신이라면 반드시 타임 리프를 성공할 거라는 확신이 있었으니까요."

유키네는 미소를 지으며 "결과는 제 예상을 뛰어넘었지만요"라고 말했다. 너무 놀라 아무 말도 하지 못하고 있는 내 손을 잡은 채로, 유키네는 경고에 가까운 말을 했다.

"이제 시간이 없어요, 기리 씨. 서둘러 범인을 찾지 않으면 당신의 목숨이 위험해요."

"서두르라고 해도……."

"걱정하지 마요. 이제 곧 해결할 수 있을 거예요. 용의자가 꽤 많이 줄어들었잖아요. 아니에요?"

확증을 갖고 묻는 유키네를 보며 나는 시선을 떨구었다. "사진……"이라고 중얼거리자 유키네가 미소를 지었다.

"미캉과 핫사쿠가 휴대 전화로 찍은 사진을 가지고 있었어. 예전의 미래에서 야부코가 죽게 된 계기를 만든 사진을. 그걸 기도에게도 보냈고."

"그렇군요. 사진이라……."

"하지만 기도 무리는 팔 년 전 생일 파티에는 오지 않았어. 아마 야부코에 대한 원한도 없을 거야. 애초에 그 녀석들은 누군가를 중상모략하려고 대형 게시판에 긴 글을 올리는, 그런 성가신 방법을 좋아하지 않아. 마음에 들지 않는 놈이 있으면 곧바로 결투를 신청하는 타입이라고."

사견을 섞어 말한 나는 "아마 기도는 아닐 거야……. 나머지 두 명 중 한 명일 가능성이 높아"라고 단언했다.

유키네는 한동안 생각에 잠겼지만, 잠시 후 자리에서 일어났다.

"어, 유키네! 일어나도 괜찮아?!"

"……조금 어지럽긴 하지만 괜찮아요. 그냥 빈혈이에요. 그보다 이거, 뭔지 알겠어요?"

유키네가 내민 것은 아까 유키네의 할머님이 보여주신 팔 년 전에 찍은 단체 사진이었다. 빛바랜 사진을 받아든 내가 "아, 이건 마리나의 휴대 전화로 찍은 사진 아니야?"라고 대답하자 유키네가 다시 물었다.

"이때 마리나 씨의 휴대 전화로 찍은 사진은 이것 하나만이 아닐 거예요. 맞죠? 그 휴대 전화로 동영상이나 사진을 찍으며 놀았다고 했잖아요."

"……!"

"그날 촬영한 동영상이나 사진에 무언가 단서가 남아 있지 않을까요? 마리나 씨에게 무언가를 캐물을 수 있을지도 모르는데, 마리나 씨의 휴대 전화를 한번 조사해 볼 가치는 있을 거예요."

"듣고 보니……."

"뭐, 그때의 데이터가 아직 남아 있어야 가능한 이야기지만요."

'아무래도 팔 년 전에 썼던 폴더폰이긴 하니까요' 하고 작게 덧붙인 유키네는 내게 빛바랜 단체 사진을 맡겼다.

"기리 씨, 마리나 씨를 찾아갈 거라면 조심하세요. 마리나 씨가 범인일 가능성도 있어요. 이미 과거가 몇 번 바뀌었기 때문에 꼭 자살로 위장해서 살해하지 않을 수도 있어요. 갑자기 칼에 찔릴 가능성도 있다고요."

"……야, 무슨 그런 살벌한 농담을 하고 그래."

"농담이 아니에요! 조심하지 않으면 정말 죽는다고요! 저는 당신을 반드시 미래로 데려가기 위해 이곳까지 왔어요! 인제 와서 죽으면 곤란해요……."

유키네는 보기 드물게 불안한 표정을 짓더니 다시 내 손을 꽉 잡았다. 살짝 떨리는 가냘픈 손. 설마 우는 건가 싶어 초조해진 나는 유키네를 안심시키고자 어깨를 토닥였다.

"그, 그런 표정 짓지 마……. 걱정하지 마. 내가 꼭 범인을 찾아서 무사히 돌아올게. 너는 몸이 괜찮아질 때까지 푹 자. 아무 일도 없을 테니까."

"……."

"고마워, 유키네. 먼 미래에서 나를 구하러 와줘서. 하지만 나머지는 내게 맡겨. 내가 반드시 범인과 결판을 낼 테니까."

나는 애써 부드러운 미소를 지으며 불안해 보이는 유키네에게 자상하게 말을 건넸다. 유키네는 고개를 살며시 들고는 촉촉해진 눈으로 나를 바라봤다.

"……기리 씨."

"어?"

"무사히 돌아오면 또 키스해도 돼요?"

"키?! 어……, 아, 그게 그러니까! 자, 잘 모르겠어……."

"후훗, 패기 없기는."

어색하게 대답한 내 볼에 불시에 쪽 하며 작은 장난을 치는 소리가 났다. 부드러운 입술의 감촉에 놀라 눈이 휘둥그레진 나는 곧 얼굴이 뜨겁게 달아올랐다.

"……윽!"

"이건 선불인 걸로."

의기양양한 표정으로 입꼬리를 올린 유키네의 미소.

한순간 심장을 꿰뚫린 나는 화끈거리는 얼굴을 양손으로 덮은 채, "너, 자꾸 이럴래……"라고 중얼거리며 그 자리에 주저앉을 수밖에 없었다.

제16화

이어붙인 교차로

하세가와 마리나는 예전부터 이른바 '성실하고 착한 아이'로 성격도 온순했다. 전형적인 '곱게 자란 아가씨'였으며, 내가 아마네를 잃고 빈껍데기로 변해버린 후에도 유일하게 나를 곁에서 챙겨준 오랜 친구였다.

아침에는 '굿모닝, 오늘은 뭐 할 거야?'라는 문자를, 밤에는 '잘자, 내일 봐!'라는 문자를 보냈다. 거의 매일, 심지어 내가 무시해도 여전히 소소하게 연락해 왔다.

내가 친구나 가족과 거리를 두고 마음을 닫아 버렸을 때도 마리나만은 나를 외면하지 않았다.

그런 마리나가 어쩌면 나를 죽이려 들지도 모른다니, 생각만 해도 골치가 아팠다.

'아니겠지. 마리나⋯⋯, 넌 그런 애가 아니잖아.'

반쯤 비는 심정으로 마른침을 삼킨 나는 호화로운 저택의 문 앞에 섰다. 역시나 부자인 마리나네 집은 정원이 딸린 호화로운 저택으로, 구석구석까지 관리가 잘 되어 있었다.

심호흡한 다음 인터폰을 누르자 잠시 후 스피커에서 목소리가 흘러나왔다.

'네.'

"아⋯⋯. 저, 저기, 마리나의 친구인데요⋯⋯."

'어? 기리 짱?!'

스피커 너머에서 내 이름을 부르는 익숙한 목소리가 들려왔다. 인터폰을 받은 사람이 마리나였는지 금세 문을 열어 주었다. '어서 들어와' 하며 재촉하는 목소리에 부지 안으로 발을 들이자 곧바로 현관문을 열고 나온 마리나가 종종걸음으로 다가왔다.

"기리 짱, 어쩐 일이야? 우리 집에 다 오고 별일이네?"

"아, 그게 말이지, 너한테 좀 상의할 게 있어서⋯⋯."

"상의라니, 무슨 일인데? 뭐든지 말해! 널 위해서라면 뭐든지 도울 테니까!"

점이 난 입가가 부드럽게 휘어지며 사근사근한 미소를 보였다. 역시 이 녀석은 어릴 때부터 변한 게 없구나 싶어서 마음이 놓인 나는 유키네에게 받은 사진을 마리나에게 보여 주었다.

"혹시 이 사진 기억나?"

"어? 이건……, 초등학교 때 마리나가 휴대 전화로 찍어서 모두에게 나눠준 사진 같은데."

"모두에게?"

"응. 아, 하지만 기리 짱에게는 없을 수도 있겠다. 아마네 짱이 죽고 나서 네가 워낙 침울해 보여서 아마네 짱의 사진을 보여주면 화낼 줄 알았거든……."

마리나는 머뭇거리며 말하더니 고개를 숙였다.

치아키도 말했듯이 아마네가 죽었을 당시 나는 여러모로 충격을 받아 빈껍데기처럼 변해 버리고 말았다. 아마 마리나도 그런 나를 배려해 이 사진을 건네지 않은 것이겠지.

'이 녀석은 상냥하니까'라고 생각하며 나는 "그랬구나" 하고 맞장구 쳤다.

"……이 사진이 왜?"

잠시 후 마리나가 묻자, 나는 본론을 꺼냈다.

"이 사진을 다들 가지고 있잖아. 보고 있으니까 옛날 생각이 나서 나도 갖고 싶어져서 말이야. 혹시 그때 데이터가 남아 있지는 않아?"

"뭐? 그때 데이터? 이 사진은 초등학생 때 썼던 휴대 전화로 찍었잖아. 이제 어디 있는지도……."

"마리나, 부탁이야! 한번 찾아봐 줘!"

"어, 어어?!"

내 부탁을 들은 마리나는 무척이나 당황해했지만, 나는 다시 두 손을 모으며 "평생소원이야!" 하고 외쳤다. 마리나는 조금 망설이는 듯했지만, 이윽고 한숨을 내쉬며 내 부탁을 받아들였다.

"으, 으응. 어쩔 수 없지……. 찾아볼게."

"정말?! 고마워, 마리나. 역시 믿을 사람은 너밖에 없어!"

"그렇게 좋아할 만큼 그 사진이 갖고 싶어?"

조금 의아하다는 듯이 고개를 갸웃거린 마리나는 "찾는 데에 시간이 좀 걸릴 수 있으니까 일단 안으로 들어와" 하며 나를 현관 안으로 불러들였다.

하세가와 저택은 현관 입구부터 이미 대저택의 분위기가 물씬 풍겼고, 손님용 슬리퍼와 응접실까지 마련되어 있었다. 준비된 슬리퍼로 부리나케 갈아 신은 나는 마리나를 따라 계단을 올라갔다.

"오랜만에 왔는데도 역시나 대단해, 너희 집은……."

"후훗, 그래? 어릴 적 친구가 찾아온 건 오랜만이야. 초등학생 때는 다들 자주 놀러 오고는 했는데……."

그립다는 듯이 중얼거린 마리나는 자신의 방으로 나를 안내했다.

오랜만에 방문한 넓은 실내는 새먼핑크나 라벤더처럼 연한 파스텔색 분위기로 통일되어 있었고, 귀여운 소품이나 인형이 놓인 모습이 그야말로 소녀를 위한 방이었다. 창가에 놓인 스틱 타입의 룸 스프레이가 방 전체에 향긋한 냄새를 풍기고 있었다.

"아무 곳에나 편히 앉아. 나는 휴대 전화를 찾아볼 테니까."

'편히 앉으라고 해도 앉을 만한 곳이 침대 정도밖에 없는데.'

나는 주어진 상황을 알아차리자마자 잠시 불순한 생각이 스치고 지나가서 고개를 흔들며 생각을 떨쳐냈다.

제 발로 찾아와 놓고 뒤늦게 '생각해 보니 여자아이 방에 단둘이 있잖아' 하고 의식해 버리면 어쩌자는 거야.

"상대는 마리나라고. 괜찮아, 그냥 친구잖아. 아무 일도 일어나지 않을 거야, 그럼……."

"아! 기리 짱, 찾았어! 휴대 전화!"

"어?!"

내가 중얼거리며 혼잣말을 하는 사이에 마리나가 금세 휴대 전화를 찾아낸 듯했다. 생각보다 쉽게 찾아낸 휴대 전화를 들고 마리나가 달려왔다.

"짜잔!"

"우아, 정말 대단하다, 마리나! 정말 고마워! 덕분에 살았어!"

"후훗! 그런데 충전기가 없는 것 같아. 휴대 전화는 모양이나 색상이 대충 기억났는데, 충전기는 어떤 거였는지 기억이 나지 않아서……. 찾으려면 시간이 좀 걸릴지도 몰라."

미안해하는 마리나를 보며 나는 "아, 그렇구나……" 하고 시선을 떨구며 생각에 잠겼다.

충전기……. 그러고 보니 휴대 전화 판매점에 가면 옛날 휴대 전화도 충전을 해준다고 들은 적이 있는 것 같은데.

"있잖아, 마리나. 이 휴대 전화 잠시만 빌려줄 수 있어? 판매점에 가서 충전해 달라고 하게."

"어? 으, 으음……, 빌려주기는 좀 그런데……."

역시나 빌려주는 건 거부감이 들었는지 마리나는 떨떠름한 기색을 보였다. 하지만 나도 모처럼 얻은 단서를 이대로 놓칠 수는 없어서 "부탁이야! 사진만 인쇄할게!" 하며 필사적으로 졸랐다.

마리나는 잠시 망설이는 듯했지만, 내가 간청하자 마지못해 뜻을 굽혀 주었다. 마리나는 "그렇게까지 말한다면 어쩔 수 없지……. 대신 사진 폴더 말고 다른 건 보지 말아 줘. 알았지?" 하며 휴대 전화를 건네주었다.

"걱정하지 마. 사진만 인쇄하면 곧바로 돌려줄게!"

"정말이야?"

"하늘에 맹세할게!"

새빨간 거짓말을 늘어놓으며 고개를 끄덕인 나는 휴대 전화를 받아들고 자리에서 일어났다.

하지만 마리나는 여전히 미심쩍은 표정을 지었다. 나는 눈을 굴리며 어색하게 미소를 지었다.

"걱정되면 너도 같이 갈래? 지금부터 충전하러 갈 건데……."

"아니. 가고 싶지만 지금부터 바이올린 레슨이 있어서."

"아, 그, 그래? 그럼 이거 잠시만 빌리고 금방 돌려줄게."

"오래되었으니까 화질은 기대하지 않는 게 좋아. 알았지?"

걱정스럽게 한마디를 덧붙인 마리나는 나를 현관까지 배웅해 주었다.

이렇게 '소녀의 방'이라는 일종의 마굴에서 보물인 휴대 전화를 찾아낸 나는 하세가와 저택을 나왔다.

이 안에 범인을 특정할 수 있는 단서가 조금이라도 있으면 좋겠지만.

기대와 불안감이 교차하는 가운데, 나는 손에 든 마리나의 휴대 전화를 바라보며 휴대 전화 판매점으로 향했다. 그러다 그때, 갑자기 길모퉁이를 지나는 누군가와 어깨를 부딪치고 말았다.

"아야……!"

"으앗, 위험하게!"

자칫하다 땅에 떨어뜨릴 뻔한 휴대 전화를 꽉 붙잡은 채 나는 "미안합니다!" 하며 부딪친 사람을 바라봤다. 하지만 그 녀석과 눈이 마주친 순간, 내 표정은 굳고 말았다.

"……아, 뭐야? 간다, 너냐?"

"기도?!"

여전히 무뚝뚝한 표정으로 나를 노려본 사람은 웬일로 혼자인 기도였다. 과거를 바꾸었기에 치아키가 예전에 남겼던 얼굴의 상처는 말끔히 사라졌지만, 우락부락한 얼굴은 예전과 크게 다르지 않았다.

평소 같으면 기도와 제대로 대화를 나눌 기회조차 거의 없겠지만, 어째서인지 오늘은 기도가 잔뜩 신이 나서는 "너 마침 잘 만났다!" 하며 내 어깨를 붙잡았다.

"어? 왜, 뭔데?"

"너, 집 밖으로 잘 안 나오잖아. 평소에 인터넷 자주 보지?"

"……뭐?"

"잠깐 이 메일 좀 해석해 줘."

나는 무슨 상황인지 알지도 못한 채로 조용히 폴더폰을 건네받았다. 핫사쿠나 미캉과 함께 찍은 스티커 사진이 붙어 있는 휴대전화를 열자 이모티콘이 가득한 장문의 메일이 눈에 들어왔다.

아마도 여자에게서 온 메일이겠지만, 귀엽게 꾸민 모습과는 달리 문장 자체에는 인터넷 용어가 엄청나게 사용되어 보는 순간 뇌가 멈출 것만 같았다.

"이게 뭐야?!"

"인터넷에서 알게 된 여자애인데……. 메일 주소까지는 교환하게 되었지만 무슨 말을 하는지 전혀 모르겠어."

"뭐? 인터넷에서 알게 되었다고? 너, 야부코를 좋아하는 게 아니었냐?"

"으……, 아, 아니. 야부코는 물론 귀엽고 가슴도 크지만……, 치아키가 나를 쓰레기 취급하며 견제해서 전혀 다가갈 수가 없다고. 그래서 인터넷상에서 좀 가벼워 보이는 여자를 찾은 거야."

"그거야 네가 그런 눈으로 보니까 치아키가 견제하는 거지……."

나는 한숨을 내쉬면서도 메일에 적힌 문장을 살펴봤다.

이모티콘이나 메일을 꾸민 모습에서 오래전 감성이 느껴지는 데다 '핑프', '눈새', 'ㅋㅋㅋ'처럼 모 대형 게시판에서 쓰이는 인터넷 용어가 잔뜩 들어가 있었다.

상대방의 메일 주소도 일회용인 듯한 분위기가 풍겼기에 나는 "아……" 하고 대충 상황을 파악한 후 다시 기도에게 시선을 돌렸다.

"……기도. 미안하지만, 이거 상대방이 남자 같은데."

"남자 아니야. 아리사 짱이라고."

"그러니까 상대방이 여자인 척하는 아저씨라고!"

"뭐어?! 거짓말하지 마! 스티커 사진도 얼마나 귀여웠는데!"

"그런 건 인터넷에서 얼마든지 구할 수 있어."

"진짜야?!"

쿵 하는 효과음이 들릴 듯한 표정을 지으며 경악한 기도는 어깨를 축 늘어뜨렸다. "두 달이나 작업을 걸었는데……" 하며 고개를 폭 숙인 기도는 크게 낙심하고 말았다.

크게 상심한 기도를 동정하면서도 나는 간단한 인터넷 용어조차 이해하지 못하는 기도를 보며 역시 예전의 미래에서 야부코를 깎아내린 사람은 기도가 아닐 것이라는 확신을 얻었다.

'인터넷 용어도 모르는 녀석이 게시판에 스레드를 만들어 글을 올릴 리는 없지.'

혼자 고개를 끄덕인 나는 상심한 기도의 어깨를 두드렸다. "기운 내. 언젠가 좋은 만남이 생기겠지" 하고 뻔한 말로 위로하다 문득 작은 의문이 머리를 스쳤다.

'……어라? 지금 이 녀석 '상대방에게 두 달이나 작업을 걸었다'라고 했지?'

"기도. 인터넷 용어도 모르면서 어떻게 두 달이나 이 녀석과 메일을 주고받았어?"

내가 묻자 기도가 천천히 고개를 들었다.

"그거야 간단하지. 모르는 부분만 이런 걸 '아는 녀석'에게 보내서 해독해 달라고 했어."

"……이런 걸 아는 녀석이 누군데?"

"모치즈키."

기도의 입에서 가볍게 흘러나온 것은 뜻밖에도 못치의 이름이었다. 나는 한순간 말문이 막혀 잠시 뜸을 들이다가 얼굴을 찌푸리며 "못치……?" 하고 물었다.

"못치는 인터넷을 자주 하나 보지?"

"그런가 봐. 고등학교에 가지 않은 탓에 친구들과 쉬는 날이 맞지 않아서 비는 시간이 많나 보더라고. 인터넷 게시판 같은 걸 보면서 시간을 때운다더라. 그 녀석은 원래 떠도는 정보에 관심이 많잖아."

"……."

"……응? 간다, 왜 그래? 갑자기 얼굴이 창백해져서는."

의아해하는 기도.

나는 시선을 돌리며 떨리는 목소리를 쥐어 짜냈다.

"그럼 너……, 못치와 두 달 정도 계속 연락하고 지낸 거야?"

"어? 그런데. 왜?"

"부탁하면 서로 사진 같은 것도 보내 주겠네."

"뭐? 그거야 보낼 수 있지."

웅성웅성.

마음속이 온통 기분 나쁜 안개로 뒤덮이며 점점 어둡게 가라앉는 듯했다.

기도는 게시판에 올라온 야부코의 사진을 가지고 있다. 못치는 그런 기도와 자주 연락을 주고받는 상황이고, 그 게시판도 자주 들여다본다고 한다.

게다가 지금 생각해 보면 야부코가 죽은 미래에서 베니의 비밀이 드러났던 그때, 나는 그 직전까지 못치와 함께 있었다. 게다가 못치에게서 야부코나 치아키에 대해 정보를 얻으려고 했다.

그러니 못치만은 야부코와 치아키 사이에 어떠한 연결 고리가 있을지도 모른다는 사실을 눈치채도 이상하지 않다.

비어 있던 퍼즐 조각이 맞아 들어가며 조용히 형태를 만들어 나갔다.

'설마 못치가……'

아마네도, 야부코도, 나도…… 죽였단 말인가?

그럴 수가…….

"……그럴 리가 없어!"

"뭐?"

"그 녀석이 그런 짓을 할 리가 없다고!"

초조함과 당혹스러움에 사로잡힌 나는 소리를 지르며 달리기 시작했다. 등 뒤에서 기도가 부르는 소리가 울려 퍼졌지만, 그조차 들리지 않았다.

오후 두 시의 뜨거운 바람이 맞은편에서 불어오며 내가 가는 길을 가로막았다. 강렬한 태양이 내 피부를 다 태워버릴 것처럼 내리쬐며 가뜩이나 부족한 체력을 빼앗아 갔다.

못치, 아니지?

그럴 리 없지?

넌 줄곧 나와 가장 친한 친구였잖아.

생일도 같고, 반도 같고, 매주 같은 만화 잡지를 샀고, 늘 같은 애니메이션 속 히어로를 좋아했다.

늘 함께였다. 항상 곁에 있었다. 그런데 언제부터인가 우리는 서로 다른 길을 가게 되었다.

우리를 이어주며 교차했던 천의 솔기가 어디선가 둘로 찢어져 버리는 것을 나는 어두운 곳에서 줄곧 보고 있었다.

친구라는 관계가 찢어진 곳.

그 교차점이 언제, 어디였을까.

나는 알고 있다.

"헉……, 하아, 하아!"

숨을 몰아쉬며 언덕을 올라간 나는 드디어 도착한 '가자미 서점'의 간판을 노려보았다.

손님이 없어 파리만 날리는 서점. 그 가게 앞에 스마트폰을 귀에 댄 채 이쪽을 등지고 서 있는 못치의 모습이 보였다.

누군가와 통화를 하고 있는 듯했지만, 나는 개의치 않고 크게 외쳤다.

"못치!"

"······엇."

내가 부르자 못치는 놀란 듯 어깨를 움찔하더니 이쪽을 흘낏 바라봤다. "기리······?" 하고 중얼거린 못치는 한순간 눈을 돌리더니 잠시 후 사람 좋은 미소를 지으며 스마트폰을 앞치마 가슴에 달린 주머니에 집어넣었다.

"너 완전 땀투성이잖아! 무슨 일이야, 그렇게 급히. 그보다 오랜만이다! 잘 지냈어?"

"······헉······헉, 못치······."

"일단 숨부터 골라. 자판기에서 주스라도 뽑아줄까? 저쪽에 있는 자판기에서는 심지어 마시는 푸딩도 파는데······."

"팔 년 전에 아마네를 죽인 게····· 너야?"

나는 무릎을 굽히고 쪼그려 앉은 채 쉰 목소리로 물었다.

올려다본 시선 끝에 있던 못치의 눈은 크게 떠져 있었고, 앞머리만 검어서 그야말로 푸딩 같은 금발 머리가 바람에 흔들리고 있었다. 굳어 있는 못치의 등 뒤로 온전한 형태를 갖추지 못하고 끊어져 어중간하게 짧아진 비행기구름이 보였다.

"뭐······? 뭐야, 갑자기······."

"······."

"내가 아마네를 죽였다니······."

머리 위를 지나는 비행기가 다른 구름에 가려져 시야에서 사라졌을 무렵.

못치는 깜짝 놀란 표정으로 힘없이 중얼거렸지만, 이윽고 입꼬리를 올리며 무언가 체념한 듯한 표정으로 나를 내려다봤다.

"아, 하하……. 그래……, 역시 그렇구나."

"……못치?"

"너만은 언젠가 그렇게 말하며 나를 찾아올 줄 알았어."

휙 스치고 지나가는 거센 여름 바람. 서점 입구에 걸린 포렴이 시야 끝에서 뒤집혔다.

못치는 미소를 지으며 내 눈을 똑바로 바라봤다.

"미안해, 기리. 그동안 말하지 않아서."

"어……?"

"그래. 나야."

그 무렵과 조금도 변하지 않은 상냥한 목소리로 못치는 순순히 자신의 죄를 인정하고 말았다.

"내가 그날, 아마네를 죽였어."

언제나 함께였던 친구의 고백과 함께 짧게 남아 있던 비행기구름이 탁한 하늘로 빨려 들어갔다.

제17화

저녁노을 속 낙하산

—내가 그날, 아마네를 죽였어.

내게 털어놓은 못치의 말. 그 말을 한 글자도 놓치지 않고 내 귀로 똑똑히 들었는데도 머리는 그 사실을 좀처럼 이해하려 들지 않았다.

관자놀이에서는 땀이 흘러내렸고, 목은 바싹 말라 있었다. 무슨 말도 나오질 않았다. 나는 그저 눈을 크게 뜬 채 못치의 얼굴을 하염없이 바라보기만 했다.

"⋯⋯기리, 갑자기 이런 말을 들어서 곤란하지?"

"⋯⋯."

"날 때려도 좋아. 얼마든지 비난해도 돼. 하지만 지금은 아르바이트 중이라⋯⋯, 서점 할머니에게 걱정을 끼치고 싶지 않으니 가능하다면 때리는 건 나중으로 미뤄주면 좋겠어."

"나중이라면……."

"이따가 만나자. 그곳에서."

그곳……. 그곳이 어디를 가리키는지는 구체적으로 말하지 않아도 어째서인지 알 수 있었다. 못치는 어깨죽지까지 자란 머리를 하나로 묶으며 말했다.

"저녁 여섯 시, 네버랜드에서 만나자."

마치 팔 년 전으로 돌아간 듯한 말투로 약속 시각을 말한 못치는 나를 지나 다시 가게 안으로 들어갔다. 여름 더위와 짜증이 서서히 다시 돌아왔다.

못치가 가버린 후, 나는 그 자리에 한동안 서 있었지만, 결국 아래를 향해 터벅터벅 걷기 시작했다.

이상하게 분노도, 슬픔도 느껴지지 않았다. 마음속 어딘가가 정체되어 감정이 좀처럼 따라주지 않는 것일지도 모른다.

나는 그저 밝고 형처럼 듬직하며 분위기 메이커였던 못치가 아마네를……, 그리고 아마도 다른 미래에서는 야부코나 나까지 죽였다는 사실을 믿을 수가 없었다.

"못치……."

분홍색 분꽃이 저녁매미의 울음소리를 맞으며 흔들리고 있었다. 나는 분꽃을 꺾어 낙하산을 만들며 낄낄대던 어린 시절 못치의 모습을 아직도 선명히 기억하고 있었다.

'기리! 내가 굉장한 걸 발견했어!'

초등학생 시절. 분홍색과 노란색 분꽃을 몇 개씩 날리며 천진난만하게 웃던 못치가 내게 말했다. 높이 날린 낙하산이 땅 위에 떨어져 버릴 때쯤, 그것을 주우며 나는 고개를 갸웃거렸다.

'굉장한 게 뭔데?'

'이것 봐. 덧셈 계산법. 얼마 전에 학교에서 배웠잖아.'

'응.'

'그래서 내가 우리 생일을 더해 봤거든.'

주변에 굴러다니던 나뭇가지를 주운 못치는 땅에 떨어진 분꽃 옆에 숫자를 쓰기 시작했다.

0607 + 0607

우리 생일은 6월 7일이다. 그 숫자를 나란히 적은 못치에게 내가 '네 자릿수 덧셈도 할 줄 알아? 대단하다' 하고 칭찬했던 것이 기억난다.

의기양양하게 '뭐, 그냥!'이라며 뻐기던 못치는 배운 방법대로 식을 풀어 나갔다. 땅에 적힌 숫자를 내려다보며 못치는 다시 웃었다.

'이것 봐, 우리 생일!'

—우리 생일을 합치면 1214, 한자로 쓰면 '영원히 함께'와 발음이 비슷하지?

내 기억 속에서 천진난만하게 떠들던 옛 친구.

나는 분꽃을 하나 꺾은 다음, 밑부분을 잡아당겨 낙하산을 만들었다.

유키네는 다른 미래에서 살해당한 내 스마트폰에 가짜 유서가 남아 있었다고 말했다. 즉, 나를 죽인 누군가가 스마트폰을 열고 유서를 작성했다는 뜻이다.

내 스마트폰의 패스워드는 '1214'……. 그 숫자의 뜻을 알고 있는 사람은 오직 한 사람뿐이다.

"역시 너였냐……, 못치."

두둥실 바람을 탄 꽃은 내 기억과 다르지 않은 속도로 땅을 향해 떨어졌다.

약속한 저녁 여섯 시. 나는 약속대로 산에 올라가 못치가 모습을 나타내기만을 기다렸다.

약속한 시각보다 조금 일찍 도착해 버렸지만, 거의 제시간에 왔다. 나는 한숨을 내쉬며 비밀 기지의 벽에 기대 하늘을 올려다보았다.

못치가 아마네를 죽인 범인이라고 자백한 일은 아직 아무에게도 말하지 않았다. 유키네에게도, 치아키에게도, 야부코에게도 도저히 말할 기분이 들지 않았다. 무언가가 마음에 걸려서 이 사실을 순순히 받아들일 수가 없었던 것이다.

예전에 치아키에게 들은 이야기에 따르면 팔 년 전, 천식 발작으로 쓰러진 나를 가장 먼저 발견한 사람은 마리나였다고 한다. 마리나의 울음소리를 들은 못치가 나중에 합류했다고 들었다.

'그렇다면, 못치가 아마네를 죽였다면 아마네를 절벽에서 밀어 떨어뜨린 다음, 그곳을 한 번 벗어났다는 말이 되는데⋯⋯.'

그 시점에서 조금 부자연스러운 기분도 들었다.

그곳에는 나도 쓰러져 있었을 텐데, 책임감이 강한 못치가 의식이 없는 나를 방치하고 도망치는 짓을 할까. 아마네의 일을 감추고 싶었다면 나를 데리고 원래 장소로 돌아가는 편이 나았을 텐데. 그래야 모두의 시선을 내게 돌리면서 자신도 자연스레 그곳을 벗어날 수 있었을 것 같은데.

실수로 아마네를 절벽에서 밀어 떨어뜨리고 놀란 나머지 일단 그 자리를 도망쳤다, 라고 생각하면 이해가 가기는 하지만.

'하지만 아마네는 그때, 한 번 절벽 아래에서 물을 떠서 쓰러진 내 곁으로 돌아왔었어. 즉, 절벽에 갈 목적은 이미 달성했을 터. 그 후 절벽에서 떨어졌다는 건 실수나 사고가 아니라 누군가가 의도적으로 아마네를 절벽 쪽으로 유인해 떨어뜨렸다고밖에 생각할 수 없는데⋯⋯. 다시 절벽 쪽으로 가야 할 이유도 없었고.'

그렇다면 범인은 아마네에게 명백한 살의가 있었을 가능성이 높다. 하지만 못치에게서 그런 기색을 느낀 적은 한 번도 없었고,

두 사람의 사이가 틀어졌다는 말도 들어본 적이 없었다.

'뭔가 이상해. 못치가 아마네를 죽일 만한 이유를 모르겠어. 자신의 죄를 인정하면서도 오히려 후련한 표정을 짓고……'

아마네가 죽은 이후, 다른 아이들을 부자연스럽게 피하게 된 못치. 그것이 죄책감이나 자책감으로 인한 행동이라면 나도 그런 기억이 있으니 이해할 수 있다.

하지만 그렇다고 하기에 못치는 너무 순순히 자백했다. 나와 재회한 순간에 보인 태도도 마찬가지다. 이 시간축에서는 몇 년 만에 만났음에도 마치 처음부터 내가 올 것을 알고 있었다는 듯이 나를 자연스럽게 맞이했다.

못치는 아직 중대한 무언가를 숨기고 있는 게 아닐까.

"그보다 못치가 많이 늦네……."

미간을 찌푸린 나는 스마트폰으로 시간을 확인했다. 이미 만나기로 한 여섯 시가 지났고 화면에는 여섯 시 십 분이 표시되어 있었다.

'그 녀석, 원래 시간을 잘 지키지 않았었나? 그다지 지각하는 이미지는 아니었는데……. 아르바이트가 늦어지나?'

그렇게 생각한 순간, 무심코 주머니에 찔러 넣은 손에 무언가가 만져졌다. 정신을 차리고 꺼내보니 마리나에게 빌린 휴대 전화였다.

"아……, 그리고 보니 이걸 충전하러 간다는 걸 깜박했네."

결국 내용을 확인하지 못했다는 생각에 별생각 없이 닫혀 있던 휴대 전화를 열고 전원 버튼을 길게 눌러 보았다.

그러자 휴대 전화가 부르르 떨리더니 놀랍게도 전원이 들어왔다.

"어?!"

생각지 못한 사태에 나는 당황해서 허둥댔다. 잠깐만, 이거 팔 년 전에 썼던 휴대 전화잖아. 그런데 왜 전원이 들어오는 거지?

나는 당혹스러웠지만, 잠시 후 어느 가능성에 도달했다.

'……전원이 들어왔다는 건 최근에 한번 충전했다는 뜻이잖아?'

해질녘 선선한 바람이 땀에 젖은 피부를 어루만지고 갔다. 나는 미간을 한층 더 찌푸리며 이게 어떻게 된 일인지 의아해했다. 마리나가 충전했다는 뜻인가.

잘 생각해 보니 마리나는 '어디 있는지 모르겠다'라고 말한 것 치고는 너무 쉽게 이 휴대 전화를 찾아냈다. 그건 사실 최근에 이 휴대 전화를 사용해서 어디에 있는지 알고 있었던 게 아닐까?

화면의 충전 표시는 두 칸이 채워져 있었다. 즉, 아직도 절반 이상 충전된 상태라는 뜻이다.

팔 년 전에 썼던 폴더폰의 배터리가 얼마나 충전이 가능한지 알 수 없지만, 아마도 최근 몇 주 이내에 한 번은 충전한 게 틀림없다.

"그 녀석, 나에게는 충전기를 찾을 수가 없다고 했으면서……."

의심이 짙어지는 가운데, 나는 조심스럽게 휴대 전화의 내용을 살피기 시작했다. 우선 사진 폴더를 열어 사건 당일에 찍힌 사진 데이터를 대충 확인해 봤다. 하지만 딱히 범인을 특정할 만한 단서는 없었다.

거기에는 초등학생이었던 우리가 그저 즐겁게 놀던 모습이 고스란히 남아 있었을 뿐이었다.

나도, 아마네도, 치아키도, 야부코도, 못치도.

마리나가 찍은 것으로 보이는 사진 속에 담긴 어릴 적의 우리는 반짝반짝 빛나는 여름 속에서 천진난만한 웃음을 띠고 있었다.

그로부터 몇 시간 후에 아마네가 살해당하리라고는 조금도 생각하지 못했을 것이다.

"……즐거워 보이네."

나는 작게 중얼거리며 데이터 폴더를 닫았다. 어린아이에게 어울리는 귀여운 아이콘이 표시된 대기 화면으로 돌아가자 귓가에 들리기 시작한 저녁매미 소리에서 쓸쓸함이 느껴졌다.

이건 내일 마리나에게 돌려주어야 하는데, 하며 멍하니 생각하던 그때, 문득 내 눈에 '일기'라고 적힌 아이콘이 들어왔다. 어린이용 휴대 전화라서 그런지 간단한 블로그 기능이 탑재되어 있는 듯했다.

"이건…… 마리나가 초등학생 때 쓴 일기인가?"

호기심에 열어보니 2004년 날짜가 표시된 달력 옆에 블로그처럼 제목이 몇 개 표시되어 있었다.

보아하니 당시 마리나가 썼던 일상 기록이 남아 있는 듯했다. 어쩐지 호기심이 발동한 나는 죄책감을 느끼면서도 아무 일기 중 하나를 열어 보았다.

4월 3일. 날씨 맑음. 오늘은 아침에 늦잠을 자버려서 바이올린 레슨에 늦고 말았다. 엄마와 선생님께 혼났다. 슬펐다.

시선이 간 곳은 정말 초등학생다운 일화가 적힌 일기였다. 마리나는 일기도 이모티콘이나 기호를 잔뜩 써서 길게 쓸 줄 알았는데, 의외로 이모티콘 하나 없이 문장이 짧고 간결했다.

나는 눈으로 글을 훑으며 '다음'이라고 표시된 링크를 차근차근 눌렀다.

4월 7일. 날씨 비. 오늘부터 4학년이다. 그런데도 첫날부터 숙제를 깜박했다. 아떡하지. 틀림없이 혼날 거야. 혼나고 싶지 않다.

4월 18일. 날씨 맑음. 치아키가 기도에게 화를 냈다. 기도도 마찬가지로 화를 냈다. 소풍날 자신이 야부코 짱 옆에서 도시락을 먹을 거라며 화를 냈다. 무서워. 얽히고 싶지 않다.

5월 12일. 날씨 맑음. 돌아오는 길에 기리 짱을 발견하고 말을 걸었는데, 근처에 있던 못치에게 달려가 버렸다. 내 목소리가 들리지 않은 걸까. 아니면 내게 화가 난 걸까. 그건 싫은데.

드문드문 적힌 마리나의 일기는 모두 문장이 짧았고, 밝은 이야기가 적었다. '혼날 거야'라는 표현이 자주 쓰였으며, 왠지 좀 부정적인 데다 무언가에 쫓기는 듯한 인상을 받았다.

어쩌면 마리나는 무언가 토해내고 싶은 감정이 있을 때, 이 일기를 썼는지 모른다. 그 후로도 이어진 일기의 내용은 마리나의 마음속 어둠을 적나라하게 드러냈다.

5월 19일. 날씨 흐림. 학예회 때 할 예정인 연극에서 야부코 짱이 공주님 역할을 맡게 되었다. 왜 야부코 짱인 거야. 말도 더듬거리고, 긴장도 자주 해서 무대에 설 수 없을 텐데.

야부코 짱은 치사하다. 기도가 야부코 짱을 좋아하니까 핫사쿠와 미챵까지 야부코 짱을 좋은 역할에 추천한다. 치아키와 못치도 야부코 짱을 좋아해서 다들 야부코 짱만 챙긴다.

5월 20일. 날씨 맑음. 야부코 짱이 기리 짱에게 말을 걸었다. 기리 짱도 혹시 야부코 짱을 좋아하나? 그건 절대 안 돼.

5월 28일. 날씨 흐림. 야부코 짱은 성격이 나쁘다. 그런 식으로 얼굴을 붉히고 툭하면 우는 건 다 일부러 그러는 거잖아. 내숭쟁이. 남자만 밝히고. 다들 속고 있어. 마리나는 오늘도 바이올린 선생님에게 혼났는데. 왜 마리나만 혼내는 거야.

6월 3일. 날씨 비. 좋아하는 사람에게 줄 생일 선물을 아마네 짱과 함께 고르러 갔다. 아마네 짱에게 마리나가 좋아하는 사람을 말해 줬더니 응원해 준다고 했다. 역시 아마네 짱은 가장 믿을 수 있어. 아마네 짱이 정말 좋아.

6월 7일. 날씨 맑음. 학교에서 기리 짱과 못치의 생일 파티를 했다. 모두가 보는 앞에서 바이올린 연주를 선보였지만, 조금 실수를 해버렸어. 아무도 뭐라고 하지 않았지만, 어쩌면 누군가 속으로 나에게 혼을 내고 있을지도 몰라. 싫어, 싫어. 제발 혼내지 않기를.

6월 12일. 날씨 비. 6학년 여자애들이 마리나를 내숭쟁이라며 뒤에서 욕했어. 대체 왜? 마리나보다 야부코 짱이 훨씬 내숭쟁이인데. 어째서 늘 마리나만 그런 말을 들어야 하는 거야.

날이 갈수록 어둠이 짙어지는 일기는 한 달에 몇 번 정도 새 글이 올라와 있었다.

당시의 마리나는 아무래도 야부코에게 강한 불만을 품었던 듯했다. 날이 갈수록 말에 가시가 돋쳐서 나도 모르게 숨이 멎었다.

반면에 아마네는 전적으로 신뢰하는 듯했다. 가끔 아마네의 이름이 등장하기는 했지만, 나쁜 말은 조금도 없었다.

'그 무렵에 마리나는 야부코를 싫어했구나. 지금도 그럴까? 확실히 그 녀석, 아마네와는 사이좋게 지냈지만 야부코와는 이야기하는 모습을 거의 보지 못한 것 같기도…….'

나는 기억을 더듬으며 살며시 시선을 내렸다.

초등학생 시절의 마리나는 무엇보다 '성실하고 착한 아이'였다.

부잣집 아가씨였기에 괜히 더 그렇게 보였는지는 모르겠지만 불량한 행동을 따라하거나 못된 짓을 저지르는 일이 전혀 없었고, 우리가 짓궂은 장난을 치려고 하면 곧바로 '선생님에게 혼날 거야'하고 불안해하며 말리는 우등생이었던 것으로 기억한다.

그처럼 상냥하고 부드러운 면밖에 보이지 않았던 마리나였기에 어쩌면 마음속은 줄곧 복잡했을지 모른다.

'마리나…….'

무어라 형용할 수 없는 감정이 밀려와 나는 손끝으로 다시 버튼을 눌러 다음 일기를 읽어 나갔다.

그러다 드디어 그 8월에 다다랐다.

8월 10일. 날씨 맑음.

고스란히 남아 있는 그날의 기록.

내가 모르는 마리나의 본모습.

배신당했다. 전부 아마네 짱의 탓이야. 정말 싫어. 믿었는데.

기리 짱도 마리나에게 화를 냈다. 그래놓고 아마네 짱에게는 실실대고, 바보 같아. 친구으로 쓰러진 것도 틀림없이 천벌을 받은 거야. 마리나에게 화를 냈으니까. 마리나를 배신했으니까.

다 싫어. 다 죽어버려. 누구도 마리나를 좋아해 주지 않는걸. 누구도 마리나를 필요로 하지 않잖아.

못치도 마찬가지야. 아무에게도 말하지 않겠다고 했지만 믿을 수 없어. 혹시 못치까지 마리나를 배신하면……

으아아아악!

"……?!"

그때 어디선가 비명이 울려 퍼졌다.

동시에 나무들이 술렁이고, 까마귀가 울며 날아갔다. 단말마의 비명이 못치의 목소리를 닮은 듯한 기분이 들어서 나는 곧바로 달려갔다.

"헉, 지금 이쪽에서……!"

저녁매미의 울음소리, 저녁놀에 비친 꽃들. 나는 발에 걸리는 잡초를 헤치며 비명 소리가 들린 방향으로 뛰었다.

이윽고 나무숲을 빠져나왔을 때, 내 시야에 들어온 것은 어디선가 본 듯한 풍경이었다.

"이, 이건……."

귓가에 들리는 계곡물 소리. 흔들리는 들꽃 앞으로 보이는 가파른 비탈.

나는 이곳을 잘 알고 있다.

'여긴…… 아마네가 죽은 곳이야!'

숨이 멎은 나는 땀이 밴 손을 꽉 쥐었다. 떨릴 듯한 목으로 침을 삼킨 그 순간, 문득 내 눈에 땅에 흩어진 분홍색과 노란색의 무언가가 들어왔다.

조심스럽게 다가가자 곧바로 그 정체를 알 수 있었다.

―분꽃으로 만든 낙하산.

그것이 군데군데에 떨어져 있었다.

"왜, 왜 여기 이런 게……."

몸을 굽혀 한 개를 주워보니 조금 전에 만들어진 것 같았다. 분홍색과 노란색 분꽃. 털털하게 웃으며 분꽃으로 만든 낙하산을 던지던 어린 시절 못치의 모습이 뇌리를 스치고 지나갔다.

설마 이거, 못치가 만든 건가……?

"……야, 못치! 너 여기 있어?!"

고개를 들고 외쳐봤지만, 내 목소리만 메아리칠 뿐 대답이 없었다. 술렁이며 나를 비웃는 듯한 나무숲. 해 질 무렵 하늘마저 어슴푸레해지며 불길한 기운이 감돌자 가슴이 요란하게 뛰었다.

헨젤과 그레텔이 떨어뜨린 빵 부스러기처럼 점점이 이어진 꽃 조각은 마치 나를 절벽 아래로 이끄는 듯했다.

그때 문득 유키네가 한 경고가 기억 속에서 되살아났다. 내가 절벽에서 떨어져 죽는 미래에 대한 경고였다.

'위험해……. 그건 분명히 여기일 텐데! 못치 녀석, 설마 나를 죽이려는 건가?! 지금 들은 비명도 못치의 함정인가?!'

갑자기 위기감이 높아진 나는 마른침을 삼키며 주위를 경계했다. 나는 만약 불시에 떠밀린다 해도 재빠르게 반응해 도망칠 수 있도록 세심한 주의를 기울이며 조심스럽게 꽃이 이끄는 벼랑 끝으로 다가갔다.

세찬 바람이 휙 불며 분꽃이 날아갔다. 훨훨 떨어지는 낙하산 위에서 절벽 아래를 내려다 본 나는 시야에 들어온 광경에 할 말을 잃었다.

"어……."

가장 먼저 눈에 들어온 것은 빨갛게 물든 계곡물.

그리고 얕은 수면에 떠 있는 낯익은 사람의 모습.

위를 올려다본 채로 숨이 끊어져 있는 사람은…… 어디로 보나 못치가 분명했다.

"못⋯⋯치⋯⋯?"

─죽었어?

떨리는 목소리를 쥐어 짜냈다. 못치는 커다란 바위의 돌출부에 머리를 부딪쳤는지 후두부에서 피를 흘리며 계곡물에 떠 있었다.

놀라서 그대로 주저앉은 채 눈앞의 광경을 바라보는 것밖에 할 수 없었던 내 등 뒤에서 누군가의 발소리가 다가왔다.

"⋯⋯아아. 발견하고 말았네."

팔랑팔랑 날아가는 낙하산. 어색하게 고개를 돌리자 기분 나쁜 나무숲을 배경으로 무표정하게 서 있는 마리나의 모습이 보였다.

마리나는 떨어진 분꽃을 하나 줍더니 경직되어 있는 내 곁으로 한 발짝 한 발짝 다가오기 시작했다.

"원래 죽일 생각은 없었어. 하지만 어쩔 수 없었어⋯⋯. 못치가 마리나를 배신했거든. 기리 짱에게 사실을 털어놓자고 하지 뭐야? 그런 짓을 했다가는 너에게 혼나고 말 텐데."

"마리, 나⋯⋯."

"있잖아, 기리 짱. 혹시 알아? 분꽃은 꽃물을 만들어도 예쁘고, 씨로 얼굴에 화장을 할 수도 있고, 낙하산도 만들 수 있어서 어린 아이들에게 매우 친숙한 꽃이야. 하지만 말이지⋯⋯."

점이 난 입가가 희미한 미소를 그리더니 분홍색 분꽃이 마리나의 손을 떠났다. 바람에 실린 분꽃은 이리저리 떠돌다 절벽 아래로 떨어졌다.

"원래는 독초야. 씨 안에 독이 들었거든."

"……독?"

"응. 하지만 너무 친숙해서 눈치채지 못하는 것뿐이지. 따서 재미있게 가지고 놀던 아름다운 꽃이 실은 안에 독을 품고 있었다니. 마리나가 줄곧 뺨에 독이 든 분을 바른 채로 기리 짱과 함께 있었다니……."

온환한 목소리로, 하지만 어딘지 모르게 감정이 결여된 듯한 표정으로 마리나는 미소를 지었다.

"기리 짱."

어릴 적부터 줄곧 알고 지냈는데도 마치 새빨간 남과 마주하고 있는 듯한 착각이 들어서 나는 등골이 서늘해졌다.

"아마네 짱을 죽인 건 사실 마리나야."

요정의 가루보다도 씁쓸한 독이 든 분을 바른 마리나는 들꽃처럼 소박한 사랑스러움이 남아 있는 얼굴로 부드럽게 웃으며 나를 바라봤다.

제18화

도망치는 그림자를 쫓아

내가 마리나와 처음 만난 건 초등학교 입학식 때였다.

집이 부자라 베이비시터를 고용했기에 어린이집이나 유치원을 다니지 않았다는 마리나는 초등학생이 되어서야 처음으로 친척이 아닌 다른 아이들과 한 공간에서 지내게 되었다고 한다.

입학식이 끝난 뒤, 떨어지기 싫다며 부모님께 매달려 엉엉 우는 마리나에게 내가 말을 걸었다.

'울지 않아도 돼. 괜찮아. 우리 함께 교실로 가자.'

'……어?'

'나는 기리라고 해. 유치원에 다녔기 때문에 다른 아이들도 잘 알고 있어. 다들 상냥하니까 안심해. 기도는 조금 무섭지만.'

'흑……, 역시 무서운 사람이 있어?'

'무서운 건 기도뿐이야! 하지만 만약 기도가 괴롭혀도 내가 목숨 걸고 싸울 테니까 걱정하지 않아도 돼.'

'목숨을 걸고……?!'

'그래, 목숨을 걸고! 왜냐하면 기도는 악의 보스거든! 나는 정의의 히어로라 악당에게 질 리가 없으니까 목숨을 걸어도 괜찮아.'

아이들에게서만 볼 수 있는 엉망진창인 논리를 내세우며 가슴을 당당하게 편 나는 불안해하는 마리나의 손을 잡아 끌었다.

'넌 이름이 뭐야?'

내가 묻자 마리나는 눈물을 글썽이며 대답했다.

'하세가와 마리나…….'

'마리나! 자, 너도 오늘부터 참치레인저의 일원이 되는 거야!'

'참치레인저……?'

'아마네라는 친구가 만든 부대의 히어로를 말해! 나는 레드야! 마리나는 무슨 색을 좋아해?'

'……어, 파란색…….'

'그럼 마리나, 너는 블루야!'

무리하게 이야기에 끌어들인 나는 교실 문을 열었다. 어느 틈엔가 눈물이 쏙 들어간 마리나는 교실 안에 있던 다른 아이들과 눈이 마주칠 때마다 어색하게 몸을 굳혔다.

나는 그런 마리나의 손을 꼭 잡으며 귀에다 대고 '괜찮아'라고 속삭였다.

'만약에 누가 널 괴롭히면 내가 괴롭힌 녀석을 해치워 줄게.'

'……'

'그러니까 걱정하지 마. 무슨 일이 있어도 목숨 걸고 구해줄게.'

나는 근거도 없는 말을 호기롭게 내뱉었다. 마리나는 어쩔 줄 몰라 당황한 모습으로 얼굴을 붉히다가 이윽고 고개를 끄덕이며 작게 중얼거렸다.

'그, 그런 식의 말을 들으면 마리나, 레드를 좋아하게 될지 도…….'

'어? 정말 레드를 좋아해? 하지만 레드 역할은 나니까 양보할 수 없어.'

'아니, 그 말이 아닌데……. 후훗, 하지만 그렇네. 그럼 마리나는 블루로 만족할게.'

수줍어하며 미소 짓던 그날의 마리나. '잘 부탁해, 레드' 하며 웃던 순수했던 표정은 지금도 또렷하게 기억이 났다.

하지만 지금 내 눈앞에 있는 마리나는 어딘지 모르게 감정이 결여된 눈빛으로 이쪽을 바라보고 있어서…… 나는 표정을 일그러뜨리며 목소리를 쥐어 짜냈다.

"무슨 말을 하는 거야, 마리나……"

─아마네 짱을 죽인 건 사실 마리나야.

그런 믿기 힘든 고백이 자꾸만 귓가에 맴돌았다. 마리나는 내게서 시선을 슬쩍 돌리더니 "있잖아, 마리나는 말이야" 하고 입을 열었다.

"그날, 기리 짱이 천식으로 쓰러진 곳에 못치보다 먼저 도착했어. 아마네 짱은 절벽 아래에서 물을 퍼왔는지 기리 짱 곁에 있었고."

"……."

"그때 아마네 짱이 마리나에게 말했어. '기리 짱에게 고백해 버렸어', '미안해'라고."

마리나는 그 자리에 주저앉아 떨어져 있던 분꽃의 꽃잎을 손으로 뚝뚝 뜯기 시작했다. 좋아한다, 싫어한다, 좋아한다. 꽃점이라도 보듯 떨어져 나간 꽃잎은 바람에 실려 팔랑이며 계곡물을 향해 떨어졌다.

"그 말을 들은 순간, 배신당했다는 생각이 들었어. 아마네 짱은 마리나가 누굴 좋아하는지 알고 있었고, 응원한다고도 말해 주었으면서. 믿고 있었는데. 그래놓고 나보다 먼저 고백해 버리다니 너무 화가 났어."

"……마, 마리나? 무슨 말을……."

"마리나는 어릴 적에 기리 짱을 좋아했어."

마리나는 부드럽고 환한 미소를 지으며 말했다. 나는 눈을 크게 뜨고 그대로 굳어 버렸다.

말문이 막힌 내 곁에서 마리나는 어딘가 먼 곳을 바라보며 "하지만 아마네 짱도 정말 좋아했어. 그래서 더 충격이었어"라고 말하고는 다음 말을 이어갔다.

"그래서 몸싸움을 하다가 큰 싸움으로 번지게 되었어. 마침 그때 합류한 못치가 우리의 싸움을 말리려고 끼어들었어. 하지만 그러니까 더 화가 나서 마리나가 그만 아마네 짱을 확 들이받았는데……."

그러더니 잠시 말을 멈춘 마리나는 한층 더 세게 불어온 바람에 긴 검은 머리를 흩날리며 고개를 들었다.

"정신을 차리고 보니 아마네 짱이 절벽 아래로 떨어져 있었어. 한눈에 봐도 죽은 걸 알 수 있었어. 마리나 때문에…… 아마네 짱이 죽고 만 거야."

시선이 마주친 우리는 미지근한 바람을 맞으며 서로를 바라봤다. 나는 아무런 대답도 하지 못한 채, 이어진 마리나의 말에 귀를 기울일 뿐이었다.

"못치는 얼굴이 새파래져서는 '사람들에게 솔직하게 말하자'라고 했지만 그랬다가는 또 기리 짱이나 다른 사람에게 혼날 거 아니야. 그런 생각이 들자 너무 겁이 나서 싫다고 울었어."

"……."

"못치는 난처해했지만, 내가 '너도 책임이 있다' 하고 죄의 절반을 떠넘겼더니 아무 말도 못하고 조용해졌어. 못치가 싸움을 말리려고 끼어드는 바람에 내가 아마네 쨩을 들이받게 된 거니까 조금은 책임감을 느꼈는지 몰라. 못치는 원래 상냥하잖아."

마리나의 말을 듣자 못치가 '아마네를 죽였다'라고 자백한 순간이 뇌리를 스치고 지나갔다. 그건 거짓말 같은 게 아니라, 실제로 자신도 일부분 책임이 있다는 점을 생각해서 한 발언이었을지 모른다.

마리나는 분꽃의 꽃잎을 한참 잡아 뜯더니 남은 부분을 절벽 아래로 마구 던져 버렸다. 우산을 잃은 꽃조각은 바람을 가르며 획 추락했다.

"못치는 아마네 쨩이 죽은 그날의 진상을 아무에게도 말하지 않겠다고…… 마리나와 약속했어. 하지만 믿을 수 없었지. 아마네 쨩의 사인은 기적적으로 사고사로 처리되었지만, 언젠가 사실을 들키지 않을까, 못치가 털어놓지 않을까……. 겁이 나서 밤에도 잠을 이루지 못했어."

"……."

"그래서 적어도 기리 쨩에게만큼은 들키지 않도록 무슨 일이 있어도 '언제나처럼' 대하기로 한 거야. 기리 쨩이 학교에 오지 않는 날에도, 컨디션이 좋지 못한 날에도, 되도록 '언제나처럼' 그 시절과 같은 거리를 유지하며 최대한 의심받지 않도록."

"언제나……처럼……?"

힘겹게 짜낸 내 목소리는 떨렸고, 한심할 정도로 쉬어 있었다.

나는 며칠간 몇 번인가 타임 리프를 하며 과거를 바꿔왔다. 하지만 아무리 미래가 바뀌어도 유일하게 마리나만은 그 어떤 미래에서도 예전과 다름없이 가까운 거리를 유지하며 내 곁에 있어 주었다.

하지만 그것이 사실은 다 자신의 죄를 은폐하기 위한 거짓이었고, '언제나처럼' 늘 같은 모습을 연기했던 것뿐이었다는 건가.

아침에는 '굿모닝'으로 시작해 저녁에는 '내일 또 봐'라고 보내준 문자도…… 실은 전부 다 나를 위한 것이 아니라, 자신을 지키기 위함이었다?

"……요즘에 기리 짱의 모습이 이상하다고 생각했어."

서글픈 심정으로 고개를 숙이고 있는 나를 내버려 둔 채, 마리나는 다시 말을 이었다.

"줄곧 사람들의 시선을 피하고, 집에만 틀어박혀 있던 기리 짱이 갑자기 밖을 돌아다니기 시작하더니 어릴 적 친구들과 적극적으로 어울리게 되었잖아. 그래서…… 어쩌면 아마네 짱에 대해 무언가 눈치챈 게 아닐까 싶었어."

"……."

"마리나는 곧바로 어릴 적에 썼던 휴대 전화를 켠 다음, 못치의 집 연락처를 찾아서 전화를 걸었어. 기리 짱이 야마네 짱의 사인을 알아차렸을지 모른다. 그러니 얽히지 않았으면 좋겠다고."

"그래서 네 휴대 전화의 전원이 들어온 건가."

"맞아. 충전기가 없다는 건 거짓말이었어. 그렇게 말하면 단념할 줄 알았는데, 그러지 않았지. 못치도 마리나의 말을 선뜻 들어주지 않았어."

목소리를 조금 낮춘 마리나는 다시 주워든 분꽃의 꽃잎을 잡아 뜯었다.

"못치, 예전에는 내가 하는 말을 뭐든지 들어 주었어. '기리 짱이나 다른 아이들과 더는 어울리지 마'라고 했더니 정말로 어울리지 않기 시작했고, '야부코를 몰래 괴롭혀'라고 했더니 그렇게 해주었어."

"……!"

이어지는 고백에 나는 문득 야부코가 죽었던 미래를 떠올렸다.

혹시 그것도 마찬가지가 아니었을까.

치아키와 야부코가 서로 사랑하는 사이라는 것을 알고 이를 시샘한 마리나가 야부코를 괴롭힐 생각으로 못치에게 시켜 게시판에 중상모략하는 글을 올리게 한 것이다.

못치는 기도와 연락을 주고받고 있었으니 야부코의 사진을 구할 수 있었을 것이다. 그리고 무엇보다 그날 나는 못치가 있는 곳을 '마리나에게' 들었다.

내가 못치와 접촉하는 것을 불안해한 마리나가 우리를 몰래 미행했다고 해도 이상하지 않다.

"오늘도 말이야. 기리 짱이 우리 집에서 휴대 전화를 가지고 나간 뒤에 못치에게 전화를 걸었어."

"……뭐……라고?"

"만약 기리 짱이 찾아와도 무시하라고. 하지만…… 못치는 내 말을 듣지 않았어. 네가 이미 눈치를 챘으니 솔직하게 말하자고 하더라."

획. 마치 엉뚱한 곳에 화풀이라도 하듯 멀리 던져진 꽃.

떨어지는 그 모습을 눈으로 쫓으며 마리나는 어깨를 축 늘어뜨렸다.

"아무에게도 말하지 않겠다고 했으면서. 거짓말쟁이. 못치도 역시 마리나를 배신했어. 그래서 마리나는 못치가 기리 짱을 만나기 전에 여기 숨어서 기다리고 있었어. 그런 다음……."

"죽였어? 입을 막기 위해?"

내가 생각했던 것보다 훨씬 낮은 목소리가 나오자 마리나는 순식간에 얼굴이 새파래졌다. 흠칫거리며 이쪽을 바라본 마리나는 가만히 몸을 떨며 입을 열었다.

"……화났어? 기리 짱, 마리나가 싫어졌어?"

"너……, 네가 무슨 짓을 했는지 알고는 있어?!"

"알아. 다 알고 있어. 인간으로서 가장 해서는 안 될 짓을 했다는 거, 나도 알고 있다고."

"그럼 왜……!"

"하지만…… 아무리 그래도 '꼴좋다'라는 마음이 조금은 든단 말이야."

밖으로 흘러나온 것은 마리나의 솔직한 대답.

내가 말문이 막혀 가만히 있자 마리나는 고개를 숙였다.

"마리나는 예전부터 그랬어. '착한 아이'는 절대로 될 수 없다고. 누군가가 혼나거나 안 좋은 소리를 들으면 기분이 좋아져. 저 사람보다 마리나가 더 낫구나 싶은 생각이 들어서."

"……윽."

"마리나는 나쁜 아이겠지. 모두를 시샘하기만 하니까. 세상에 나를 인정해 주는 사람만 있었으면 좋겠어. 나보다 뛰어난 사람이나 사랑받는 사람은 정말 싫어. 그래서 마리나를 배신한 못치와 아마네 짱이 호되게 당하니까 솔직히 꼴좋다는 생각이 들었어……."

먼 곳을 바라보며 자리에서 일어난 마리나는 나를 향해 천천히 고개를 돌렸다. 감정이 읽히지 않는 그 표정에 등골이 서늘해지자 나는 마른침을 삼켰다.

"나도…… 죽일 거야?"

나는 힘없이 물었다. 마리나는 시선을 들더니 점이 난 입가를 느슨하게 풀며 미소를 지었다.

정체를 알 수 없는 생물과 마주하고 있는 것처럼 등줄기가 계속 오싹했다.

"……응. 죽일까."

"……."

"……하고 처음엔 생각했었는데 말이지. 기리 쨩을 여기서 밀어 떨어뜨리고, 지금까지 내가 저지른 죄를 전부 기리 쨩에게 뒤집어 씌울까……, 하는 생각을 조금 했어."

무시무시한 말을 입에 담으며 마리나는 갑자기 하늘을 올려다보았다. 눈이 부신 듯 가늘어진 눈. 나에게는 여전히 탁하게만 비치는 저녁 하늘.

"……하지만 뭐랄까, 솔직히 말하면 지긋지긋해졌어."

"뭐……?"

"내 추악함이 지겨워졌다고. 썩을 대로 썩어서 전부 탁해져 버려서 그런지 토할 것 같아. 이대로 어른이 되어도 틀림없이 마찬가지일 거야. 한 번 부패한 건 두 번 다시 원래의 색으로 돌아갈 수 없어."

이렇게 중얼거린 마리나의 발밑에 자갈이 스치자 마리나는 낭떠러지를 향해 한 발짝 걸음을 옮겼다. 평소 같으면 시끄러울 정도로 퍼부었을 매미 소리도 어째서인지 뚝 그쳐 온통 고요하기만 했다.

초조함에 사로잡힌 나는 마리나를 향해 손을 뻗었다.

"야……, 뭐 하는 거야."

"마리나는 말이지, 줄곧 알고 있었어. 마리나가 전부 잘못했다는 걸. 이렇게 마음이 더러우면 누군가에게 사랑받을 수 있을 리가 없을 텐데."

"마리나! 그만 멈춰! 그러다 떨어진다고!"

"있잖아, 기리 짱. 마리나가 아까 어릴 적에 기리 짱을 좋아했다고 말했잖아. 사실…… 살짝 거짓말을 했어."

마리나는 낭떠러지에서 걸음을 멈추더니 긴 검은 머리를 귀에 걸치며 뒤를 돌아보았다. 상냥한 미소를 입가에 띤 채, 마리나가 말했다.

"사실은, 지금도 엄청나게 좋아해. 안녕."

그와 동시에 마리나의 몸이 한쪽으로 기우뚱했다. 나는 절벽 아래로 몸을 던지려는 마리나의 곁으로 황급히 달려갔다.

"마리나!"

떨어지기 직전에 마리나의 팔을 붙잡았다. 하지만 기울어진 몸은 이미 미끄러져 떨어지고 있었고, 나는 마리나의 손을 잡은 채로 근처에 있는 나무에 매달렸다.

손톱을 세우고 눈에는 핏발을 켠 채로 허공에 내던져진 그 몸을 끌어올리려고 있는 힘껏 버텼다. 하지만 평소에도 체력이 없던 나는 힘을 제대로 줄 수가 없었고, 만화나 영화 속 장면처럼 되지 않아 어금니를 꽉 물었다.

"……윽, 마리나! 힘내! 내가 꼭 구할 테니까!"

"기, 기리짱……. 윽, 놓아 줘. 너까지 떨어지겠어!"

"으윽……, 흑! 절대로 놓지 않을 거야!"

나무에 매달린 채 이를 악물고 두 사람 몫의 중력에 저항했다. 하지만 땀이 밴 손은 미끄러지기만 해서 마리나의 몸이 조금씩 멀어졌다.

"마리나……!"

내가 울먹이며 부르자 마리나는 서글픈 미소를 짓더니 울음을 터뜨릴 것만 같은 얼굴로 웃었다.

"……정말 목숨 걸고 구해주네."

"크흑, 뭐?"

"다른 사람을 시샘만 하지 말고, 좀 더 일찍 내 마음을 너에게 전했다면, 이런 끔찍한 모습이 되지는 않았으려나……."

조금씩 손이 멀어져 갔다. 바위투성이인 절벽 아래에는 뿔뿔이 흩어진 꽃잎이 여기저기 굴러다니고 있었다.

굵은 눈물방울을 떨군 마리나는 힘겹게 입꼬리를 들어 올리며 내게 환한 미소를 보였다.

"기리 짱, 마리나는 말이지."

─다시 태어나도 분명 또다시 기리 짱을 사랑하게 될 거야.

그 순간, 힘겹게 붙잡고 있던 손이 떨어졌다. 내가 울먹이며 마리나의 이름을 부르짖은 직후, 아래로 빠르게 추락한 마리나의 몸이 바위 위에 내동댕이쳐졌다.

바위에 세게 부딪힌 머리는 생각만큼 요란한 소리를 내지 않았고, 마리나의 몸은 미동조차 하지 않았다. 마리나가 숨이 끊어진 못치와 함께 나란히 하늘을 올려다보는 동안, 계곡물이 점차 붉게 물들었다.

"마리……나."

무력한 내 목구멍에서 그 이름이 흘러나온 그때, 대답 대신 돌아온 건 매미 소리였다.

나는 흙을 움켜쥐고 솟구치는 눈물을 뚝뚝 흘리며 크게 울부짖었다.

"……흐윽, 으으, 아, 으아아아아아!"

무력하게 울부짖은 나는 그 자리에 웅크렸다. 온갖 감정이 교차하는데 마음이 전혀 따라가 주질 않았다.

아마네를 죽인 범인은 마리나였다.

못치는 그 사실을 알고 있었고, 우리와 거리를 두었다.

두 사람 모두 죽고 말았다.

둘 중 어느 한 명도 구하지 못했다.

"흐윽, 아……, 마리나……. 크흑……, 못치!"

분노인지 슬픔인지조차 알 수 없는 감정이 한없이 교차하며 마음이 당장이라도 무너져 내릴 것 같았다. 나 자신의 무력함이, 작은 변화를 알아차려 주지 못한 답답함이 매미 소리와 함께 내 머리를 후려갈겼다.

하지만 그때, 웅크리고 있던 내 바지 주머니에서 무언가가 굴러 떨어지면서 나는 정신을 차렸다.

"……어?"

눈물로 부옇게 흐려진 눈에 비친 것은 마리나에게서 빌렸던 어린이용 휴대 전화였다.

그것이 시야에 들어온 순간……, 나의 뇌리에는 언젠가 유키네가 했던 말이 떠올랐다.

'실패했다는 생각이 들면 한번 더 과거로 돌아가면 돼요.'

'기리 씨가 과거를 바꾸는 바람에 미래가 원하는 대로 되지 않았다면 다시 과거로 돌아가서 바꿔 버리면 그만이에요.'

— '기리 씨는 그렇게 할 수 있잖아요. 아니에요?'

기억 속에 남아 있는 미소. 소중한 사람을 구하지 못한 후회.

그것들이 여름 바람과 함께 내 등을 밀어 주었다. 나는 주먹을 꽉 쥐었다.

"흐윽, 구해야 해……."

흐느껴 울며 내뱉은 힘없는 중얼거림. 나는 마리나의 휴대 전화를 잡고 일어났다.

내가 원하는 미래가 아니라면 다시 바꾸면 돼.

만족할 때까지 몇 번이고 반복하면 돼.

내가 과거로 돌아가서.

"내가……."

그 자리를 벗어나 정신없이 달려간 곳은 비밀 기지, 네버랜드였다. 나는 잔뜩 녹슨 창문을 활짝 열어젖히고, 휴대 전화를 움켜쥔 채로 창틀에 발을 올리고는 그 너머를 노려보았다.

"내가…… 마리나와 못치를, 구할 거야!"

툭.

바람이 다시 내 등을 밀자 나는 한 치의 망설임도 없이 별 너머로 몸을 던졌다.

요정의 가루를 뿌리고, 도망가는 자신의 그림자를 쫓아.

짠 눈물을 삼킨 나는 푸른 여름을 향해 다시 날아올랐다.

제19화

네가 있는 미래로

"저기~ 기리 짱. 약 먹지 않아도 괜찮아~?"

닫히 시야 너머에서 어린 목소리가 들려와 나는 무거운 눈꺼풀을 들어 올렸다. 그러다 초등학생 시절의 마리나와 눈이 마주쳤다.

맥주 상자 위에 올라가 색종이로 만든 고리 장식을 손에 들고 있는 나. 예전에도 본 이 광경에 신기할 정도로 냉정한 머리는 곧바로 상황을 이해했다.

타임 리프에 성공한 모양이라고.

"……마리나."

"응? 왜 그래? 앗! 그러고 보니 기리 짱, 천식약을 깜박하고 집에 두고 왔지? 기리 짱도 참 못 말린다니까."

"아, 그게……."

최악의 미래를 봐버린 후라 어떤 표정을 지어야 할지 알 수가 없었다. 나도 모르게 말끝을 흐리자 마리나가 눈을 크게 뜨고 나를 바라봤다.

"기리 짱, 괜찮아? 안색이 안 좋은데."

고개를 갸웃거리는 마리나. 아무 대답도 하지 못하고 가만히 있는데 갑자기 그 자리에 다른 목소리가 울려 퍼졌다.

"야, 기리! 큰일 났어! 야부코가 다쳤어!"

"!"

큰소리를 내며 황급히 나타난 것은 야부코의 손을 잡아끈 못치였다. 나는 고개를 획 돌리며 "못치……" 하고 그 이름을 작게 불러보았다. 그러자 못치가 역시 들어본 적이 있는 대사를 외쳤다.

"기리, 어떡하지? 피가 얼마나 많이 났는데! 야부코, 내 말이 맞지? 아프겠다! 정말 심하게 다쳤다고!"

"어, 어어……. 저기, 그게, 그러니까……."

작은 상처 하나에 호들갑을 떠는 모습은 예전에 타임 리프한 아마네의 생일 파티 날과 똑같았다. 아무래도 그날의 일을 반복하고 있는 듯했다.

내 기억이 정확하다면 아마 이다음에 치아키가 대화에 끼어들 텐데……라고 생각한 그때, 어떤 조짐도 없이 갑자기 누군가가 빈 집의 문을 발로 차며 요란하게 들어왔다.

우리는 화들짝 놀라 고개를 돌리다 일제히 숨을 멈추었다.

"야! 못치! 누가 네 멋대로 코마리의 오빠인 척 굴래! 내가! 코마리의! 오빠란 말이다. 어?!"

"……?!"

온몸으로 오빠인 티를 내며 등장한 사람은 놀랍게도 무시무시한 형상을 한 치아키였다. 못치는 볼을 씰룩이며 "야, 치아키!" 하고 얼굴을 찌푸렸다.

이건 기억과 완전히 다른 전개라 나는 순간 당황했다.

반면에 짜증을 내며 다가온 치아키는 곧바로 못치에게서 야부코를 떼어내더니 보란 듯이 야부코를 끌어안고 남을 비웃는 듯한 얄미운 미소를 지었다.

"하! 유감스럽지만 말이다. 코마리의 오빠는 말이지, 정식으로도! 세간의 시선으로 볼 때도! 법률적으로도! 오직 나뿐이란 말이야. 아이고, 우리 코마리. 딱하게도…… '모두의 오빠'라고 제멋대로 자처하는 녀석이 자꾸만 따라다니니……."

"뭐어?! 지금 뭐라고 했냐, 치아키! 아니, 그보다 그런 소리를 할 거면 너야말로 멋대로 기리의 절친인 척 굴지 말라고! 내가 너보다 훨씬 먼저 기리의 절친이었거든?!"

"절친은 여러 명이어도 상관없잖아? 하지만 코마리의 오빠는 전 세계에서 오직 나뿐이라고. 크큭, 꼴좋다. 메롱."

"우아아! 저 녀석, 진짜 열받아!"

"우아, 시골 원숭이가 화났다! 어이쿠, 무서워라."

치아키는 못치를 도발하며 혀를 내밀더니 킥킥대며 즐거워했다.

예전과는 사뭇 다른 전개였지만, 과거를 바꿔도 치아키의 솔직한 말투는 여전했다. 하지만 예전만큼 사악한 분위기는 풍기지 않았다.

못치에게 싸움을 걸고는 있지만 아마 단순히 서로 장난치고 있는 것뿐이리라.

'저 녀석, 다른 아이들과 사이좋게 지내고 있잖아……. 다행이야.'

고립되었던 시절이 마치 거짓말인 양 치아키의 표정은 밝았다. 둘 사이에 껴 있는 야부코는 난처한 표정을 짓고는 있지만, 그래도 편안한 표정으로 치아키에게 달라붙어 있었다.

'평범하게' 지내고 있는 두 사람의 모습에 왠지 나까지 마음이 놓였다.

하지만 나도 모르게 미소를 짓고 있던 그때, 시야에 들어온 마리나의 표정을 본 나는 놀라 숨을 들이켰다.

"……읏."

마리나는 아무 말도 하지 않고 입을 꾹 다문 채, 야부코를 빤히 바라보고 있었다. 마리나가 마음속으로 무슨 생각을 하고 있을지 이제야 훤히 이해가 갔다.

마리나는 주변 사람들이 잘 챙겨주고 사랑해 주는 야부코를 좋게 생각하지 않았다. 훨훨 타오른 질투심 때문에 부정적인 감정이 마리나를 집어삼키고 있었다.

마음이 급해진 나는 맥주 상자에서 내려와 곧바로 마리나의 손을 잡았다.

"……어?!"

"마, 마리나! 나 천식약을 깜박하고 집에 두고 왔나 봐! 함께 가지러 가주지 않을래?!"

"어……, 응. 그, 그건 상관없지만! 기, 기리 짱, 손 좀……."

"우아! 치아키, 저것 좀 봐. 기리가 마리나랑 손을 잡았어!"

"어, 뭐야, 뭐야? 둘이 아주 러브러브인데?"

그러자 지금까지 험악했던 분위기는 어디로 갔는지, 곧바로 표적을 나로 바꾼 두 사람은 순식간에 결탁해 나를 놀리기 시작했다.

그러고 보니 초등학생은 이런 야유를 좋아했지. 난처해진 나는 화제를 돌리고자 치아키를 손으로 가리켰다.

"러, 러브러브인 건 너겠지, 치아키! 필사적으로 오빠 행세를 하지만 사실 야부코를 좋아하는 거 아니야?!"

"뭐……?!"

"어머?!"

내가 지적하자마자 치아키와 야부코가 볼을 붉혔다. 동요한 티가 팍팍 나는 치아키는 보기 드물게 여유가 없는 모습으로, "아, 아니……" 하며 말을 더듬더듬 이어 나가려 했지만, 이때다 싶었던 못치는 입꼬리를 들어 올리며 "호오?" 하고 두 눈을 번득였다.

"어, 뭐야? 이런이런. 치아키, 뭐가 '오빠'라는 거야? 정말 야부코를 좋아해? 그럼 너야말로 가장 오빠 자격이 없는 거 아닌가?"

"윽……."

"좋았어! 지금부터 동네방네 소문내야지! 치아키는 오빠인 척하지만, 사실 야부코한테 홀딱 반했다고!"

"저 바보……! 야, 못치. 그만 둬! 잠깐 거기 서보라고!"

소리 높여 웃고는 달아나 버리는 못치, 그리고 그 뒤를 쫓는 치아키, 뒤늦게 그 둘을 "자, 잠깐만!" 하며 따라가는 야부코.

정신없이 술래잡기를 시작한 세 명을 흘깃 쳐다본 나는 살며시 마리나의 손을 잡아끌고 비밀 기지를 나왔다.

이렇게 떠들썩한 곳을 벗어난 우리는 익숙한 산길을 내려가기 시작했다. 부끄러운 듯 "기리 짱……" 하고 나를 부른 마리나에게 잠시 후 나는 입을 열었다.

"응? 왜?"

"어째서 마리나랑 가는 거야? 평소에는 치아키나 못치와 함께 갔으면서……."

"아, 그건 저기……, 너랑 둘이서 이야기를 하고 싶었으니까?"

"뭐?!"

내 말을 들은 마리나는 볼이 빨개졌다.

알기 쉬운 그 모습에 정말 나를 좋아하는구나 싶어 조금 멋쩍어진 나는 걸음을 멈추었다.

"……마리나. 나한테 뭔가 할 말 없어?"

"어……엇……!"

"지금 우리 둘만 있잖아. 하고 싶은 말이 있으면 뭐든지 들어줄게."

최대한 상냥하게 말을 꺼낸 나는 마리나의 눈을 바라봤다.

죽기 직전에 마리나가 꺼낸 후회는 '좀 더 일찍 자신의 마음을 전했더라면 좋았을 텐데'라는 것이었다. 그 후회를 지워 버리면 내가 보고 온 최악의 결말을 막을 수 있을지도 모른다.

마리나도, 못치도, 치아키도, 야부코도, 기도도……, 그리고 아마네도.

누구도 슬퍼하지 않고, 누구도 상처받지 않도록.

누구도 목숨을 버리거나 하지 않도록.

모두를 구할 수 있을지 모른다.

"기, 기리 짱……. 혹시 마리나의 마음을 눈치챘어?"

볼을 붉힌 채 묻는 마리나에게 나는 고개를 끄덕였다. 목덜미까지 새빨개져 버린 마리나는 눈을 이리저리 굴리며 당황하기 시작했다.

하지만 그러다 이윽고 결심했는지 고개를 들었다.

"저, 저기……, 있잖아, 나 말할게! 기리 짱에게 용기 내서 말할 거야!"

"응, 마리나. 말해."

"기대……해도 되는 거야?"

마리나가 눈을 치켜뜨고 묻는 말에 나는 고개를 갸웃거렸다.

'기대하다니? 뭘 말이야?'

내가 그렇게 의아해하고 있는 동안, 심호흡을 크게 여러 번 반복한 마리나가 내 손을 꼭 잡았다.

그제야 나는 중대한 사실을 눈치챘다.

"마, 마리나……, 마리나는 말이지."

……어라? 잠깐만.

"기리 짱을……."

지금 이대로 마리나에게 고백받으면,

"처음 만났을 때부터 ……쭉, 계속……!"

─뭐라고 대답해야 하지?

"줄곧…… 기리 짱을 좋아했어! 그러니까 마리나와 사귀어 주세요!"

미지근한 바람이 두 사람의 검은 머리카락을 어루만지며 언덕 길 위로 지나갔다.

나는 그대로 얼어 버렸고, 꼭 잡힌 손바닥에서는 땀이 배어 나왔다.

떨고 있는 마리나의 손. 귀까지 빨개진 얼굴. 아직 열 살 전후인 여자아이.

긴장해 있는 마리나의 앞에서 나는 모든 사고가 뒤죽박죽 엉켜 버렸다.

'큰일났다. 답변까지는 생각하지 못했어. 어떡하지? 내가 좋아한 사람은 마리나가 아니라고…….'

하지만 이대로 마리나의 고백을 거절하면?

또다시 누군가가 죽게 될까?

'안 돼……. 그것만큼은 절대로 안 돼!'

내가 조용히 머릿속으로 갈등하고 있자 마리나가 불안한 듯한 표정으로 고개를 들었다. 마리나가 "기리 짱……?" 하고 나를 부르자 나는 바싹 마른 목에 침을 삼켰다.

쏟아지는 매미 소리.

거짓말을 할 것인가, 본심을 고백할 것인가.

내게 선택을 재촉하고 있었다.

여름을 배경으로 한 밤색 머리가 내 머릿속에서 바람에 흔들렸다.

"……응."

"어……?"

"좋아, 마리나."

떨리는 작은 손에 내 손을 겹치며 나는 곧바로 거짓말을 뱉었다. 마리나는 믿을 수 없다는 듯한 표정으로 눈을 크게 뜨며 "정말로?" 하고 물었다.

"응, 정말."

"……흑."

"사귀자, 우리."

"기리 짱……, 나 정말 기뻐!"

눈에 눈물이 고인 마리나는 내게 힘껏 안겨 왔다. 그 무게를 작은 몸으로 받아내며 나는 애써 웃음을 지었다.

이걸로 됐어. 틀리지 않았어. 이것으로 틀림없이 원만히 해결될 거야.

매미 소리를 들으며 나는 스스로를 다독였다. 미처 다 끓어오르지 못한 어떤 감정은 눈치채지 못한 척을 하면서 연기만 나는 아지랑이의 뚜껑을 덮었다.

그때 또다시 머릿속에 떠오른 건 밤색 머리의 소녀. 하지만 신기하게도 그것은 첫사랑의 모습이 아니었다.

내 입술을 불시에 빼앗고 장난스럽게 웃던,

나보다 어린 주제에 건방지면서도 요정처럼 사랑스러운 소녀.

'이상하네, 나…….'

어째서 지금 유키네의 얼굴을 떠올리고 있는 것일까.

그러한 의문을 품은 순간, 갑자기 품 안에 있던 마리나의 무게가 사라지면서 몸이 붕 떠오르는 느낌이 들었다.

"엇……."

쾅당!

"아야야?!"

갑자기 느껴진 위화감에 의문을 품을 새도 없이 나는 또다시 딱딱한 바닥 위에 내동댕이쳐졌다.

세게 부딪친 허리의 아픔과 규칙적으로 반복되는 스마트폰의 알람음. 벌써 몇 번째인 이 상황에 나는 얼굴을 찌푸리며 중얼거렸다.

"돌아온 건가?"

자리에서 일어나 주위를 둘러보니 현재의 내 방……이었지만, 지금까지와는 그 모습이 사뭇 달랐다.

바닥에 널려 있어야 할 만화책은 책장에 가지런히 꽂혀 있고, 게임 소프트웨어의 수는 눈에 띄게 줄었으며, 잘 알지도 못하는 축구팀의 유니폼과 가수 포스터가 벽에 걸려 있었다. 게다가 무엇보다 방 전체가 말끔하게 정리되어 있었다.

"뭔가 가구 배치도 좀 다른데……. 치아키가 와서 정리해 준 건가?"

나는 고개를 갸웃거리며 별생각 없이 머리를 만져봤다. 하지만 그 감촉이 여느 때와 전혀 달랐다.

놀란 나는 눈을 크게 뜨고 곧바로 거울 앞으로 다가가 내 머리 모양을 확인했다.

"……뭐, 뭐야, 이게?!"

멋대로 뻗쳐 있던 부스스한 머리카락과 아무렇게나 길렀던 머리 스타일이 짧게 정돈되어 있었고, 창백하고 초췌했던 안색도 건강하게 변해 있었다.

눈가에는 다크 서클이 없고, 몸도 다소 근육질로 변해 있는 것이…… 마치 평범한 남자 고등학생 같았다.

"이, 이게 정말 나야?! 다른 사람 같은데……."

"야, 기리. 왜 그렇게 늦냐. 언제까지 기다리게 할 거야."

당황한 나를 내버려 둔 채, 등 뒤에서 익숙한 목소리가 귓가에 들렸다. 문도 두드리지 않고 방으로 들어온 치아키와 눈이 마주치자마자 "치아키……!" 하고 불렀지만, 치아키는 얼굴을 찌푸렸다.

"우아! 심지어 아직도 잠옷 차림이냐! 너, 진짜 할 마음이 없냐? 나를 완전히 무시하는구나."

"어……, 아, 미, 미안! 여름 방학 보충 수업이지? 데리러 와준 거야?"

"뭐? 보충 수업? 뭔 소리야. 넌 수업을 꼬박꼬박 들어서 보충 수업 대상자가 아니야. 그런 거에 억지로 참가시킬 만한 바보는 기도 정도밖에 없지."

"……뭐?"

—보충 수업 대상자가 아니라고? 수업을 들었다고? 내가?

나는 당황해서 멍하니 그 자리에 서 있었다. 그런데 그때 키가 큰 또 다른 누군가가 내 방으로 들어왔다.

"기리. 준비는 다 됐냐?"

"……어?! 못치?!"

불쑥 나를 쳐다본 사람은 놀랍게도 현재에서는 연결 고리가 거의 없던 못치였다. "너 아직도 파자마 차림이냐?! 아무리 내가 네 절친이어도 너무 무시하는 거 아니냐?"라며 조금 전에 들은 것과 비슷한 대사를 뱉어낸 못치에게 곧바로 치아키가 태클을 걸었다.

"야, 웃기지 마. 누가 절친이라는 거야? 기리의 절친은 나라고. 어?"

"뭐? 무슨 소릴 하는 거야, 치아키. 내가 옛날부터 말했지만 내가 먼저 기리의 절친이 되었다고. 우리는 생일도 같고, 스마트폰 패스워드도 똑같은 '1214'로 맞췄다고. 안 그러냐, 기리?"

"우아, 남자끼리 패스워드를 왜 똑같이 하는데? 닭살 돋게."

"뭐라고?! 낮잠 자고 있던 야부코의 뺨에 네 녀석이 몰래 뽀뽀한 사건, 내가 다 소문내 버린다!"

"야야! 그건 말하지 않기로 약속했잖아! 너 입이 왜 그렇게 가볍냐!"

사이가 좋은 건지 나쁜 건지 알 수 없는 두 사람은 내가 알지 못하는 추억으로 서로를 깎아내리며 다투고 있었다. 나는 멍하니 두 사람의 다툼을 바라보고 있다가 못치가 살아 있다는 사실이 점점 실감 나기 시작해 나도 모르게 눈물을 글썽이고 말았다.

다행이야, 살아 있어. 내 눈앞에 있어.

"……다행이다, ……흑."

모기 울음소리만큼이나 작게 중얼거린 나는 두 사람에게 들키지 않도록 남몰래 눈물을 닦았다.

못치가 살아 있다. 그렇다는 건 마리나도 살아 있다는 걸까. 만약 살아 있다면 연락이 오리라고 생각한 나는 조금 전에 요란하게 알람을 울려대던 스마트폰을 들어 문자를 확인했다.

그러자 역시 언제나처럼 마리나가 보낸 문자가 있었다.

굿모닝! 오늘 기대된다!

그런 내용이 담긴 문자에 나는 가슴을 쓸어내렸다.

"마리나……! 다행이다, 그 녀석도 살아 있구나……."

"앗! 못치, 이것 좀 봐! 이 녀석, 우리를 내버려 두고 '여자 친구'가 보낸 문자를 확인하고 있어. 아주 팔자가 좋으셔. 잠옷 차림인 주제에."

"어? 아, 아니 그게 아니라……. 잠깐. 뭐?! 여자 친구?!"

"좋겠다, 여친 있어서. 부럽구먼."

"어……, 어? 뭐어어?!"

살면서 나와 가장 인연이 없다고 생각했던 단어가 흘러나와 나는 표정 관리를 하지 못하고 동요하고 말았다.

여자 친구……. 여자 친구라니?

말을 들어보니 아마도 마리나를 가리키는 것 같은데?

'마, 말도 안 돼! 물론 내가 과거에 그 녀석과 사귀게 되었지만……, 그때부터 계속 사귀고 있다고?! 팔 년 동안이나?!'

당혹감을 감추지 못하고 말문이 막혀버린 내 앞에서 치아키와 못치는 고개를 갸웃거리며 서로를 쳐다봤다. 그런데 마침 그때, 초인종이 울리면서 인터폰이 우리에게 손님이 온 사실을 알렸다.

"와, 호랑이도 제 말 하면 온다더니. 여자 친구가 데리러 온 거 아니야?"

"뭐?"

"자, 이제 슬슬 갈까? 준비할 것도 있고!"

"어? 주, 준비라니……. 미안한데, 오늘 뭐 하기로 했었지?"

상황 파악이 되지 않아 묻자 두 사람이 역시나 의아하다는 듯이 눈을 가늘게 떴다. 그러더니 둘은 당연하다는 듯이 말했다.

"뭔 소리를 하는 거야? 네가 먼저 말을 꺼냈으면서."

"맞아. 네가 먼저 말을 꺼내지 않았냐? 오늘 아마네의 생일 파티를 하자고."

그렇게 말하더니 못치와 치아키가 내 등을 탁 두드렸다.

아마네의…… 생일 파티.

그런 있을 수 없는 말에, 나는 아무 생각도 할 수 없었다. 그러다 이윽고 나는 어색한 동작으로 다시 스마트폰 화면을 바라봤다. 화면에 나와 있는 날짜는 이미 몇 번이나 본, 나에게 매우 뜻깊은 날.

―8월 10일.

"설마……."

작게 중얼거린 나는 곧바로 뛰쳐나갔다. "야?!" 하고 큰 소리로 부르는 두 친구를 무시하고, 계단을 뛰어 내려간 나는 현관으로 달려 나갔다.

얼른 잠금장치를 풀고 문을 열자 사복 차림의 마리나가 "꺄악!" 하고 놀란 듯 비명을 질렀다.

"기리 짱! 그렇게 급히 나오면 어떡해. 깜짝 놀랐잖아."

"……윽."

"그보다 기리 짱, 그거 파자마야? 후훗, 늦잠 잤구나? 뭐야, 진짜 웃겨. 이거 봐! 기리 짱, 늦잠 잤대!"

마리나는 재미있다는 듯이 웃으며 등 뒤에 서 있던 인물을 불렀다.

"아마네!"

눈부신 푸른 하늘 아래에서 흔들리는 밤색 머리. 그 무렵의 모습이 남아 있지만, 키가 커지고 더욱 성숙해진 옆모습.

고개를 돌리다 눈이 마주친 아마네는 눈꼬리를 내리며 여동생과 닮은 얼굴에 장난스러운 미소를 띠었다.

"……아마네, ……흑."

성장한 첫사랑 뒤로 보이는 한없이 맑고 푸른 여름 하늘이 우리를 내려다보고 있었다.

제4장

웬디는 여전히 별에

제20화

네가 기다리는 과거로

　"아무리 그래도 자네에게는 실망했네, 기리 대원! '군청의 구세군, 코발트 세이버'의 대간부인 내 생일 파티를 까먹은 데다 심지어 늦잠을 자고 파자마 장비로 등장하다니! 그런 장비로 괜찮은가?! 연인인 마리나 일병을 본받게나. 자네는 제1사단에서 훈련생으로 강등일세!"

　"……휴우. 그, 그게, 죄송합니다, 아마네 대장."

　"각하!"

　"아, 아마네 총통 각하……."

　"그래!"

　고등학생으로 성장했는데도 압도적으로 정신 연령이 어린 아마네에게 말을 맞춰주며 나는 얼빠진 눈으로 먼 곳을 바라봤다.

현재 우리는 '아마네의 생일 파티'에 필요한 물건을 모두 사서 산을 오르는 중이었다. 가려는 곳은 당연히 비밀 기지인 네버랜드다.

　세월을 거친 아마네의 '창작 히어로 이야기'는 악화 일로를 걷고 있는 데다 중2병에서 아직 다 벗어나지 못한 듯 알 수 없는 외래어가 군데군데 들어가 있어서 이해하기 매우 어려웠다. 치아키나 못치는 도저히 말을 맞춰주기 힘들다며 아마네를 상대하는 역할을 나에게 떠넘기고는 나중에 합류한 야부코, 기도 무리와 함께 먼저 산을 올라가 버렸다.

　"그러니까 군(軍)이야, 단(團)이야, 병(兵)이야? 셋 중에 뭐냐고. 여전히 세계관이 엄청나네⋯⋯."

　"후훗, 아마네 짱은 늘 활기차고 즐거워 보여."

　"⋯⋯뭐, 그렇지. 활기차 보이는 건 좋네. 안심했어."

　흑역사를 조금 양산하고 있는 것 같긴 하지만, 아마네가 잘 자랐다는 확실한 사실만으로도 나는 충분히 만족했다.

　어릴 적에 양 갈래로 묶었던 머리카락은 이제 내려뜨렸고, 옷차림은 의외로 여성스럽게 변해 있었다. 키는 그다지 자라지 않은 듯했다. 그리고 몸매도⋯⋯라는 식으로 분석하며 힐끔힐끔 쳐다보고 있다가 갑자기 옆에서 머리를 쥐어박혔다.

　"뭐야, 여자 친구 옆에서 다른 여자를 구경하느라 바쁘면 어떡해? 질투할 거야."

"어?! 아, 아니야. 마리나. 오해야! 제발 아무도 죽이지 말아줘……!"

"뭐? 후훗, 무슨 소리를 하는 거야. 죽이다니 과장이 좀 심하네. 그런 짓 안 해."

마리나는 이상하다는 듯이 웃더니 무언가가 생각났는지 "앗, 맞다. 아마네!" 하고 아마네 곁으로 신나게 달려갔다.

연인인 나를 내버려 두고 깔깔대며 즐거워하는 두 사람. 아무래도 이번 시간축에서는 사이좋게 지내고 있는 듯하다.

'……다행이다, 마리나. 정말이지 행복해 보여.'

나는 마음이 놓여 남몰래 가슴을 쓸어내렸다. 그때 문득 내 손목에 시선이 갔다.

손목에는 원래 유키네가 준 별 장식 머리끈을 항상 차고 있었는데, 어째서인지 그게 어디에도 보이지 않았다.

'아마네가 되살아났기 때문에 머리끈 자체가 사라져 버린 걸까?'

나는 눈을 가늘게 뜨고 앞서 걸어가는 두 사람의 등을 바라봤다.

아마네가 죽지 않았다는 사실은 유키네의 후회가 없어졌다는 것. 유키네는 소원이 이루어져 사 년 후의 미래로 돌아갔을 가능성이 크다.

그렇다면 이 시간축에 존재하는 유키네는 이미 내가 알고 있는 유키네가 아니지 않을까.

'어? 그렇게 생각하니 뭐지? 이 기분은.'

그렇게나 바랐던 미래.

누구도 사라지지 않은, 슬프지 않은 푸른 여름.

드디어 썩은 부위를 제거한 이상적인 세계를 맞이했는데도 가슴에 구멍이 뻥 뚫린 기분이다.

나는 어깨를 축 늘어뜨리고, 내 얇은 입술을 손끝으로 살짝 매만졌다.

"무사히 돌아오면 다시 내게 키스하러 오는 거 아니었어? 바보 유키네……."

"누가 바보예요?"

"……어?"

혼자 중얼거린 말에 돌아온 목소리. 그 소리를 듣고 놀란 내가 뒤를 돌아본 순간, 양쪽 무릎 뒤편에 갑작스러운 충격이 가해졌다.

갑자기 힘이 탁 풀리면서 나는 "우앗?!" 하고 괴성을 지르며 그 자리에 주저앉았다.

"아야……, 아파……!"

"후훗, 성공했네요. 잘 걸렸어요, 뒷무릎치기 공격."

"유, 유키네……?!"

장난을 성공한 유키네는 "바라던 미래로 무사히 돌아온 것을 축하해요" 하며 미소를 지었다. 바라던 미래……. 그 말을 알고 있다는 건, 이 녀석은 내가 알던 유키네인 걸까.

후회를 없었을 텐데 왜 아직 미래에 돌아가지 않은 걸까. 하지만 그런 의문보다도 먼저 심장이 세차게 뛰어버려 나는 방금 장난에 걸려들었다는 것도 잊은 채 웃고 말았다.

"유키네! 다행이다. 벌써 미래로 돌아가 버린 줄 알았어!"

"어머, 그래서 외로웠어요? 귀엽네요."

"뭐?! 아, 아니야! 그렇지, 아마네가 죽지 않은 것을 그냥 보고하고 싶었던 것뿐……!"

"그래요? 하지만 저랑 키스하고 싶었잖아요. 야하긴."

유키네는 엉덩방아를 찧은 내 앞으로 다가와 쭈그려 앉고는 가느다란 손가락으로 내 입술을 매만졌다. 그 순간, 심장이 빠르게 뛰며 볼이 뜨겁게 달아올랐다.

낯선 사복 차림 모습인 것도 어쩐지 긴장이 되었다.

"어, 유키네?! 왜 여기에 있어?!"

바로 그때, 앞서 걷고 있던 아마네가 유키네의 존재를 알아차렸다. 아마네는 곧바로 여동생에게 달려와 "외출해도 괜찮아? 몸은 좀 어때?" 하며 가냘픈 어깨를 붙잡고 걱정스러운 듯 물었다.

유키네는 엷게 미소를 지으며 "응, 괜찮아" 하고 대답했다.

"괜찮다면 다행이지만……. 저녁에 혼자 산에 오르다니 위험하잖아. 어두워지면 어떡하려고."

"응, 미안해. 하지만 오늘은 언니 생일 파티를 한다고 하니까 궁금해서 몰래 따라와 버렸어."

"그래……. 그건 기쁘지만, 무리하면 안 돼. 알았지?"

"무리 안 해. 있잖아, 오늘 밤에는 여름 축제가 열린대. 사람이 많은 곳은 가지 못하니까 적어도 산에서 불꽃놀이를 보고 싶어. 언니가 있으면 돌아갈 때도 안심이고. 안 그래?"

유키네는 웃으며 아마네에게 말했다.

여름 축제. 그러고 보니 아마네와 유키네의 할머님이 말씀하셨던 기억이 있다. 올해의 여름 축제는 8월 10일이라고.

기억을 되짚어 보고 있는데, 갑자기 마리나가 다가와 내게 귀띔해 주었다.

"아마네의 여동생은 몸이 약해서 잘 쓰러진대. 신경 써서 봐줘야 할 것 같아."

"……그렇구나."

"혹시 쓰러지면 기리 짱이 열심히 업고가 줘. 알았지? 사랑하는 여자 친구 절친의 여동생이니까 잘 지켜 줘!"

"아, 알았어……."

낯간지러운 마리나의 말에 고개를 끄덕이면서 나도 모르게 유키네의 모습을 눈으로 좇고 마는 내 모습.

유키네의 몸이 약하다는 이야기는 예전에도 들었다.

평소에는 밝게 웃기만 해서 신경 쓰지 않았지만, 실은 무리할 때도 있었을지 모른다. 그렇게 생각하니 갑자기 걱정되었다.

마침 그때, "어이!" 하며 머리에 수건을 두른 못치가 멀리서 손을 흔드는 모습이 보였다.

"장보기 담당! 왜 이렇게 늦었어? 숯이 다 타버리겠어!"

"아, 미안하네, 못치 대원! 자, 가자! 우리의 생크추어리(sanctuary, 성역)로!"

"앗, 기다려! 아마네!"

파닥거리는 알 수 없는 포즈를 취하며 달려가는 아마네를 따라 마리나도 언덕길을 올라갔다.

유키네와 단둘이 남겨진 나는 유키네의 얼굴을 힐끔거리다가 조심스럽게 손을 내밀었다.

"저기……. 손, 잡아줄까? 여기 언덕 경사가 좀 급하지? 넘어지면 위험하니까……."

"……저 사람, 기리 씨의 연인이 된 건가요?"

"어?!"

갑작스러운 질문에 찔리는 것이 있는 것도 아닌데 가슴이 덜컹했다. 나는 눈을 피하고 "어, 뭐, 어쩌다 보니 그렇게 됐어……" 하며 뺨을 긁적였다.

유키네는 "흐응" 하고 작게 맞장구를 치더니 고개를 돌렸다.

"그럼 이제 키스는 하지 못하겠네요."

"……어?"

"당연한 거 아니에요? 연인이 있으면서 다른 사람과 키스하면 바람피우는 게 되잖아요."

'손을 잡는 것도 안 돼요'라며 고개를 저은 유키네는 내 손을 잡지 않고 나를 지나쳐 갔다. 내밀었던 손은 허공을 붙잡았다.

어쩐지 서글픈 감정이 밀려와 나는 뻗었던 손을 천천히 내리고, 시선을 떨구었다.

"……유키네."

이름을 불러 봤지만, 대답은 돌아오지 않았다.

"야, 기도! 야부코에게만 너무 고기를 몰아주는 거 아니냐! 좋아하는 애한테 점수 좀 따겠다고 우리가 구운 고기까지 몰아주는 건 아니지!"

"따, 딱히 좋아하는 건 아니거든! 무슨 소리를 하는 거야, 모치즈키! 어쩌다 보니 거기에 야부코가 있었을 뿐이라고! 그래서 뭐, 불만이냐!"

"맞아요! 우연이었어요!"

"딱히 야부코 짱이 '고마워' 하며 몸을 숙일 때 슬쩍 보이는 가슴골을 노리고 고기를 몰아주는 건 아니라고요!"

"미캉, 이 멍청아! 쓸데없는 소리 하지 마!"

"오호? 그건 흘려들을 수가 없는데? 야, 너희 금붕어 똥. 집게 좀 내놔 봐. 거기 그 변태 폭군을 잡아다가 석쇠에 구워버릴 테니까."

"지, 진정해, 치아키! 나는 괜찮으니까!"

어릴 적부터 잘 알고 지낸 녀석들은 준비한 바비큐용 그릴을 둘러싸고 저마다 떠들어 대고 있었다.

마치 초등학교 시절의 쉬는 시간으로 돌아간 듯한 게 예전의 미래에서는 상상도 할 수 없는 광경이었다. 유키네도 사람 좋은 못치가 곁에서 챙겨 주었는지 종이 접시에 고기가 수북이 담겨 있었다.

아마네의 생일 파티라는 명목으로 바비큐를 시작한 지 이제 두 시간이 흘렀다. 해도 저물어 밤의 장막이 드리워지고 있었다.

"어이, 제군들! 불꽃놀이 준비가 끝났네!"

잠시 후 페트병에 담긴 물을 양동이에 부은 아마네와 마리나가 선향 불꽃을 들고 달려왔다.

시각은 이미 오후 여덟 시였다. 여름 축제를 위한 불꽃이 쏘아질 때가 가까워졌다. 그 시각에 맞춰 이쪽도 불꽃에 불을 붙일 생각이겠지.

드디어 여덟 시가 지났을 무렵, 저 멀리 밤하늘에서 커다란 불꽃이 꽃잎을 펼치기 시작했다.

"우아! 불꽃이다! 엄청나게 잘 보여!"

"정말이네. 의외로 여기가 명당이잖아. 끝내준다!"

"아, 아프다고! 야, 치아키! 왜 내 목을 조르면서 불꽃을 구경하 냔 말이야!"

"치아키, 기도를 괴롭히면 못 써. 자, 다들 사이좋게 불꽃놀이를 하자. 핫사쿠, 라이터 좀 빌려줄래?"

"물론이지요!"

야부코의 유도에 따라 드디어 다들 선향 불꽃에 불을 붙이기 시 작했다.

빨강, 파랑, 초록.

먼 밤하늘에 쏘아지는 꽃들을 배경으로 우리의 손에서 불을 밝 히는 꽃잎.

각자 즐겁게 떠드는 가운데, 다 타고 제 역할을 끝낸 불꽃을 물 에 담근 마리나가 입을 열었다.

"……올해로 마지막이네. 다들 이렇게 모일 수 있는 것도."

져가는 꽃들을 바라보며 마리나의 입에서 흘러나온 것은 그런 말이었다. 그때까지 장난치며 놀던 녀석들은 갑자기 입을 다물고 화약 냄새가 가득한 언덕 위에서 침묵했다.

열여덟 살. 고등학교에서 보내는 마지막 여름 방학.

내년이 되면 다들 동네를 떠나가겠지.

"어른이 되면 어릴 적 친구들과는 만나지 못하게 된대. 먼 동네에서 결혼하고, 자식이 생기면 더는 고향에 돌아오지 않는 사람도 있어."

"……다들 어른이 되면 변해 버릴까?"

"무슨 소리를 하는 거야. 다들 변하지 않을 거라고."

불안한 속내를 드러낸 마리나와 야부코에게 머리에 다시 수건을 두른 못치가 웃으며 말했다.

"여기가 어디라고 생각하는 거야. 여긴 '네버랜드'라고. 아무리 시간이 지나도, 어른이 되어도, 여기에 오면 우리는 다시 어린이로 돌아갈 수 있어. 설령 뿔뿔이 흩어진다고 해도 우리의 추억 속에는 늘 이곳이 있을 거야."

"……못치."

"혼자 있다 쓸쓸해지면 나는 이곳을 떠올릴 거야. 그러면 쓸쓸하지 않고, 동심으로 돌아갈 수도 있어. 늘 함께했던 친구의 존재가 내 마음을 지탱해 줄 거고. 어른이 되어도 틀림없이 그럴 거야."

못치는 불꽃에 불을 붙이고는 이를 드러내며 웃었다. 그리고 "어른이 되는 것도 나쁘지는 않을 것 같은데? 다 같이 여기 모여서 술을 마실 수도 있잖아"라고 덧붙이자 이번에는 치아키가 웃음을 터뜨렸다.

"푸훗! 너 바보냐? '네버랜드에서 어린이로 돌아갈 수 있어!'라고 말해놓고 어떻게 여기서 술을 마실 생각을 하냐."

"앗! 듣고 보니 그렇네!"

"뭐, 하지만 못치치고는 의외로 좋은 말을 했잖아? 나도 나쁘지 않다고 생각해. 어른이 되는 거."

못치의 의견에 동조한 치아키에 이어 다른 녀석들도 웃으며 고개를 끄덕였다.

"어른이 되어도 이렇게 다 같이 모여서 여름을 함께 보낼 수 있으면 좋겠다!"

"그때쯤에는 머리가 멀쩡해졌으면 좋겠다, 가노에."

"뭐라고?! 그 말은 간과할 수 없네, 사사키 튜나콘마요지로!"

"예전부터 말하지만 그게 대체 누구야?!"

"후훗, 왠지 마음이 놓여. 다들 변하지 않을 것 같아서."

한순간 무거워졌던 분위기는 어디로 갔는지, 다시 편안한 분위기로 돌아왔다.

내 손에 들린 불꽃은 이미 다 타버려서 퐁당 소리를 내며 양동이에 담긴 물속에 가라앉았다. 그때 나는 문득 유키네의 모습이 보이지 않는다는 사실을 알아차렸다.

'……어? 유키네는?'

어디에 갔는지 의아해하던 그때, 선향 불꽃 하나가 나무숲 근처에 떨어져 있는 것이 눈에 들어왔다. 하늘에 쏘아진 불꽃에 정신이 팔린 친구들을 내버려 둔 채, 나는 조용히 선향 불꽃을 주워들고 숲속으로 들어갔다.

저벅, 저벅, 저벅.

멋대로 자란 잡초를 발로 밟고, 봉오리를 다문 분꽃을 바라보며 그렇게 도착한 그곳.

팔 년 전에 아마네가 죽었던 산비탈의 낭떠러지……. 그곳에서 유키네는 혼자 머리 위에 빛나는 여름의 대삼각형(여름의 1등성인 베가, 데네브, 알타이르를 이어서 이루어지는 삼각형을 이르는 말)을 올려다보고 있었다.

"유키네?"

이름을 부르니 시선이 이쪽을 향했다. "불꽃놀이 안 볼 거야?" 하고 묻자 유키네는 미소를 지었다.

"까맣게 잊고 있었는데, 전 시끄러운 곳을 싫어했어요."

"뭐? 그게 뭐야. 잊고 있었다니……."

"저는 시끄러운 불꽃놀이보다 조용한 별을 보는 것을 더 좋아해요. 게다가…… 밝고 활기찬 저 사람들보다 어딘지 모르게 우울한 당신이 좋아요."

갑작스러운 말에 나는 심장이 쿵쾅거렸다.

"뭐……?!"

순간 볼이 벌겋게 달아오르자 유키네가 부드럽게 웃으며 말했다.

"실제로 만난 당신은 언니에게 들은 것보다 훨씬 더 어둡고 음침했고, 남들에게 호감을 사지 못했어요. 하지만 역시 당신은 내 히어로였어요."

"날 무시하는 거야?"

"아니요. 무시하다니요. 그런 거 아니에요. 부디 우리 언니를 잘 부탁해요. 친구들과도 사이좋게 지내고요. 여자 친구와도 행복하시길."

"……유키네? 뭐야. 왜 그래, 갑자기. 꼭 마지막 인사 같은 말을 하고……."

"마지막 인사니까요."

단호히 말한 유키네는 나를 정면으로 바라봤다. 스쳐 지나가는 바람에 여름을 상징하는 듯한 연기 냄새와 하늘에 불꽃이 쏘아지는 소리가 섞여 있었다.

"저는 어른이 될 수 없어요."

별이 반짝이는 하늘 아래에서 유키네가 말했다. 나는 무슨 의미인지 알 수가 없어 "뭐?" 하며 미간을 찌푸렸다.

"지금 무슨 소리를……."

"저는 비록 지금은 건강하지만, 중학교를 졸업할 때쯤 중병에 걸려요. 그 후로 다시 입원 생활을 하지요. 미래의 저는 증상이 악화되기만 해서 결국 시한부 선고를 받았어요."

"……시한부 선고?"

"지금까지는 병원을 몰래 빠져나와 어떻게든 저 창문을 넘어 타임 리프를 할 수 있었어요. 하지만 이 이상은 무리예요. 돌아간 미래에서 저는 더 이상 혼자 힘으로는 마음대로 걸을 수조차 없어요. 당신과 만나 웃고 떠들 수 있는 그런 보기 좋은 모습도 아니고요……."

서글픈 푸념을 한 유키네는 양 갈래로 묶고 있던 머리를 풀었다.

사라졌다고 생각했던 별 장식 머리끈은 두 개 모두 유키네에게 있었다.

"얼마 전에 말했지요? '제가 동경하는 사람과 보낼 수 있는 시간을 조금이라도 더 되찾고 싶어요.'라고. 당신은 제가 말한 사람을 언니라고 생각했을지 모르지만, 사실은 당신이었어요, 기리 씨."

"그게 무슨……."

"처음에는 말이에요. 당신을 만날 수만 있으면 그걸로 충분하다고 생각했어요. 그것만 이루면 후회 같은 건 없을 줄 알았거든요. 하지만 아니었어요. 당신과 함께 지내다 보니 자꾸만 욕심이 생기지 뭐예요. '당신과 살아보고 싶다'라는 이루어지지 않을 미래를 바라게 되어 버렸어요."

밤색 긴 머리카락과 허탈한 미소가 눈에 아로새겨졌다. 앞으로 뻗던 내 손을 유키네가 먼저 붙잡았고, 햇볕에 그을린 내 손목에 머리끈 두 개가 끼워졌다.

"이거 드릴게요. 언니의 유품으로 간직하고 있었지만, 이제는 필요 없어졌으니까요. 앞으로 남은 미래가 없는 저보다 소중한 사람들을 미래로 이끈 당신이 가지고 있어야 할 것 같아요."

"아니, 유키네. 잠깐만 기다려……."

"안녕히 계세요, 기리 씨. 제가 멋대로 부탁한 일을 들어줘서 고마워요."

"잠깐만 기다리라니까! 아까부터 무슨 소릴 하는 거야! 나는……!"

"있잖아요, 기리 씨. 저는요……."

꽉 잡힌 손. 가냘픈 손가락 끝.

일방적인 말을 내뱉고 눈물을 글썽인 유키네는 슬픈 미소와 함께 또다시 일방적인 마지막 인사를 했다.

"실은 피터 팬 같은 것보다 '당신'을 줄곧 기다렸어요."

그 순간, 한층 거센 바람이 불었다. 마치 촛불이 꺼지듯 온기가 한순간에 끊겨 사라졌다.

눈을 한 번 깜박인 순간, 여태껏 내 눈앞에 있던 유키네가 그 자리에서 홀연히 자취를 감추고 말았다.

"유키……네?"

불러봐도 대답이 없었다. 나는 곧바로 몸을 날려 다른 아이들이 있는 곳으로 달려갔다.

하지만 선향 불꽃을 가지고 노는 아이들 사이에도 유키네의 모습은 보이지 않았다.

"유키네……!"

"기리 짱? 무슨 일이야?"

그때, 마리나가 왜 그러냐는 듯한 표정으로 다가왔다. 나는 초조함을 숨기지 않고 마리나의 어깨를 붙잡으며 "유키네는?!" 하고 물었다. 하지만 마리나는 당황한 모습으로 그저 고개를 갸웃거렸다.

"유키네? 글쎄, 모르지. 아마 집에 있지 않을까?"

"집이라니?! 조금 전까지 함께 바비큐 파티를 했잖아?!"

"무슨 소리를 하는 거야, 기리 짱. 여기는 늘 모이던 우리밖에 없다고. 게다가 유키네는 몸이 약해서 사람이 많은 곳이나 연기가 많은 곳에 잘 있지 못한다고 들었는데……."

마리나는 당황한 표정으로 쓴웃음을 지었다. 아무래도 유키네는 이곳에 오지 않은 것으로 되어 있는 듯했다. 그럴 리가 없는데. 조금 전까지 곁에 있었는데……. 아마도 타임 리프의 영향이겠지만, 확신할 수 없었던 나는 이를 갈며 눈을 내리깔았다.

왜 그런 거야, 유키네. 미래에서 나를 기다리겠다고 했잖아. 나보다 어른스럽게 굴면서 '나는 어른이 될 수 없다'니, 그게 무슨 소리야.

"유키네……."

나도 모르게 유키네의 이름을 중얼거리자 마리나는 그런 나를 보며 어딘지 모르게 슬픈 미소를 지었다.

"……기리 짱. 우리 잠깐 걷지 않을래?"

"……어?"

"자, 여기로!"

"우왓, 마리나, 잠깐만?!"

갑자기 산책을 제안한 마리나는 내 손을 잡고 어디론가 뛰기 시작했다. 나는 다리가 꼬이는 와중에도 어떻게든 마리나를 따라잡았고, 잠시 후 마리나가 걸음을 멈춘 곳은 돌계단이 쌓인 아담한 언덕 위였다.

내 기억에는 없는 곳. 하지만 마리나는 "여기 정말 오랜만이지?" 하며 웃었다.

"중학교 1학년 때, 여기서 처음으로 단둘이 불꽃놀이를 봤잖아."

그립다는 듯이 이야기를 풀어놓기 시작한 마리나는 멀리서 하늘에 쏘아져 화려한 꽃을 피우는 불꽃을 바라봤다. 아름답게 펼쳐진 꽃잎은 키가 큰 녹나무에 가려져 군데군데 이지러져 있었지만, 그래도 마리나는 불꽃에서 눈을 떼지 않았다.

"첫 데이트를 한 게 초등학교 6학년 때였나. 첫 키스는 중학교 2학년 때였고. 서로의 집을 오가며 함께 시험공부를 했던 시기도 있었는데. 마리나가 방에 처음으로 들였을 때, 기리 짱이 엄청나게 긴장했던 모습도 다 기억하고 있어."

이지러진 불꽃을 바라보며 마리나는 미소를 지었다. 마리나가 이야기하고 있는 건 내가 알지 못하는 과거의 추억이다. 하지만 그

건 틀림없이 이 시간축을 살아온 나와 마리나가 '연인'으로서 이제
껏 쌓아 올린 확실한 기록일 것이다.

나는 눈을 내리깐 채로 "응⋯⋯" 하고 조심스레 고개를 끄덕였다.
마리나는 한순간 말이 없더니 이윽고 입가에 엷은 미소를 띠었다.

"기리 짱은 참 상냥해."

"⋯⋯내가? 안 그래."

"아니야, 상냥해. 옛날이나 지금이나 늘 한결같이 상냥했어. 기
리 짱은 늘 마리나와 함께 있어 주었는걸. 마리나를 혼자 두지 않
으려고. 마리나가 외로워하지 않도록. 사실은⋯⋯ 마리나가 아닌
다른 누군가를 보고 있었는데도."

점이 난 입가가 한 가지 확신을 들추어낸 순간, 심장이 철렁했
다. 마리나의 눈은 이제 불꽃이 아닌 내 모습을 똑바로 바라보고
있었다. 어두운 곳에서 나를 바라보는 두 눈에 모든 생각을 읽힌
듯한 기분마저 들었다. 나도 모르게 마른침을 삼켰지만, 신기하게
도 마리나의 눈빛에서는 원한이나 질투 같은 탁한 감정이 전해지
지 않았다.

"⋯⋯마리나?"

내가 부르자 마리나는 다시 말을 이었다.

"난 말이야, 내 미래가 조금 두려웠어. 마치 성충이 되길 기다리
는 번데기처럼. 내가 나비가 될지 나방이 될지 아직 몰라서."

가느다란 손가락이 똑 하고 따버린 분홍색 분꽃이 높이 던져져 밤하늘에 흩날렸다. 나는 무슨 말을 해야 할지 몰라 의아해하며 눈을 가늘게 떴다.

"나비가 되면 그저 자유롭게 날기만 해도 모두에게 사랑을 받잖아. 하지만 나방이 되면 빛에 다가가기만 해도 모두가 거북해하지……."

이야기를 하는 도중에 분꽃이 중력에 이끌려 땅으로 떨어졌다. 아무리 날개를 펼친들 들에 피는 꽃으로는 하늘을 날 수 없다.

요정의 가루가 있지 않다면.

"마리나는 나비가 되고 싶었어. 하지만 실은 어렴풋이 눈치채고 있었어. 나는 무조건 사랑받는 나비가 아니라, 기리 짱이 주는 밝은 빛에 매달리기만 하는 추한 나방일 거라고."

미소를 짓고 있는 듯한 입가. 하지만 마리나가 실제로 미소를 짓고 있는지 내가 서 있는 위치에서는 확인할 수 없었다. "마리나는 사실 마음이 추해"라고 이야기한 마리나는 다른 시간축에서 자신이 저지른 슬픈 사건 같은 건 알지 못한다. 당연히 모를 것이다.

그걸 아는데도 어째서인지 마음이 아팠다.

"나, 알고 있었어. 기리 짱이 감정을 숨기고 내 곁에 있어 준거. 다른 누군가에게 마음이 옮겨간 것도. 하지만…… 그런 기리 짱의 상냥한 빛을 놓치고 싶지 않아서 나는 늘 알면서도 못 본 척을 했어."

"……."

"기리 짱이 다른 누군가를 본다고 해도 내 곁에 있어 주기만 하면 그걸로 좋았어. 거짓으로라도 좋아한다고 말해주면 그걸로 족했어. 하지만 그건 그냥 떼를 쓰는 어린애랑 다를 바가 없잖아."

이지러진 불꽃이 밤하늘 저편에서 차례차례 피었다가 서서히 졌다. 우리 사이를 지나는 여름 바람. 어릴 적부터 늘 봐왔던 마리나가 전혀 모르는 낯선 사람처럼 미소를 지으며 말했다.

"……마리나는 이제 좀 어른이 되어야 해."

조금 전에 땅에 떨어진 분꽃이 연기가 뒤섞인 바람에 날려 굴러갔다. 마치 보이지 않는 경계선 너머로 첫 발자국을 들인 것처럼.

"기리 짱, 우리 헤어질까."

불꽃이 터지는 소리보다 선명하게 들린 '이별'의 말. 목이 메인 나. 별이 뜬 매캐한 하늘을 배경으로 나부끼는 검은 머리.

밤에 녹아버릴 것만 같은 마리나와 아무 말 없이 마주 보고 있는 사이에 "하지만 내 어리광 하나만 들어 줘"하며 마리나가 한 발짝 다가왔다.

"우리가 헤어지고 앞으로 다들 어른이 되어서도 말이야."

"……응."

"못치가 말한 것처럼 다시 이 네버랜드에 돌아왔을 때만큼은…… 어린 시절처럼 나랑 친구로 있어 줄래?"

반짝반짝. 서서히 지는 불꽃을 배경으로 기분 탓인지 불안해 보이는 마리나가 물었다. 나는 입술을 꽉 깨물고 마리나의 눈을 바라봤다.

"이곳에 돌아오지 않더라도…… 너는 늘 내 친구야."

나는 한 치의 거짓도 없는 진심을 담은 표현을 골라 마리나에게 솔직한 마음을 전했다.

이 말이 가볍게 느껴질까. 믿음이 가지 않을까. 어떻게 생각하든 상관없다. 지금의 내가 전할 수 있는 말은 이것밖에 없으니까.

"있잖아, 마리나."

내가 부르자 마리나는 "응?" 하며 고개를 갸웃거렸다. 어딘지 모르게 어른스러워 보이는 표정. 나는 눈부시다는 착각마저 드는 여름 밤하늘에 눈을 가늘게 뜨며 다시 말했다.

"너 말이야. 아까 내가 네 곁에 늘 있어 줬다고 했잖아."

"응."

"그건 조금 틀렸어. 내 곁에 늘 있어 준 건 오히려 너야, 마리나. 너만이 나를 홀로 두지 않았거든. 고립된 나를 오직 너만이 늘 구해줬어……."

굿모닝, 오늘은 뭐 할 거야?

기리 짱, 잘 자. 내일 봐!

매일 아침, 매일 밤. 마리나가 아무렇지 않게 보낸 문자. 소소하고 당연하게 주고받았던 연락.

지금의 마리나는 기억하지 못하겠지. 원래의 내가 고독했다는 사실을. 친구 하나 없이 여름을 미워하면서 방에 틀어박힌 채로 썩어갔던 나를 오직 너만 외면하지 않았던 것을.

어쩌면 너는 네 말대로 마음이 추했을지 몰라. 나비가 아니라 나방이었을지 모르지. 하지만 딱히 어느 쪽이든 상관없지 않을까.

너에게는 날개가 있었어. 나비나 요정이 되지 못해도, 네 등에는 분명히 날개가 있었다고.

누구도 다가오려 하지 않았던 이런 나를 너만은 웃으며 매일 데리러 날아와 줬어.

"……별난 소리를 다 하네."

마리나는 놀라 눈을 동그랗게 뜨더니, 이상하다는 듯이 웃었다.

"기리 짱은 지금까지 고독했던 적이 한 번도 없었으면서."

한층 더 큰 불꽃이 피어나자 그 무렵의 나를 모르는 마리나가 말했다. 눈부신, 눈부신 꽃이었다. 밤에 피는 아름다운 꽃.

"그런가……."

살짝 고개를 끄덕인 나. 사실 이 시간축의 나는 실제로 고독했던 적이 단 한 번도 없을 것이다. 그래서 아무것도 잘못되지 않았다. 잘못된 것이 아무것도 없지만, 이게 진짜 정답인지는 모르겠다.

이곳은 미래를 인정하고 싶지 않은 내가 쌓아올린 이상적인 세계.

많은 친구들에게 둘러싸여.

네버랜드에 매달려.

어른 같은 건 되고 싶지 않다고 떼를 쓴 끝에 다다른 여름.

"어쩌면 피터 팬도 이런 기분이었을까……."

작게 중얼거리자 갑자기 마리나가 "피터 팬?" 하며 반응했다. 자연스레 아래로 향했던 시선을 올리자 마리나는 손으로 턱을 매만지며 잠시 생각에 잠겼다.

"아, 그러고 보니 '네버랜드'가 《피터 팬》에 나오는 거였지?"

"그걸 이제 알아차린 거야?"

"그게 아니라 뭐가 좀 생각나서. 옛날에 아마네에게 들었거든. '피터 팬을 좋아하는 여동생에게 비밀 기지에 붙일 이름을 지어달라고 했다'는 이야기."

"……뭐?"

─피터 팬을 좋아하는 여동생에게 비밀 기지의 이름을 지어달라고 했다고……?

내가 알던 것과 차이가 나는 말에 나는 의아해졌다.

"어? 잠깐, 마리나. 피터 팬을 좋아한 건 아마네 아니었어? 비밀 기지에 붙인 네버랜드라는 이름도 아마네가 붙인 게……."

"아니야. 피터 팬을 좋아한 건 아마네의 여동생인 유키네야. 아마네는 일요일 아침에 하는 히어로물밖에 관심이 없다고. 비밀 기지의 이름도 어릴 적에 유키네가 붙인 거야. '언젠가 가보고 싶은 곳'이라면서."

몰랐던 이야기가 하나둘씩 흘러나왔다. 이건 내가 타임 리프를 하기 전의 일이니, 과거를 바꾼 것과는 무관했다.

"언젠가 가보고 싶은 곳이라고……?"

마지막으로 묻자 마리나의 얼굴에 살짝 어두운 그림자가 드리워지는 듯했다.

"유키네는 몸이 약해서 계속 병원에 있었기 때문에 진짜 네버랜드에 가보고 싶댔대. 언젠가 피터 팬이 병원 창문으로 들어와서 자신을 데리고 나가줄 거라고 믿었던 모양이야."

마리나는 안타깝다는 듯이 이야기를 꺼냈다. 그리고 잠시 후, 고개를 번쩍 들더니 평소처럼 웃으며 밝은 목소리로 말을 이어갔다.

"어쩌다 보니 이야기가 길어졌네. 이제 슬슬 돌아갈까? 다들 걱정하겠어."

"어? 아, 응……."

"나 먼저 갈게!"

마리나는 종종걸음으로 내 옆을 지나 친구들인 있는 곳으로 돌아갔다. 헤어지자는 말을 꺼낸 직후인데도 부자연스러울 정도로 밝은 태도를 보이는 건 마리나 나름대로 나를 배려한 행동일지 모른다.

　잠시 그 자리에 서 있던 나도 다시 발길을 돌렸다. 하늘에 쏘아진 불꽃을 뒤로하고, 이쪽을 내려다보는 여름의 대삼각형에서 눈길을 돌렸다.

　하지만 앞서 들은 이야기가 다시 떠오르자 나는 움직이던 발을 멈추고 말았다.

　'비밀 기지에 네버랜드라는 이름을 붙인 사람이 아마네가 아니고 유키네라⋯⋯.'

　생각해 보니 확실히 예전부터 아마네는 히어로물에만 관심이 있었지, 내가 먼저 언급하지 않는 이상 피터 팬을 화제에 올린 적이 없었다. 쓸데없이 잘 알고 있기에 당연히 좋아한다고 생각했지만, 그게 아니었다면 이해가 간다.

　하지만 정말 그렇다면 이곳은 대체 누가 만든 네버랜드였을까. 그 비밀 기지의 창문은 대체 누구를 위해 과거와 이어져 있던 것일까.

　나는 이곳이 아마네가 만든 별 속이라고 생각했다. 그래서 줄곧 나는 '아마네를 데리러 가기 위해' 그 창문을 넘어 타임 리프를 했었다. 네버랜드는 아마네가 사랑한 곳이라고 생각했으니까.

　하지만 아니었다. 그렇지 않다.

　나는 처음부터 잘못 생각하고 있었다. 어째서 나는 이런 근본적인 문제를 이제껏 알아차리지 못한 걸까?

팔 년 전, 그 여름에. 그 과거에.

홀로 남겨진 사람은…… 아마 네만이 아니었다는 사실을.

'저는요, 입원해 있는 동안 줄곧 피터 팬을 기다렸어요. 별님과 가장 가까운 곳에서 계속 말이지요.'

타임 리프한 팔 년 전 여름, 내 추억 속에 한 번도 나타나지 않은 사람은 누구지?

우리가 모르는 곳에서 히어로가 찾아오기만을 기다렸던 사람은 누구지?

'왜, 피터 팬이 창문으로 들어와 웬디를 밖으로 데리고 가주잖아요. 저도 어릴 적에 그런 일이 생겼으면 했어요.'

그 창문을 넘어서 미래와 과거를 공유하고, 나와 줄곧 이어져 있던 사람은 누구지?

'그래서 늘 남몰래 병원 창문의 잠금장치를 풀어 두었어요. 언제든지 피터 팬이 데리러 올 수 있도록. 언제든지 네버랜드에 갈 수 있도록.'

어째서 알아차리지 못했을까.

이렇게나 간단한 답이었는데도.

내가 데리러 가야 했던 사람은 처음부터…….

"앗, 기리 쨩! 드디어 찾았네!"

마침 그때, 나를 찾아다녔는지 아마네가 크게 외치며 뛰어왔다.

"어이! 다들! 기리 대원을 발견했다!" 하고 외치는 아마네를 바라보며 나는 미소를 지었다.

하나둘씩 자리에 모이기 시작한 친구들. "야, 기리. 혼자 멋대로 사라지지 마" 하고 어이없어하는 친구들을 돌아보며 어째서인지 솟구쳐 오른 군청색 덩어리가 흘러내리지 않도록 속눈썹에 닿기 전에 막아냈다.

나는 처음부터 혼자였던 게 아니었다. 내가 멋대로 틀어박혀 혼자가 되었을 뿐이다. 어린아이로 남은 채 고집을 부리며 현실을 보려 하지 않았던 내가 억지로 시간을 멈추려 하는 바람에 전부 뿔뿔이 흩어졌을 뿐이다.

— '괜찮으세요? 기리 씨?'

하지만 한여름 뙤약볕 아래에서 시간을 넘어 나를 데리러 온 유키네를 만난 그때……, 멈춰 있던 내 시계가 팔 년 만에 움직이기 시작했을 것이다.

뭐가 피터 팬이라는 거야. 웃기지도 않아.

멍청한 피터는 늘 주변의 도움을 받기만 하는 한심한 퇴물 히어로다.

날 데리러 와준 팅커벨은 누구였을까. 내가 데리러 가야 할 웬디는 누구였을까. 그런 간단한 답조차 이제껏 알지 못했다.

"⋯⋯읍, 저기, 아마네⋯⋯."

눈물을 참고 터져 나오려는 울음을 삼키며, 나는 아마네를 불렀다. 아마네는 걱정스러운 표정으로 내 얼굴을 살폈다.

"나, 모두를 좋아해. 정말 좋아해. 평생 친구로 지내고 싶었어⋯⋯. 읍, 썩어빠진 인생을 살 때도, 실은 이런 여름으로 줄곧 돌아가고 싶었어⋯⋯."

"⋯⋯기리 짱, 괜찮아?"

"미안, 미안해⋯⋯. 흑, 나, 이러다 또 잘못할지도 몰라. 또다시 누군가에게 상처줄지도 몰라. 니를 나시 잃을지도 몰라⋯⋯."

이곳은 내가 바란 세계.

모두가 행복하게 살고 있는 미래.

그 누구도 슬퍼하지 않는 여름.

알고 있다. 이 이상 과거로 돌아가 봤자 의미가 없을지도 모른다. 미래의 유키네의 병을 낮게 하는 건 불가능할지도 모른다.

괜한 발버둥질이라는 것도 알고 있다.

하지만 그래도, 유키네의 '후회'가 '나와 함께 미래를 살지 못하는 것'이라고 한다면.

"나는⋯⋯ 읍, 그 녀석을 외면할 수 없어!"

유키네에게 받은 머리끈 두 개를 움켜잡고 아마네에게서 떨어진 나는 네버랜드의 창틀에 발을 걸쳤다.

여기는 별 건너편으로 들어가는 입구이자 내가 바랐던 푸른 여름에서 나가는 출구. 이곳에는 두 번 다시 돌아올 수 없다.

"어? 기리?! 뭐 하는 거야?!"

나는 눈을 크게 뜬 친구들의 모습을 마지막으로 되돌아봤다.

열여덟 살. 마지막 여름.

어른도, 아이도 아닌 우리들이 있던 여름.

아마네.

못치.

마리나.

치아키.

야부코.

기도.

핫사쿠와 미캉도.

한 사람 한 사람의 이름을 부르며 사랑하는 친구들의 얼굴을 눈에 새겼다.

이 아름다운 미래와의 작별을 결심한 나는 그들에게 마지막 말을 건넸다.

"……이런 나와 계속 친구로 있어줘서 고마워."

굳어 있던 근육을 움직여 자연스럽게 입꼬리를 올리자 그 순간, 눈물이 쏟아졌다.

한 치의 거짓도 없는 미소를 지을 수 있던 것도, 진심으로 솔직하게 '친구'와 대화를 나눌 수 있던 것도, 아마 팔 년만이었다.

몇 번이나 산산이 깨져버린 우정.

누군가가 사라져 버린 미래.

짧은 순간에 불과했던 푸른 여름을, 환상처럼 행복했던 시간을……, 짧은 시간이었지만 너희들과 함께 보낼 수 있어서 정말 다행이었어.

"내가 데리러 가야만 해."

'이상적인 미래'에 작별을 고하고, 나는 창틀 너머로 몸을 날렸다.

어른이 되지 못한 채 과거에 남겨진 웬디이자 팅커벨이기도 한 외톨이인 너의 곁으로.

가까운 듯하면서도 먼.

닿을 듯하면서도 닿지 않는.

오른쪽에서 두 번째로 빛나는 그 별에 있는 너를…….

지금부터 내가 데리러 갈게.

제21화

이제 안녕, 네버랜드

'텔레비전 방송은 아날로그에서 디지털로! 지상 디지털 방송 준비, 서두르세요!'

잠시 잠들어 있던 의식이 깨어나자 많이 들어본 듯한 추억의 광고 멘트가 귓가에 들려왔다. 고개를 드니 낯익은 우리 집 거실이었다.

시선의 끝에는 꽤 오래전에 버렸을 브라운관 텔레비전이 있었다. 이제 막 광고가 끝났는지 아침 뉴스 방송이 시작되고 있었다.

타임 리프를 한 사실을 바로 알아차렸지만, 대체 언제로 돌아온 걸까.

'지금이 몇 년, 몇 월 며칠이야……?'

현 상황을 파악하기 위해 우선 주변을 살폈다. 그러자 주머니에서 라디오 체조 출석 카드가 나왔다.

하루도 빠짐없이 출석 도장이 찍혀 있는 카드에는 '헤이세이(平成) 16년도'라고 적혀 있었고, '8월 10일' 칸까지 도장이 찍혀 있었다.

텔레비전에 표시된 시각은 오전 9시 12분. 라디오 체조가 방영되는 시각은 아침 6시 반이었을 테니 오늘도 평소대로 라디오 체조에 출석했다고 하면 현재 날짜와 시각은 '헤이세이 16년 8월 10일, 오전 9시 12분'이 된다.

'헤이세이 16년이라⋯⋯. 그렇다면 2004년 8월 10일이겠네. 그럼 또 아마네의 생일 파티 날인가.'

드디어 날짜와 시각은 확실해졌지만, 어째서 이번에는 굳이 오전인 이 시각으로 돌아오게 된 걸까. 예전에는 생일 파티가 시작되기 직전인 네버랜드로 돌아갔었는데.

무언가 의미가 있을 텐데, 하고 생각하던 그때 갑자기 '딩동' 하고 인터폰이 울렸다.

"⋯⋯누가 왔네."

"기리, 네가 잠깐 나가 보지 않을래? 아마 우유 배달 아저씨나 반상회에서 왔을 거야."

"아, 네."

젊은 시절 엄마의 목소리에 고개를 끄덕인 나는 자리에서 일어나 현관으로 향했다. '그러고 보니 예전에는 우유를 배달해 먹었지'라는 생각을 하며 현관문을 열었다.

그러자 그 순간, 눈앞에서 밤색 머리카락이 흔들렸다.

"부르면 튀어나오는 원양 어업! 천하무적 아마네 대장 등장이오!"

"으아앗?! 아마네?!"

"깜짝 등장 성공! 놀랐어? 아니……, 오늘은 그런 게 중요한 게
아니지. 기리 짱! 오늘 애들이랑 내 생일 파티 열어줄 거라며? 진
짜야?!"

갑자기 나타난 아마네는 두 눈을 반짝이며 내게 다가와 물었다.
당황한 나는 어색하게 고개를 끄덕였다.

"……어? 어."

"역시! 후후, 기도가 가르쳐 줬지! 서프라이즈 파티를 계획했을
텐데, 아쉽겠어!"

"어? 응……."

"후후, 하지만 기분 좋은걸. 친구들을 모두 '네버랜드'에 초대한
거지? 다들 좋아할 거야!"

아마네는 기쁘다는 듯이 환하게 웃으며 언젠가 들어본 적이 있
는 대사를 연발했다.

그래, 이건 내가 아마네에게 생일 파티 초대장을 건넸을 때의
대화야. 그럼 나는 그때로 되돌아온 건가?

'그렇다면 나는 지금부터 아마네에게 초대장을 건네야 하는 건
가?'

그런 생각이 든 나는 아까 라디오 체조 카드가 나온 주머니가 아닌 반대쪽 주머니에 손을 넣었다. 그러자 작게 접힌 편지가 손끝에 닿았다.

편지를 꺼내 아마네에게 건네자 아마네는 좋아하며 그것을 받아 들였다.

"이거야. 생일 파티 초대장."

"우아! 초대장까지! 고마워, 기리 짱! 몇 시까지 모이기로 했어?"

"어, 그게……."

나는 눈을 굴리며 기억을 더듬었다.

—낮 열두 시, 네버랜드에 집합!

그렇게 말했던 어린 시절의 기억이 되살아난 나는 과거에 했던 말을 그대로 따라했다.

"낮 열두 시, 네버랜드에……."

하지만 나는 하던 말을 멈추었다.

……잠깐.

정말 이래도 되는 걸까.

'내가 여기서 평범하게 생일 파티 약속을 잡으면 예전과 같은 '8월 10일'이 되잖아…….'

나는 유키네를 만나기 위해 그 녀석에게 받은 머리끈 두 개를 가지고 비밀 기지의 창문을 통과했다. 그랬더니 이때로 돌아왔다.

그런데 여기서 예전과 다른 행동을 취하지 않으면 의미가 없는 게 아닐까.

아마네에게 건넨 초대장. 눈을 동그랗게 뜬 아마네. 입을 다물어 버린 나.

'낮 열두 시, 네버랜드에 집합'

기억 속에서 웃고 있던 어린 시절의 내가 그 여름을 향해 달려 갔다.

"……미안해, 아마네."

불쑥 꺼낸 사과의 말. "어?" 하고 고개를 갸웃거리는 아마네에게 나는 눈꼬리를 내리며 미소를 지었다.

"낮 열두 시에 네버랜드에서 네 생일 파티를 할 거야. 그런데……, 미안. 나는 오늘 너의 생일 파티에 가지 못할 것 같아."

"……기리 짱?"

"급한 일이 생겼거든. 만나러 가고 싶은 사람이 있어."

똑똑히 말한 나는 신발을 신고 아마네의 옆을 지나쳤다. "어, 잠 깐만 기리 짱!" 하고 외치는 아마네에게 "미안해" 하고 다시 한번 사과한 나는 현관문을 열었다.

"다른 아이들에게도 미안하다고 전해 줘. 다음에 제대로 갚을게."

"어? 잠깐, 진짜로 안 와?"

"응. 그리고…… 답변이 늦었지만, 너를 좋아했어."

"……어?!"

―"지금은 친구로서."

언젠가 들은 아마네의 고백에 내가 전하지 못했던 답변.

그 무렵과는 달리 솔직한 심정을 털어놓은 나는 주머니 안에 들어 있던 작은 포장 꾸러미를 꺼냈다.

그건 아마네를 위해 준비한 생일 선물.

과거에 내가 골랐던 별 장식이 달린 머리끈이었다.

"아마네, 생일 축하해. 어른이 되어도 너는 늘 내가 가장 좋아하는 친구야."

"기리 짱……."

"갑자기 약속을 취소해서 미안해. 나, 지금부터 잠깐 히어로가 되었다가 올게."

그렇게 말하자 아마네는 한동안 아무 말이 없더니 잠시 후 부드럽게 미소를 지었다. 그리고 고개를 끄덕이며 작은 손바닥으로 내 등을 밀었다.

"무슨 소리인지 잘은 모르겠지만, 다녀오게, 기리 대원! 매우 중대한 임무겠지. 약속을 갑자기 취소하는 죄를 스스로 짊어질 정도니!"

"응. 중대하고 중요한, 미래의 운명을 건 한판 승부야."

"그런가! 그것참 큰일이군! 히어로 출동, 전투 준비! 철컥!"

"하하하! 역시 난 이런 아마네가 정말 좋아."

"후훗, 나도 정말 좋아해, 기리 짱."

─다녀 와.

사람 좋은 미소를 지으며 말한 아마네는 나를 배웅했다. 그때 문득 마리나의 모습이 뇌리를 스치고 지나갔다.

"아마네."

달려 나가려던 걸음을 멈추고 아마네를 불렀다. 아마네는 왜 그러냐는 듯이 나를 바라봤다.

이 행동으로 미래에 무엇이 바뀔지는 알 수 없다. 하지만 뒤에서 불어오는 바람이 아마네와 마리나의 등을 기분 좋게 밀어줄 것이라고, 나는 믿고 싶다.

"내가 오늘 생일 파티에 참석하지 못해서 그러는데, 네가 마리나 곁에 붙어 있어 줄 수 없을까?"

"……그게 무슨 소리야? 굳이 그렇게 말하지 않아도 우리는 늘 함께 있는데?"

"응, 알아. 하지만 뭐랄까, 그 녀석이 하는 이런저런 이야기를 더 잘 들어 줬으면 좋겠어. 그 녀석, 사실 약한 구석이 있잖아."

내 말에 아마네는 갸우뚱거리면서도 "응" 하고 고개를 끄덕였다.

"기리 짱, 오늘은 자꾸 이상한 말만 하네."

아마네는 눈꼬리를 내리며 미소 지었다.

팔 년 전에 잃었던 내 소중한 사람. 하지만 마음속 어딘가에 줄곧 살아 있던 사람.

앞으로 미래가 어떻게 바뀌어도 네가 있었다는 사실만은 영원히 변하지 않을 거야.

"응. 미안해······. 다녀올게."

나는 웃으며 달려 나갔다.

과거에 남겨두고 와버린 또 다른 소중한 사람의 곁으로.

눈부시게 파란 하늘. 저 멀리 아스팔트가 흔들리고, 매미 소리가 귓가를 때렸다.

바람에 노래하는 풍경과 나무 그늘에서 더위를 피하는 길고양이. 꼬리가 잘린 도마뱀은 몸을 뒤집고, 활짝 핀 나팔꽃과 해바라기가 태양을 올려다보고 있었다.

내가 향하는 곳은 당연히 병원이었다.

어릴 적에 나도 천식으로 자주 입원해 봤기에 알지만, 일반 면회 시간은 오전 열한 시 이후. 지금은 아직 아홉 시를 조금 넘긴 시각이라 정상적인 방법으로는 유키네의 병실에 들어가기 어렵다.

하지만 나는 알고 있다.

그 녀석이 어디서 나를 기다리고 있었는지.

—'저는요, 입원해 있는 동안 줄곧 피터 팬을 기다렸어요. 별님과 가장 가까운 곳에서 계속 말이지요.'

나는 언젠가 들었던 유키네의 말을 떠올리며 병원 뒤쪽으로 돌아간 다음, 벽에 설치된 배관을 타고 올라가 병동 베란다에 훌쩍 뛰어내렸다.

삼 층 건물의 꼭대기 층. 미래의 나라면 이렇게까지 무모한 짓은 결코 하지 못하겠지. 하지만 지금은 어린아이의의 몸에 빙의한 탓인지 왠지 조금 무모한 일도 할 수 있을 것 같은 기분이 들었다.

그리하여 나는 '별님과 가장 가까운 곳'에 다다랐다.

삼 층 건물의 꼭대기 층, 오른쪽에서 두 번째 병실.

잠겨 있지 않다는 사실을 알고 있는 내가 망설이지 않고 창문을 열자 어두운 실내 바닥에 태양을 등진 내 그림자가 드리워졌다.

"……피터, 팬?"

그리고 아직 어린아이인 목소리가 귓가에 전해졌다.

"피터……, 피터 팬이다……. 정말로 나를 찾아와 준 거야?"

가냘픈 목소리가 말을 이어 나갔다. 나는 바닥으로 내려간 다음, 침대에서 몸을 일으켜 이쪽을 보고 있는 어린 유키네 곁으로 다가갔다.

조금 전까지 자고 있었는지 유키네는 조금 졸린 표정으로 나를 바라봤다. 나는 "또 꿈인가……" 하며 멍하니 중얼거린 유키네의 손을 잡고 몸을 숙였다.

"꿈이 아니야. 정말로 여기 있어, 유키네."

"……내 이름을 알아?"

"응, 알고 있지. 아주 멀리서 너를 만나러 왔는걸."

"후훗. 나도 알고 있어. 네버랜드에서 왔지?"

배시시 웃는 사랑스러운 소녀. 부드러운 손으로 내 손을 잡으면서 "있잖아" 하며 기쁘다는 듯이 나를 바라봤다.

"나를 데리러 와준 거야? 요정의 가루로 슈웅 하고 날아서 데리고 가줄 거야? 네버랜드로."

"응. 어디든 데려가 줄게."

"정말? 신난다. 친구도 사귈 수 있을까? 나, 유치원에 가지 못했거든. 초등학교에도 가지 못할 수 있대. 그러니까 네버랜드에서 친구를 많이 사귀고 싶어."

"응……."

"그리고 또, 우리 언니랑 함께 악당을 물리칠 거야. 그래서 언젠가는 피터 팬의 신부가 되고 싶어. '잃어버린 아이들'의 엄마가 되는 거야. 그런 다음 말이지, 어, 또……."

하고 싶은 말이 정리되지 않는지 어린 유키네는 신나게 말을 늘어놓으며 앞으로 하고 싶은 일을 내게 들려주었다.

아직 어린 여섯 살 소녀.

외톨이로 별 안에 갇혀 있는 너.

"……유키네."

나는 유키네의 이름을 부르며 나이에 어울리지 않는 왜소한 몸을 살며시 끌어안았다. 깨지기 쉬운 유리를 다루듯 소중히, 조심스럽게 품에 안았다.

"나랑 약속해. '어른'이 되겠다고."

귓가에 속삭이자 유키네는 내 품에서 고개를 갸웃거렸다.

"피터 팬이면서 나에게 '어른이 되어달라'고 부탁하는 거야? 이상하네."

"당장 어른이 되려고 하지 않아도 돼. 하지만…… 언젠가 꼭 어른이 되어 줘. 네 병은 반드시 나을 테니까."

나는 살짝 몸을 떼고 유키네에게 새끼손가락을 내밀었다. "새끼손가락을 걸고 약속하는 거야?" 하고 묻는 유키네에게 나는 고개를 끄덕였다.

"그래. 새끼손가락을 걸고 나랑 약속하는 거다. 유키네, 이건 약속이야. 네 몸이 다 나아서 건강해지면 내가 널 여기저기 다 데리고 가줄게. 그러니까…… 너는 언젠가 꼭 어른이 되겠다고 약속해."

"……난 병에 걸렸는데? 어른이 되지 못할지도 모른다고 의사 선생님이랑 엄마가 이야기하는 걸 들은 적이 있어. 그러니까 나는 새끼손가락을 걸지 못해……."

"너, 정말 피터 팬을 본 게 맞아? '믿는 것'을 그만두면 팅커벨이 사라져 버린다고."

그렇게 말하자 유키네가 움찔했다. "팅커벨이 사라지는 건 싫지?" 하고 내가 다시 묻자 유키네는 순순히 고개를 끄덕였다.

"네 병은 꼭 나을 거야. 그렇게 믿어. 병이 나으면 여기저기 놀러 다니자."

"……그럼 병이 나을 때까지 나는 또 혼자야?"

"그렇지 않아. 네가 병원에 있는 동안 내가 자주 만나러 올 거니까. 친구들도 데려올게. 그러니까 이제 혼자 누가 오기를 기다리지 않아도 돼. 내가 이곳을 네가 가고 싶어 하는 네버랜드로 바꿔줄게."

"여기를 네버랜드로?"

"그래, 즐거운 네버랜드. 꼭대기 층의 오른쪽에서 두 번째 병실이니 딱이지 않아? 그러니까 너는 네 미래를 믿어. 내가 계속 손을 잡고 있어 줄게."

나는 웃으며 유키네의 눈동자를 바라봤다.

내가 너를 위해 할 수 있는 일은 이것밖에 없을 거야. 과거의 너에게 용기를 심어주는 일. 앞으로의 미래가 어떤 식으로 흘러갈지 상상조차 할 수 없어.

하지만 나는 믿을 거야.

유키네가 있는 미래를.

라무네병에 든 유리구슬을 보며 두 번 다시 꺼낼 수 없다고 쉽게 포기해 버리는 그런 성격이 아니라고, 나는.

─그 병을 깨부수는 한이 있어도, 나는 그것을 향해 손을 뻗을 거야.

"어른이 돼, 유키네. 약속이야."

깨진 라무네병의 쏟아지는 잔해는 요정의 가루.

한여름에 반짝반짝 빛나며 너를 날게 할 마법을 건다.

내민 새끼손가락. 살짝 닿는 작은 손.

내 손가락을 붙잡은 유키네는 앳된 얼굴에 환한 미소를 지은 채 "응, 알았어" 하며 고개를 끄덕였다.

"약속할게, 피터. 난 믿으니까, 새끼손가락 걸고 약속."

"응."

"있잖아, 나 결심했어. 약속 지킬게. 반드시, 꼭……."

─어른이 될 거야.

유키네가 웃으며 그렇게 말한 순간.

갑자기 시야에서 유키네가 사라지며 몸이 두둥실 떠오르는 듯한 느낌이 들었다.

콰당!

"아야야!"

매번 그렇듯이 나는 딱딱한 바닥에 내동댕이쳐졌고, 현재로 돌아왔다는 사실을 바로 알아차리고는 얼굴을 찌푸렸다. 그와 동시에 이번에는 복도에서 여러 명의 발소리가 울려 퍼졌다.

잠시 후 열린 문 너머에서 낯익은 녀석들이 당당히 방으로 들어왔다.

"야, 기리. 엄청나게 큰 소리가 났던데. 뭐야, 넘어졌냐?"

"푸핫! 뭐야, 자다가 침대 밑으로 굴러떨어졌냐? 완전 코미디야, 이 바보."

성큼성큼 들어온 녀석들은 못치와 치아키였다. 뒤늦게 나타난 야부코와 마리나도 방을 들여다보더니 "아직도 잠옷 차림이야?", "늦잠 잤구나" 하며 웃었다.

당황한 나는 바닥에 엉덩방아를 찧은 채로 그들을 올려다봤다.

"뭐, 뭐야. 왜 너희들이 다 여기에……."

"뭐? 무슨 소리를 하는 거야. 다 널 데리러 온 거잖아. 전화를 몇 번이나 해도 받질 않으니까 어차피 자고 있겠지 싶어서 상냥한 친구들이 다 널 데리러 왔잖니. 친구가 많아 다행이지?"

깔보는 듯한 표정으로 어깨를 으쓱이는 치아키. 어떤 상황인지는 잘 모르겠지만, 아마 내가 또 어떤 약속에 늦었을 거란 사실은 이해할 수 있었다.

못치는 문 근처에서 스마트폰을 만지작거리며 "기도와 핫사쿠, 미캉은 편의점에서 기다린댔어" 하며 이쪽을 향해 말했다. 치아키는 "오케이" 하고 고개를 끄덕이더니 내게 갈아입을 옷을 던졌다.

'다들…… 사이가 좋아 보이는 것 같은데?'

어색해하거나 불편해하는 분위기도 전혀 없고, 편한 대화가 이어졌다.

이 시간축에서 나는 팔 년 전 아마네의 생일 파티에 참석하지 않았을 텐데 여전히 그들과의 우정을 잘 유지하고 있는 것 같아 안도했지만, 그 순간 정신이 번쩍 들었다.

'아마네는?!'

유일하게 이 자리에 모습을 보이지 않은 아마네.

설마 또 죽고 만 건 아니겠지?! 걱정하던 그 때, 복도에 요란한 발소리가 다시 울려 퍼졌다.

"이봐, 다들! 기리 대원의 출격 준비는 아직 멀었는가?! 감히 나를 기다리게 하다니 배짱이 아주 두둑하군. 내 오른팔에 봉인된 파멸의 힘, 카타스트로피가 눈을 뜰 거라고!"

"우아, 나타났다! 또 다른 상습 지각범. 아마네도 늦잠 잤지?"

"헤헷……!"

치아키의 지적에 시선을 피하면서 혀를 빼꼼 내밀고 윙크를 하며 등장한 아마네. 자다 깨서 사방으로 뻗친 머리를 그대로 둔 채로 나타난 아마네를 어이없게 쳐다본 마리나는 "아마네, 또 그런 꼴로 온 거야?" 하며 한숨을 내쉬더니 아마네의 뻗친 머리를 정리해 주기 시작했다. 불안감을 떨쳐낼 만큼 떠들썩한 아마네와 잔소리를 하면서도 웃음 짓는 마리나. 두 사람이 함께 웃고 떠드는 광경에 나는 깊은 안도감을 느끼며 잔뜩 굳어 있던 어깨의 힘을 풀었다.

─살아 있어. 한 명도 빠짐없이.

"다행이다······."

"뭐가 다행이야. 얼른 옷이나 갈아입어."

"아얏!"

치아키에게 주먹으로 퍽 하고 한 대 얻어맞은 그때, 마리나가 웃으면서 "그럼 우리는 아래에서 기다릴게"라며 아마네와 야부코를 데리고 방을 나갔다. 다시 "오케이" 하고 대답한 치아키에게 잔소리를 들으며 옷을 다 갈아입은 나는 드디어 스마트폰으로 기도와 연락을 주고받고 있는 못치 쪽으로 고개를 돌렸다.

"······저기, 오늘 뭐 할 건데?"

"뭐? 아직 잠이 덜 깼나? 오늘 다 같이 강에서 놀기로 했잖아."

"강?! 난 수영할 줄 모르는데······."

"걱정하지 마. 내가 손을 잡고 헤엄쳐 줄게. 푸핫!"

"야, 치아키! 내가 우습지?"

이를 드러내며 크게 웃은 두 사람. 내 뻗친 머리를 만지작거리던 치아키가 "이제 거의 다 모였네" 하고 웃으며 문을 연 그때, 못치가 뜻밖의 말을 꺼냈다.

"아, 그렇지! 이제 유키네만 오면 돼! 그럼 다 모인 거야."

"······아."

"유키네는 병원에 잠깐 들러야 해서 늦을지도 모른댔어."

"아, 그래? 알았어."

"어······, 자, 잠깐만! 유키네라니······. 너희가 그 녀석이랑 안면이 있어?! 언제부터?!"

"어? 뭔 소리를 하는 거야, 기리."

계단을 내려가며 이번에야말로 이상하다는 듯이 눈을 가늘게 뜨고 치아키와 못치가 고개를 갸웃거렸다. 그러더니 당연하다는 듯이 이렇게 말했다.

"안면이고 뭐고, 어릴 적부터 네가 우리를 유키네의 병실에 그렇게 끌고 갔잖아. '여기를 네버랜드로 만들자!'라면서."

"어······."

"그래서 우리가 유키네와 친해졌지."

내가 모르는 과거의 일. 하지만 그것은 내가 바꿔 온 과거가 틀림없었다.

치아키의 말에 못치도 고개를 끄덕이며 옛 추억을 늘어놓았다.

"의사 선생님께 참 많이 혼났지. 시끄럽게 떠든다고. 하지만 유키네가 큰 수술을 마친 뒤에 재활을 열심히 해서 정상적으로 초등학교를 다니게 되어 어찌나 다행이었는지 몰라. '언니 오빠들과 함께 학교에 다니고 싶어서 힘들어도 열심히 했어'라고 유키네가 말했을 땐 진짜 울 뻔했다니까."

"못치는 옛날부터 유키네를 오빠처럼 잘 챙겼으니까."

"그건 치아키도 마찬가지였잖아. 여동생이라는 이유만으로 엄청 아낀 걸 내가 모를 것 같냐?"

"유키네가 아마네 같은 바보가 되지 않도록 곁에서 잘 지켜본 것뿐이야."

"어이! 누가 바보라고? 치아키 일병!"

"아파!"

계단을 다 내려올 때쯤, 치아키의 말을 들은 아마네가 현관 앞에서 달려와 필살기인 가라데 춉을 날렸다. "바보에게 바보라고 하는 게 뭐가 나빠!", "누가 바보라는 거야!" 하며 쓸데없는 말싸움을 시작해 버린 두 사람을 야부코와 마리나가 황급히 끼어들어 말리는 와중에 못치가 "아, 기도한테 전화 왔어"라고 중얼거리며 전화를 스피커폰으로 전환했다.

그러자 곧바로 익숙한 고함이 울려 퍼졌다.

'야! 왜 이렇게 안 와! 어디서 노닥거리고 있는 거 아니야?!'

"우왓, 엄청 화났네! 기도, 미안해. 우리 아직 기리네 집이야. 그 녀석이 지금 일어났어."

'뭐어?! 간다, 장난해? 얼른 튀어 와!'

'잠꾸러기 간기리, 얼른 와요!'

'기도 선배가 다른 사람들 주스까지 몰래 다 사놨어요!'

'야, 미캉. 그거 말하지 말라니까!'

여전히 떠들썩한 세 명의 목소리. 그 말을 듣고 웃음을 터뜨리는 친구들.

상황이 전부 바뀌었는데도 근본적인 부분은 어릴 때부터 아무것도 달라지지 않았구나, 다들.

나는 그들과 조금 떨어진 곳에 멍하니 서 있다가 잠시 후, 이곳이 내가 진정으로 바란 미래였다는 사실을 뒤늦게 이해했다.

라무네병 안에 갇혀 줄곧 꺼내지 못했던 미래의 모습.

─그렇다면 너의 미래도 구할 수 있을까.

"유키네……."

마음 한구석에 일말의 불안감을 남겨둔 채로, 나는 유키네의 이름을 중얼거렸다. 그러자 아마네가 이쪽으로 고개를 돌리더니 입꼬리를 부드럽게 들어 올렸다.

"기리 짱이 유키네를 데리고 와 줘."

"……어?"

"기리 짱이 데리러 가주면 유키네가 틀림없이 좋아할 거야."

아마네는 '부탁이야' 하며 두 손을 모으고 웃었다. 다른 녀석들도 고개를 끄덕이더니 웃으며 나를 바라봤다.

"다녀 와, 기리."

"늦잠 잤으니까 잠 좀 깨게 뛰면서 몸을 좀 움직여, 바보야. 코마리도 한마디 해. 바보라고."

"후훗, 기리, 이 바보. 조심해서 다녀 와!"

"기리, 약속 장소는 알아? 문자로 보내 놓을게."

"기리 대원, 출동이다! 내 여동생을 부탁하네!"

'아무래도 상관없으니까 얼른 좀 오라고!'

'그래요! 어서 좀 오세요!'

'잘 다녀오세요!'

시끌벅적한 친구들에게 등을 떠밀린 나는 입가에 자연스레 미소가 지어졌다.

고개를 끄덕이며 운동화를 신고 현관문을 연 순간 불어온 여름 색 바람.

푸른 하늘과 소나기구름을 흘낏 바라본 나는 뒤를 돌아보며 활짝 웃었다.

―"응. 다녀올게."

지면을 탁 차며 발을 내디딘 여름 안.

이제 창틀을 넘지 않을 거다. 별 장식 머리끈에 기대지도 않을 거다.

이제 안녕, 네버랜드. 나는 과거로 돌아가지 않을 거야.

지금, 이 시간을 살아가고 있는 내 두 다리로 나는…….

너를 데리러 갈 테니까.

어른이 될 거야
I'll grow up

살인적인 더위다.

직사광선이 작열하는 오후, 온몸에 땀을 줄줄 흘린 나는 예전보다 짧아진 검은 머리카락을 바람에 흩날리며 아스팔트 위를 달렸다.

푸른 하늘, 하얀 구름. 그런 평범한 8월의 한가운데를 그저 무심하게 달리고 또 달려서…….

나는 병원에 다다르기 전에 유키네의 모습을 발견했다. 언젠가 왔던 그 신사의 도리이 아래에서 아무 말 없이 머리 위를 올려다보고 있는 유키네.

"유키네!"

이름을 부르자 낯익은 얼굴이 이쪽을 돌아봤다. 검푸른색을 등지고 서 있는 밤색 머리. 청초한 원피스. 예전에는 양 갈래로 묶었던 머리를 아래로 늘어뜨렸고, 별 장식이 달린 머리끈도 이제는 없다.

무더운 여름, 요란한 매미 소리가 들리는 가운데 서로 마주 본 우리 두 사람. 돌계단 위에 서 있는 모습을 넋을 잃고 바라보고 있자 잠시 후 유키네가 눈꼬리를 내리며 웃었다.

"아, 기리 씨! 기다리게 해서 미안해요. 병원에 사람이 많아서 조금 늦어졌어요."

"유키네……."

"진짜 서두르려고 했거든요? 정말이에요! 그러니까…… 기도 씨나 치아키 씨에게는 말하지 말아 주세요. 네? 여기서 멍하니 있던 걸 들키면 혼난단 말이에요."

평소 만났던 때보다 조금 앳되 보이고, 조금은 친근하게 들리는 존댓말.

여기 있는 이 유키네는 '열네 살인 유키네'다. 내가 그동안 만났던 유키네와는 다르다.

내가 알고 있는 유키네는 아직 보지 못한 먼 미래에 있으니까.

"……기리 씨?"

아무 말이 없는 나를 보며 고개를 갸웃거린 유키네는 귀에 익은 호칭으로 나를 불렀다. "무슨 일 있어요?" 하며 눈꼬리를 내린 유키네를 보며 나는 엷게 미소를 지었다.

"……아무것도 아니야. 그보다 넌 뭐 하고 있었어?"

조금 전까지 도리이 아래에서 하늘을 올려다보고 있던 유키네. 그 행동에 대해 묻자 유키네는 다시 위를 보며 무언가를 가리켰다.

유키네가 가리키는 곳을 따라 올려다본 도리이 기둥에는 갈라진 등에서 얼굴을 반쯤 내민 매미 유충이 걸려 있었다.

"우앗, 매미가 우화하는 거야?! 이제 한낮인데……."

"보니까 땅에 떨어져 있더라고요. 그래서 주워서 높은 곳에 다시 올려놓았는데, 전혀 움직이질 않아요."

"다시 올려놓다니……, 설마 저걸 건드렸어?"

"네? 아, 네……. 그러면 안 되는 거였나요?"

"우화 중인 매미는 건드리면 안 돼. 인간의 체온 탓에 우화에 실패해 죽고 말거든."

"죽고 말아요……? 그래요……?"

유키네는 눈이 휘둥그레지더니 슬픈 표정으로 매미를 바라봤다.

껍데기를 깨기 위해 조금 갈라진 등. 그 안의 모습은 알 수 없지만, 아마 이미 늦었을 것이다.

유키네는 고개를 숙이더니 속상한 듯 눈을 내리깔았다.

"……그렇구나. 전 도와주려고 한 건데 죽고 말았네요. 제가 괜한 짓을 했나 봐요. 저 아이는 내버려 두는 게 더 행복했으려나……."

"아니, 저 녀석은 어차피 죽었을 거야. 이런 시간대에 날개조차 나오지 않았으니 이미 그 시점에서 우화는 실패한 거야. 네가 건드렸든 건드리지 않았든 결과는 같았어."

"하지만 혹시 모르는 거잖아요. 제가 그냥 내버려 두었다면 다시 걸어서 자력으로 기둥을 올라가 날개를 펼쳤을지도 몰라요."

"그런 일은 있을 수 없다니까. 애초에 땅에 떨어진 시점에서 매미의 우화는 거의 실패……."

라고 유키네의 의견을 완전히 부정하려던 그때, 나는 문득 할 말을 잃고 다시 머리 위에 있는 매미를 올려다보았다.

이미 숨이 끊어졌을 그 녀석을 바라보며 나는 눈을 가늘게 떴다.

건드렸든 건드리지 않았든 결과는 같다고? 잘도 그런 말을 했네.

정해져 있던 결과를 억지로 비틀고, 인정하고 싶지 않은 운명에 누구보다도 저항해 온 것이 다른 누구도 아닌 나 자신인 주제에.

"……그래. 미래의 결과가 어떻게 될지는 전혀 모르는 거지."

갑자기 의견을 뒤집은 나를 보며 유키네는 눈을 동그랗게 떴다.

그때, 바람이 도리이 사이를 지나며 우리를 부드럽게 감쌌다.

"나도 이게 과연 정답이었는지, 아니면 잘못한 것인지 아직 몰라. 자연의 섭리를 거스르며 무리하게 운명을 비틀고, 어쩌면 쓸데 없는 짓을 해버린 것일지도 몰라. 크게 실패했을지도 모르고."

"기리 씨? 그게 무슨 말이에요?"

"하지만 난 널 믿어. 사 년 뒤에도, 그 후에도…… 넌 살아서 어른이 되어 있을 거라고."

앞으로 한 걸음 다가간 나는 유키네의 가냘픈 어깨를 감쌌다. 유키네의 두 눈을 빤히 바라보자 유키네의 뺨이 발갛게 달아올랐다.

"……유키네."

"……기, 기리 씨?"

"지금 당장은 갈 수 없지만, 내가 꼭 널 데리러 갈게."

"네?"

"반드시 네가 있을 미래로 가겠다고 약속할게."

나는 부드럽게 미소를 지으며 유키네를 살며시 끌어안았다. 잔뜩 굳어버린 몸을 두 팔 안에 가두고, 유키네의 가냘픈 어깨에 얼굴을 묻었다.

"……읏."

"그러니까 기다리고 있어."

말을 끝내자마자 유키네가 숨을 들이켰다. 또렷하게 느껴지는 온기, 밀착된 몸. 수많은 과거를 거쳐 다다른 현재.

그리고 앞으로의 미래는 또 한 걸음씩 걸으며 내가 스스로 만들어 가야 한다.

두 번 다시 부수지 않도록…… 소중한 사람들과 함께.

"기, 기리 씨……, 읏."

유키네는 한동안 내 품에 가만히 안겨 있었지만, 얼마 지나지 않아 어색하게 내 이름을 불렀다. 유키네의 심장에서 전해지는 고동 소리가 유난히 빨라 나는 나도 모르게 미소를 지었다.

"응? 왜 그래, 유키네. 부끄러워하는 거야? 아직 어리구나."

"그, 그게 아니라……."

"거짓말해도 안 속아."

"아, 아니에요. 그게 아니라요! 다들! 다들 보고 있다고요!"

"……어?"

비명처럼 터져 나온 말에 나는 얼빠진 목소리를 내며 등 뒤를 돌아보았다.

그러자 그곳에는 방금 헤어졌던 친구들이 자전거를 타고 그늘에 모여들어서는 기분 나쁘게 히죽거리며 이쪽을 쳐다보고 있었다.

"앗, 에이, 틀렸네! 야, 아마네. 네가 흥분해서 앞으로 나가서 그래! 눈치채 버렸잖아!"

"어휴, 얼른 키스해, 기리 대원! 남자가 뭐하냐! 하지만 내 소중한 여동생을 너에게 줄 수는 없지! 이 언니는 허락하지 못해! 이런 대사 말해보고 싶었어. 크큭."

"마리나는 뭔가 마음이 좀 복잡해. 기리 짱이 실은 연하를 좋아하다니……. 으음, 거기다 절친의 여동생이고……."

"야, 기리. 늦잠 잔 주제에 중학생이랑 연애질이냐. 부러우니까 나도 코마리랑 꼭 안고 있어야지."

"꺄악! 치, 치아키, 그런 건 집에서만 하라니까. 부끄럽게⋯⋯."

"하아?! 치아키, 너 집에서 야부코와 늘 그런 걸 하냐?! 부럽⋯⋯, 제기랄! 커플은 전부 뒈져 버려라!"

"전부 다 뒈져 버리라고요! 그렇지만 하는 김에 키스도 해버려!"

"그렇지, 키스! 키스!"

"너, 너희들⋯⋯."

떠들썩하게 난리를 치는 녀석들 때문에 창피해서 몸을 부르르 떤 나.

잠시 후 유키네를 품에서 놓아 준 나는 크게 심호흡을 한 다음 돌계단을 뛰어 내려갔다.

"뭘 훔쳐보고 있어!"

"우아! 괴물이 나타났다! 도망쳐!"

"아하하하!"

웃고 떠들던 친구들은 자전거 페달을 밟으며 뿔뿔이 흩어져 달아났다.

그런 녀석들을 뒤쫓으면서 나도 정말 오랜만에 힘껏 소리 내어 웃었다. 눈물이 찔끔 날 정도로 크게 웃고 나자 태어나서 처음으로 이 여름이 좋다는 생각이 들었다.

머리 위에는 한없이 맑은 하늘이 펼쳐져 있었다. 그것을 당연히

'파랗다'고 인식하는 눈. 탁한 빛을 걷어낸 검푸른 하늘은 눈부실 정도로 아름답게 내 눈에 새겨졌다.

연기 냄새가 섞인 바람, 그치지 않는 매미 소리에 높이 날아다니는 잠자리 무리까지…… 줄곧 거부해 왔던 여름이, 파란색을 띤 여름이, 팔 년의 시간을 거쳐 내 곁으로 돌아왔다.

서서히 솟구쳐 오른 눈물이 밖으로 흘러나오자 나는 웃으면서 터져 나오려는 울음을 남몰래 삼키고 눈꼬리에 맺힌 눈물방울을 손등으로 훔쳤다.

"크흑, 하하……. 다들 시끄럽기는……."

어른과 어린아이 사이의 틈에 있는 우리.

이제 두 번 다시 돌아올 수 없는 지금의 나날.

눈물 섞인 탄산음료의 거품이 톡톡 터지며 우리가 있는 이 여름에 녹아들어 갔다.

얼마쯤 지나 걸음을 멈춘 우리의 등 뒤로 돌계단을 내려오는 발걸음 소리가 들렸다.

가까이 다가온 유키네는 눈물을 훔치고 고개를 숙인 내 어깨를 조심스럽게 콕콕 찔렀다.

"기리 씨."

"유키네……."

"미안해요. 아까 기리 씨가 무슨 말을 한 건지 솔직히 저는 잘 모르겠어요. 하지만……."

유키네는 살며시 미소를 짓더니 내 시선을 붙잡고 놓아주지 않았다. 짙은 갈색 눈동자 속에는 파란 하늘을 등지고 있는 내 모습이 비치고 있었다.

"그 어떤 미래에서도 저는 틀림없이 당신을 믿고 계속 기다릴 거예요. '어른이 되겠다'고 그날, 당신과 약속했으니까."

쑥스러운 듯 수줍어하며 부드럽게 휘어지는 눈꼬리. 장난을 계획하는 듯이 입꼬리를 올린 유키네는 살며시 내 어깨에 손을 올렸다.

"그러니까 꼭 데리러 와야 해요."

"어? 유키……."

쪽.

발뒤꿈치를 들고 가까이 다가온 얼굴. 입술을 잽싸게 빼앗은 부드러운 감촉. 한순간의 입맞춤이 끝난 뒤, 의기양양한 표정으로 혀를 내민 요정은 "……표정이 왜 그래요"하며 언젠가 들어본 듯한 핀잔을 주더니 내게서 떨어졌다.

이리저리 도망치던 친구들이 차례차례 걸음을 멈추고 멍하니 입을 벌린 채 눈을 크게 떴다.

"엇……!"

"좋았지요? 여중생의 첫 키스라고요. 당신에게 줄게요."

"유, 유키……, 어, 어엇?!"

"우아아아아! 키스했다! 지금 간기리가 키스했어!"

"간기리, 좀 하는데!"

"이, 이, 이놈! 내 귀여운 여동생의 첫 키스를! 이 언니는 인정하지 못한다! 제대로 보지 못했으니까 한 번 더 가시지요!"

"아, 아마네! 너, 코피 나! 왜 코피를 흘리는 거야, 좀 진정해!"

"우아, 쟤네 뽀뽀했어. 부럽다. 코마리⋯⋯, 나한테도 첫 키스 해 줄래?"

"그걸 내가 그냥 두고 볼 줄 알아? 치아키, 이 자식! 일부러 내 앞에서 야부코랑 꽁냥거리는 거지? 죽고 싶냐!"

"두, 둘 다 싸우지 마!"

"두 사람 제법인데! 이거 강에서 식을 올리는 수밖에 없다. 기리, 내 뒤에 타! 내 벤츠를 타고 신랑 입장을 해!"

저마다 따로 떠드는 가운데, 이를 드러내며 웃던 못치가 나를 부르며 자전거의 짐받이를 두드렸다. 그러자 코에 티슈를 끼운 아마네도 "신부는 내 뒷좌석에 타시게!" 하고 외쳤다.

우리는 쑥스러운 아이들의 야유 소리에 어쩔 줄 몰라 하면서도 저마다 자전거 짐받이에 걸터앉았다.

"좋았어! 파일럿 신랑 신부 두 명 탑승 확인! 슈퍼사이어머신 참치레인저게리온 초호기 출력 전개! 파워 해방! 아마네, 출동합니다! AT필드를 파괴한다! 할렐루아앗!"

"이것저것 다 섞어 놓아서 무슨 뜻인지 모르겠어⋯⋯."

"어이, 아마네! 안전 운전해!"

"잠깐, 나도 데려가!"

"코마리, 날 꽉 붙잡아. 알았지? 껴안아도 돼."

"으, 응⋯⋯. 하지만 치아키, 교통 법규는 잘 지키면서 운전하는 거지?"

"치아키! 자꾸 꽁냥거리지 말라니까! 그리고 자전거를 둘이 타는 것부터가 교통 법규를 위반하는 거라고!"

"아하하하!"

띠링, 띠링, 녹슨 자전거 벨이 울렸다. 어디선가 풍경도 노래했다.

고등학교에서 보내는 마지막 여름. 어른도 어린아이도 아닌 우리들의 여름이 내리막길에서 볼을 스치는 미지근한 바람과 함께 스쳐 지나갔다.

어른이 된 우리의 미래는 어떤 색을 띠고 있을까.

그건 아직 모른다. 상상조차 되지 않는다. 내가 선택한 길이 틀렸을 수도 있고, 네가 있는 미래로 갈 수 있다는 확증도 없다.

하지만 이것만은 알 수 있다.

어른이 되면 괴롭고 힘들기만 했던, 라무네색을 띠었던 그 여름 하늘을 나는 몇 번이나 떠올릴 것이다. 여름을 완전히 차단하고 괴로웠던 나날을 지나 반짝이는 별을 향해 손을 뻗은 일을 계속 기억할 것이다.

무엇과도 바꿀 수 없는 친구들이 있었다는 사실을.

그곳에 네버랜드가 있었다는 사실을.

낡은 창틀 너머에서 엮어 나갔던, 분명히 존재했던 어린 시절의 나날을…… 나는 영원히 잊지 않을 것이다.

―"……기리 씨, 또 옛날 사진 보고 있어요?"

낮은 탁자에 아이스커피를 내려놓으며 네 살 연하인 여자 친구가 물었다. 책상 위에 둔 디지털 시계에 표시된 일자는 2022년 8월 10일.

나는 보고 있던 앨범을 덮고, 옆에 앉은 여자 친구의 어깨에 기댔다.

"왠지 옛날 생각이 나서. 벌써 그때부터 십 년이나 지났어."

"후훗. 십 년이 지나도 여전히 당신은 친구들을 정말 좋아하네요."

"그게 나쁜 건 아니잖아."

"나쁘지요. 저보다 친구들을 더 좋아하잖아요."

"또 그런다. 이제 '나랑 친구 중에 누가 더 좋아요?'라고 물어볼 거지?"

"물어봐 줄까요?"

장난스럽게 올라가는 입꼬리. 처음 만났을 때와 변함이 없는 천진난만한 표정.

나는 여자 친구의 하얀 손바닥을 매만지며 "그런 건 굳이 말하지 않아도 알 거 아니야"하며 어깨를 으쓱였다.

"나, 다른 건 돌아보지 않고 오직 너만을 데리러 왔다고."

"……후후. 그렇지요."

쑥스러움을 참아가며 말하자 곁에 있던 요정이 기쁘다는 듯이 미소를 지었다.

"난 과연 어엿한 어른이 된 걸까?"

손깍지를 낀 사랑스러운 사람에게 "어쩌려나"하고 미소를 지으며 나는 소중한 친구와의 추억이 담긴 앨범을 덮었다.

서둘러 어른이 되려고 하지 않아도 된다. 피터 팬은 이제 도망치지 않아. 어린아이였던 소년 소녀는 언젠가 모두 어른이 되어간다.

옛날이야기에서 마법에 걸린 누군가가 다들 그랬듯이.

"참, 언니한테 잊지 말고 전화해. 생일 축하한다고."

"벌써 문자 보내 두었어요. 나중에 또 다 같이 모여 생일 파티라도 하자고."

"오, 그거 좋지. 이번에는 약속을 어기지 말아야지."

"장소는 당연히?"

─"낮 열두 시, 네버랜드에 집합!"

병의 잔해는 요정의 가루.

네버랜드는 아이들의 별.

그때 '어른이 되겠다'고 결심한 나만이 지금도 여전히 '오른쪽에서 두 번째'로 빛나는 그 여름 일을 기억하고 있다.

오른쪽에서 두 번째 여름

초판 1쇄 인쇄   2023년 9월 4일
초판 1쇄 발행   2023년 9월 11일

지은이   우메노 고부키
옮긴이   채지연

편집인   이기웅
책임편집   이원지
편집   안희주, 주소림, 김혜영, 양수인, 한의진, 오윤나, 이현지
디자인   TOMCAT
책임마케팅   김서연, 김예진, 박시온, 김지원, 류지현, 김찬빈, 김소희, 배성원
마케팅   유인철
경영지원   박혜정, 최성민, 박상박
제작   제이오

펴낸이   유귀선
펴낸곳   ㈜ 바이포엠 스튜디오
출판등록   제2020-000145호(2020년 6월 10일)
주소   서울시 강남구 테헤란로 332, 에이치제이타워 20층
이메일   odr@studioodr.com